방   호
         랑
   안   이
      의

방 안의 호랑이

박문영
소설집

창비

차례

무주지

연음은 공중에서 세 사람을 내려다보고 있었다. 두 아이가 요람 속의 한 아기를 쳐다보는 중이었다. 좁은 방은 을씨년스러웠고 창가의 새벽빛도 맥없이 어른거렸다. 목덜미에 찬 기운이 느껴졌다. 기정은 보이지 않았다. 아기는 오래 울었는지 얼굴이 흙빛이었고 요람 앞 두 아이의 청회색 등은 축 처져 있었다. 어서 들어 안아. 아기 등과 머리통을 다독여야 할 거 아냐. 연음은 그들을 이해할 수 없었다. 오줌을 쌌는지, 배가 고픈지, 열이 나는지 빨리 확인해야 했다. 왜 그렇게 멍하게 서 있어. 애가 뭘 잘못 삼킨 거 아니야? 손발까지 뒤트는데.

"울지 마, 괜찮아."

아기를 향해 내려선 연음은 곁의 두 아이를 보고 멈칫했다. 거기 서 있는 둘은 어린 자신 그리고 자신만큼 어린 기정이었다. 키가 작고 어깨도 좁았지만 틀림없었다. 둘의 볼은 눈물로 흠뻑 젖어 있었다. 고작해야 일곱살 정도로 보였다.

"괜찮아, 괜찮아."

연음은 우선 요람으로 시선을 돌렸다. 아기가 기다렸다는 듯 두 손을 뻗었다. 연음은 잠깐 숨을 멈췄다. 그와 기정이 기른 첫 아이 도영이었다. 연음을 본 도영이 울음을 그치고 웃었다. 그때, 도영의 좁쌀만 했던 아랫니가 순식간에 길어졌다. 광대뼈와 머리털이 무섭게 자라났다. 창문에 실금이 가는 듯하더니 곧 유리 파편이 쏟아졌다. 비바람과 습기가 피부를 에워쌌다.

──애착은 생물학적 양육자가 없는 환경에서도 이어질 수 있으며 애착을 주는 이들의 수도 늘릴 수 있습니다. 무주지는 그 조건을 수정한 최초의 공간입니다.

잡음이 점점 심해졌다. 어디선가 들어본 말 같았다.

──우리는 분리를 통해 질서를 만들어왔습니다. 닮았다, 닮지 않았다. 낯익다, 낯설다. 가깝다, 멀다. 이런 비교는 간단하죠. 필수 불가결해 보이는 분류이기도 하고요. 하지만 인간은 그렇게 무언가와 경계를 그으면서 불행에 휩싸였습니다. 더 중요한 존재와 덜 중요한 존재의 차이가 뭘까요? 나와 다를수록 나쁘고 싫다는 느낌은 언제부터 받게 되나요? 바로 영유아 때부터입니다. 원하든 원치 않든 우리는 일정한 대상과 애정을 공유하면서부터 비

교를 시작합니다. 의식과 무의식을 사용해 우위를 정합니다. 선과 악, 나의 진영과 너의 진영, 세상의 온갖 이분법. 이 개념은 비극의 서막이 되었습니다.

꿈속의 좁은 방은 금세 부서졌다. 연음의 얼굴이 일그러졌다. 우리가 우는 아이를, 도영이를 어떻게 가만히 쳐다보고만 있었지? 연음의 이마에 생긴 주름이 하나둘 지워졌다. 그저 산만한 악몽이었다. 연음과 기정에게 어린 시절은 없었고 도영과 헤어진 것은 아주 오래전이었으니까.

수면 상태에서 해제된 연음은 캡슐 앞에서 한참 허우적대다 몸을 일으켰다. 골반과 등뼈가 쑤셨다. 구역질을 하고 전신을 닦아냈지만 눈이 여전히 시렸다. 검고 조용한 우주,라는 말은 너무 우아했다. 실체를 마주하자 정신을 놓고 싶었다. 한동안 알파센타우리와 흡사한 환경부터 판이한 환경까지 시뮬레이션했지만, 지금은 그 훈련이 가소롭고 무력하게만 느껴졌다. 어차피 짧은 연습이었다. 그는 탐사선의 둥근 창을 다시 바라보았다. 선체가 소형이라 창 폭도 넓진 않았다. 어두운 땅 위에는 기이한 주름이 가득했다. 마치 수만개의 밧줄이 늘어진 것 같았다. 실눈을 뜨자 땅거죽은 노인의 피부처럼 보이기도 했다.

연음은 캡슐 속의 기정을 발견했다. 27분 후면 그도 수면 상태에서 해제될 것이다. 이상하게 반갑지 않았다. 젖은 몸 때문일까. 쇠약해진 신경 탓일까. 근 손실을 최대한 방지한다는 전극 패치도 알약도 소용없는 것 같았다. 불길한 예감이 들었다. 연음은 거울 앞에 섰다. 오른쪽 목덜미의 표식이 눈에 띄었다. 잎사귀 세개가 포개진 형태의 인장이었다. 안도감과 고단함이 동시에 몰려왔다.

"이치를 알고자 할수록 선해진다. 선해진 자는 이치를 더 알 수 없다. 우리는 대체재가 아니다. 모두가 대체재다. 존재는 죽는다. 존재는 이어진다. 완전한 윤리는 완전한 고립."

연음은 혼잣말로 '열린 강령' 서문을 읊었다. 강령은 무주지의 양육 전담 클론들이 세상에 나온 14세부터 외우는 잠언이었다. 짝과 함께 한 문장씩 강독해야 했지만, 지금 연음은 방해 없이 심신을 다스리고 싶었다. 그는 팔다리를 서서히 움직였다. 이제 차분히 조사를 시작하면 된다.

선내 계측기 앞에 선 연음은 벌어진 입을 손으로 막았다. 말도 안 되는 숫자가 보였다. 알파센타우리까지는 삼년 이개월이 걸릴 예정이었지만, 계측기에는 칠년 일개월이 표시되어 있었다. 이 숫자대로라면 목적지 바깥 행성에 불시착한 것이다.

연음은 연료 수치를 확인했다. 양은 넉넉해 보이기도, 턱없이 부족해 보이기도 했다. 되돌아갈 수 있을지 가늠이 되지 않았다. 저장된 식료품도 마찬가지였다. 목표 지점과 다른 이 행성은 지구에서 관측되지 않은 곳이었다. 어떻게 이탈 신호를 못 알아챘지? 궤도가 어디서부터 어긋났지? 우리가 왜 죽지 않았지? 질문이 불어났다. 패드를 누르는 자신의 손등이 처음 보는 사람의 것처럼 낯설었다. 조작법을 전부 잊어버린 듯했다. 아무것도 식별할 수 없었다. 인공지능의 음성만 침착했다. 한마디만 들어도 머릿속으로 다음 구절을 이어갈 수 있었다. 지구에서 수없이 들은 말이었다.

──무주지는 말 그대로 주인 없는 평등한 땅입니다. 우리는 이곳에서 비극에 발 들이지 않을 새로운 아이들을 길러냅니다. 그들은 이 세상을 더 나은 곳으로 만들 수 있습니다. 기존의 시스템으로는 아이들을 온전히 보호할 수 없습니다. 우리는 인간이 겪는 고통의 근본 원인을 소유욕, 정확히는 독점 관계로 봅니다. 애착과 공감을 정확히 일컫는 말은 사실 선별적 애착, 선별적 공감입니다. 특별히 사랑하는 대상이 생기면 우리는 반드시 누군가를 밀어내고 맙니다. '나의' 아이, '나의' 연인, '나의' 가족, '나의' 국가, '나의' 신. 이 한정적인 상호 작용은 우리의 시야를 좁히고 변화를 막습니다.

연음은 뒤를 돌아봤다. 아직 자고 있는 기정이 보였다. 그가 깨어나 화를 내기 시작하면 상황이 더 복잡해질 듯

했다. 지금은 기정이 캡슐 안에서 얼빠진 얼굴로 잠들어
있는 편이 나았다.

"반응한다. 위로한다. 방지한다."

연음은 슈트를 입으며 중얼거렸다. 호흡이 가빠질수록
익숙한 말, 몸에 새기고 새긴 말이 필요했다. 양육 수칙은
다행히 길었다. 그는 헬멧을 쓴 뒤에도 입을 부지런히 움
직였다. 되뇔 수 있는 문장이 보호복보다 더 든든했다.

연음은 밖으로 나섰다. 걸음이 묵직했다. 중력이 강하게
느껴졌다. 기온은 낮은 것 같았다. 이곳은 지구보다 거대
한 암석 행성일 것이다. 멀리 잿빛 갈대 같은 식물이 시야
에 들어왔다. 언덕은 그 뒤편에 있었다. 창에서는 보이지
않던 곳이었다. 그는 가슴 위에 두 손을 올렸다. 생태계가
형성되어 있다. 어떤 역사를 거쳤든 여기는 지구와 교집
합이 있다. 고끝이 아렸다. 불시착한 터에 지각 활동이 있
었다는 사실을 알게 된 직후로 숨을 고르게 쉴 수 있었다.

연음은 구릉 위에 처박힌 탐사선을 살펴보았다. 얼핏
봐도 심각한 손상은 없었다. 선상 겉면에 생긴 약간의 흠
집, 엔진 주변에 붙은 작은 철가루가 전부였다. 잘못 떨어
진 상황에 비하면 기적이라 해도 좋을 상처였다. 행성의
흙은 무르고 연했다. 탐사선 귀퉁이를 쓸어내리던 연음이
발밑을 내려다봤다. 아까 본 땅의 주름들이었다. 자세히

보니 표면에 반복되는 문양이 있었다. 일정한 방향의 빗금, 집요할 정도로 빼곡한 무늬. 누군가 구조를 기다리며 그어내린 듯한 기호들. 잠잠해 보이지만 어딘지 음산한 땅이었다. 그는 고개를 저었다. 자의적인 해석은 아무 도움도 안 될 것이다. 연음은 탐사선 입구에 섰다. 이제부터는 혼자 말고 둘이서 답을 찾아야 했다.

기정은 단백질 쿠키를 씹고 있었다. 입가에 묻은 흰 가루를 털지도 않은 채였다. 연음은 그에게 쿠키를 대체 몇 개째 먹고 있는 건지 물으려다 말았다. 불시착 사실을 알면 기정이 흥분할 수 있었다. 상냥해야 했다. 충분히 포용할 수 있었다. 연음은 온화하지만 무성의한 미소를 지었다. 기정은 그의 말을 듣는 둥 마는 둥 했다. 이미 사태를 파악한 걸까. 얼굴을 살짝 찌푸린 그가 두통을 참고 있는 건지, 평소처럼 심드렁한 건지 알 수 없었다. 의자에서 일어난 기정이 인중을 긁었다.

"그러니까 망했다는 소리네. 신호도 멈추고, 반응도 없고."

연음이 패드를 눌러보자 진단 중,이라는 글자가 나타났다가 사라졌다. 이어서 녹음된 목소리가 흘러나왔다.

─문을 여세요. 인간에게는 더 다양한 선택지와 혼란이 주어져야 합니다. 우리는 더 실패하고 방황해야 합니다. 가장 아끼는

것에서 멀어지세요. 사랑하는 대상을 늘려가세요. 누구의 것도 되지 마세요. 무주지의 아이, 친구, 연인은 언제까지나 복수형입니다.

"지겨워 죽겠네."

기정이 대놓고 한숨을 쉬었다. 그가 점점 예민해지고 있었다. 연음이 아랫입술을 깨물었다. 자신도 겁이 나긴 마찬가지였는데, 이런 상황에서 아이처럼 구는 기정을 보니 갑갑했다. 연음은 팔짱을 풀고 말했다.

"그래도 최악은 아니야. 갈대숲이랑 언덕을 봤다니까? 지구보다 큰 이곳에 생태계가 있다고. 물, 산소, 기후, 자기장, 자전축. 우리가 생존 조건을 더 알아내면……"

"장비도 안 챙기고 무턱대고 혼자 나가서 뭘 본 건지는 모르겠는데, 여긴 극한 생물만 살 수도 있어. 그런 암석 행성은 흔해. 제대로 도착했어야 구조 신호도 보내지. 너랑 추측해봤자 다 무슨 소용이야."

부주의, 공격성, 냉소. 연음은 그의 태도를 전부 지적하고 싶었다. 그동안 뭘 익힌 거냐고 다그치고도 싶었다. 그들은 프로젝트에 자발적으로 참여했고 계약서의 특약 사항에도 함께 동의했다. 무엇보다 사년간의 양육을 온전히 마친 건 기정이었고, 도영과 중도에 헤어져야 했던 건 연음이었다. 평정심을 유지해야 하는 사람은 그였다. 그러나 기정은 늘 불만이 많았다. 지금도, 성계 탐사 시뮬레이션 때도, 아이를 기르는 동안에도.

"알파센타우리는 방사능과 적외선 때문에 더 살기 힘들지도 몰라. 모든 게 소독된 땅이야. 어쩌면 여기로 온 게 더 나을 수도 있어. 행성을 새로 발견했으니 같이 기록하고⋯⋯"

"장난해? 행성이고 뭐고 몸이 부서질 것 같아. 봐봐, 쌍성이 왜 저 멀리 서쪽에 있는데. 억지도 정도껏 부려야지. 새로 발견해? 조건을 알아내? 아무도 몰랐던 곳이니까 들떠야 하는 거야?"

"그렇게 비꼬지 마. 아무도 예상 못했던 일이잖아."

"아니, 이것도 예상했겠지. 애초에 안드로이드를 안 쓰고 우릴 보낸 이유가 이거였어. 너도, 나도 클론이니까."

초라하고 뻔한 말이었다. 연음은 눈을 감았다. 눈을 뜨면 그를 미워하게 될 것 같았다. 연음은 낮은 목소리로 답했다.

"우리가 살던 곳은 지구에서 그나마 가장 진보된 구역이었어. 그래도 우린 아이를 만질 수 있었잖아. 볼을 맞대고 손발을 어루만질 수 있었잖아."

"그래서 고마워해야 해? 너나 나나 살아봤자 몇년을 사는데? 정신 차려. 우리는 아이도 집도 뺏긴 거야. 우주 곳곳에 수명까지 내다 버리면서."

선내가 고요해졌다. 기정은 탐사선 천장을 노려보았다. 안내 음성이 가장 크게 나오는 곳이었다.

——일부일처제는 인류가 발명한 여러 제도 중에서도 유독 엉성하며 형편없는 임시적 관계망입니다. 소유욕에서 불거진 수많은 불운, 셀 수도 없는 치정 사건. 우리가 거쳐온 폭력의 상당 부분은 이렇게 만들어진 공포를 근원으로 두고 있습니다. 친자 확인 절차를 떠올려보세요. 그 과정은 왜 끔찍할까요. 반드시 내 아이여야 한다, 대를 잇는 아이는 내 유전자를 지녀야 한다. 왜 그래야 하죠? 우리는 묻고 싶습니다. 왜 하필 당신의 유전자가 세상에 남아야 할까요? 그 특질이 독보적으로 고유하며 훌륭합니까? 인간 자체가 특별히 존엄한 종인가요? 배우자는 무슨 이유로 당신 외의 다른 대상과 평생 관계를 맺을 수 없나요?

무주지 안의 모든 인간관계는 다층적이었다. 경계에 막이 없었다. 그들의 몸과 마음에는 위계 없는 우애가 흘렀다. 결혼 제도의 종식을 통한 교류의 전면적 해방. 무주지가 지향하는 공동체의 꼴은 전에 없던 상상이 아니지만, 대규모로 실현된 적은 없는 수평적 사회 모델이었다. 여기서 금지된 건 단 하나, 독점 관계뿐이었다. 거주 조건은 단순했다. 1. 자신의 아이를 기르지 않는다. 2. 남의 아이를 돌본다. 3. 두명 이상의 양육자가 있어야 한다. 4. 양육 기간은 사년으로 한다. 무주지의 1세대 구성원들은 전제 조건을 처음부터 강력히 확정할 필요가 있다고 판단했다. 세상 모든 자연스러움의 기저에는 극단적인 부자연스러움이 있기 마련이니까.

의미를 덧씌우는 버릇, 사랑을 짓이기는 습관에서 벗어난 일부 인류가 거기 있었다. 닫힌 관계에서 열린 관계로 도약한 이들이 가장 큰 미덕으로 삼는 가치는 공존과 균형 감각이었다. 이들에게 무주지 밖 모노가미(monogamy) 커플은 지루한 싸움을 반복하는 안타까운 집단이었다. 오픈 릴레이션십이 널리 퍼진 사회, 새 공동체 무주지는 크고 작은 시행착오를 겪으면서도 부단히 평화를 지향했다.

수년이 지나자 이들은 거주 조건을 약간 수정했다. 남의 아이를 돌본다는 두번째 문구를 폭넓게 해석하는 이들이 나타난 것이다. 남의 아이를 누가 돌봐도 무방한 이곳에서, 아이를 돌보는 이들이 반드시 인간 성체일 필요가 있나. 양육에 유독 탁월한 재능을 보였던 인간의 유전자를 편집해 활용하는 편이 더 낫지 않나, 하는 생각이었다. 곧 무주지에서 아이를 기르는 일은 클론들이 맡기 시작했다. 복제된 몸의 폐와 심장에는 종종 문제가 생겼으며 수명은 짧았지만 사년간의 양육에는 문제 될 게 없었다. 클론 특유의 이른 노화도 걸림돌이 되지 않았다. 얼마 안 가 양육 기간에 파트너를 바꾸거나 파트너 없이 홀로 아이를 기르는 클론이 생겼다. 모든 변칙은 가느다란 실금에서부터 시작되었다. 처음에는 조건을 약간 수정하는 것에서, 다음에는 수정한 조건을 더 수정하면서. 무주지 구성원들은 인간이 다른 종과 비교해 더 특별하지도, 존엄하지도 않다는 사실을 누구보다 깊이 체감하고 있었다. 이제는 2세대, 3세대 구성원들도 클론을 생산해야 하는 이유를 분명히 알았다.

생애주기가 불안정하고 기복이 심한 인간은 늘 무언가를 훼손한다. 복구 불가능한 사례가 넘친다. 클론이 양육을 도맡는 것이 훨씬 적합하다. 얼마 지나지 않아 무주지는 독점 관계에 더해, 인간이 인간을 양육하는 행위가 불법인 지역이 되었다. 공동체가 전보다 커지면서 양육 전담 클론들도 대량으로 배양되었다. 14세의 신체로 깨어난 클론들은 돔에서 육년간 사회화 과정을 밟았다. 캡슐 안에서 무의식상태로 받아들인 정보 외에도 익혀야 할 것들은 숱했다. 그들은 돔 밖으로 나갈 때까지 다각적인 심화 교육을 받았다. 실제 양육을 시작하는 20세에는 오른쪽 목덜미에 인장을 새기고 왼쪽 목덜미에 범죄 예방 칩을 심었다. 이들은 성별에 관계없이 두명의 짝으로 구성되었고 그 둘 역시 다자 관계를 맺을 수 있었지만, 그들만의 아이를 낳아 기를 순 없었다. 무주지 외곽의 오염된 토양 위에는 양육 전문 클론을 기리는 기념관, 명상실, 동상이 세워졌다. 거주자들은 클론을 상찬하는 것으로 그들이 맡은 일을 잊을 수 있었다.

"이제 지구 말고 다른 곳에서도 우리 삶의 방식을 이어 갈 수 있지 않을까요. 클론들이 행성을 탐사하는 겁니다. 진정한 무주지를 향해 그들이 떠나는 거죠."

허리를 굽힌 기정이 무주지 원로의 말을 흉내 냈다. 연음은 그의 비아냥거림이 재미있지 않았다. 기정의 치기 어린 표정, 퀭한 낯빛, 구부정한 등. 그 모든 것이 연음을 불편하게 했다. 그는 기정과 더 다투고 싶지 않았다. 그러나 그와 선내에 계속 머문다면 손에 닿는 집기를 모조리 부수게 될 것 같았다. 패드에 다시 뜬 세 글자 '진단 중'은 '복구 중'으로 바뀌어 있었다. 56분 소요 예정,이라는 글자가 그 아래 떴다. 머리를 식히면 다른 접근 방법을 찾을 수 있을지도 몰랐다.

"옷 입어. 같이 나가보자."

"선장님, 저희가 드디어 진정한 무주지를 향해 떠나는 겁니까?"

연음이 기정을 물끄러미 쳐다봤다. 입을 내민 기정이 슈트를 꺼내 들었다. 샘플 채취 키트와 기록 장비를 챙긴 둘은 입구 앞에서 각자 자신들이 떠나 온 무주지를 떠올렸다. 우리가 외딴 곳에 버려진 걸까. 유치하고 막연한 생각이 들었지만 완전히 틀린 추측도 아닌 것 같았다. 우주로 나가는 인간들이 받는 교육과 훈련 과정은 풍부하고 체계적이었지만 연음과 기정이 통과한 길은 훨씬 비좁고 조악했다. 그들은 말없이 탐사선 밖 땅에 발을 내디뎠다.

"저기야."

둘은 갈대처럼 보이는 풀 더미를 향해 터벅터벅 걸었다. 가까이 가서 보니 형태가 상당히 뾰족했다. 거무죽죽한 줄기는 철근 뭉치처럼 침울하고 과묵해 보였다. 연음이 입을 열었다.

"침엽수와 비슷해."

"아니, 이런 모양은 처음 봐."

기정은 이들의 질서가 낯설게 느껴졌다. 지구에서는 메마른 식물을 봐도 잠시나마 평온해질 수 있었지만, 이 군락의 모습은 전혀 그렇지 않았다. 견고하고 강인한 외곽선에서 굉장한 저항력이 느껴졌다. 기정의 어깨가 한껏 쪼그라들었다. 장침 다발 같은 이 식물을 손으로 쥐었다가는 장갑이 다 찢길 것 같았다. 지구에도 바늘잎 식물이 있었다. 그들은 위험을 대비해 방어용 화학 성분인 피톤치드를 만들어냈다. 병균과 해충에 맞설 일종의 살해 물질이었다. 기정은 자신이 그 냄새를 왜 좋아했는지, 어떻게 그걸 산뜻한 향으로 받아들일 수 있었는지 의아했다. 억센 더미 속에 그나마 부드러워 보이는 풀들이 있었다. 기정은 그것을 뜯어냈다. 살짝 집었다고 생각했는데 실뿌리가 붙어 올라왔다.

"통째로 뽑으면 어떡해."

기정의 팔을 잡던 연음이 눈을 여러번 감았다가 떴다. 줄기의 잔털이 불에 타는 듯 오그라들었기 때문이다. 착각이었나. 신경이 과민해진 탓일까. 머뭇거리던 기정이 크게 말했다.

"풀이 고통을 느낄 것 같아? 이걸 분석해야 할 거 아냐. 어차피 식물은 지능이 없다고."

연음은 대답을 삼켰다. 철저한 무관심, 그건 기정의 설계도 안에 잠들어 있던 속성이었는지도 모른다. 그의 원본은 2347년생 무주지 2세대 구성원인 서기정으로 집단 표준에 비해 공감 능력이 높은 데다 존경받는 아동심리학자였다고 했다. 연음은 고개를 저었다. 기정의 개성을 골똘히 따져보고 싶지 않았다. 서기정과 기정이 다를 수 있다는 가능성이 별다른 위로를 주지 않았다.

차이를 존중하고 차별을 막는다는 소리. 기정에게 말한 적은 없지만, 무주지에서 배웠던 것들은 이렇게 가끔 덧없게 느껴졌다. 기정은 풀에 관심을 끊고 앞서 나갔다. 연음은 그의 등을 쳐다보다가 발을 뗐다. 어차피 지능이 없다, 어차피 전체에 딸린 요소다, 어차피 뜯겨나가도 상관이 없다.

연음은 식물의 생태가 수학이나 점성술의 세계에 가깝다고 여겨왔다. 다들 정해진 질서, 디자인이 끝난 프로그램에 맞춰 오차도 방황도 없이 성장하는 것 같았다. 흐름을 수긍하며 거기에 생장을 맡기는 모습이 겸허해 보이기도 했다. 하지만 조금만 더 생각해보면 틀린 판단이었다. 연음은 영상을 통해 보았던 지구의 식물들을 떠올렸다. 온도만 맞으면 성장기가 아닐 때도 자랐다는 진달래와 철쭉, 겨우내 겹겹의 갑옷을 엮었다는 도토리, 맨몸으로 추위를 버텼다고 알려진 작살나무. 그뿐이었나. 꽃눈과 잎눈을 미리 만든 뒤 모아둔 에너지로만 최대한 가만히 활동했다는 겨울나무, 새들을 피하기 위해 끈끈한 타닌을 만들어냈다는 풀.

기정이 키트에 던져 넣은 이곳 식물도 생명력이 몹시 강할 것이다. 빛을 찾아 몸을 뻗고, 공기로 호흡하는 이들이 고통을 느끼지 못한다니, 지능이 없다니. 식물은 환경에 순응하는 것처럼 보이지만 시시각각 운명을 극복하기 위해 궁리한다. 주어진 조건을 전복할 최적의 전략을 세운다. 생애가 있는 모든 존재는 있는 힘을 다해 살고자 한다. 모든 것이 의심스러워도 그것만은 진실이었다.

연음은 지구의 나무들을 기억했다. 길고 가는 몸통, 죄다 기울어 자라나던 그들. 정확히 말하자면 나무들은 자라고 있다기보다 무언가를 견디는 것처럼 보였다. 기포가 터지듯 잎맥이 부푼 붉나무, 흰 버섯과 곰팡이에 뒤덮여서 있던 전나무, 수피의 입술 모양 숨구멍이 다 막힌 벚나무. 그리고 나무둥치를 어루만지던 자신의 손. 그 손을 코끝에 댈 때마다 이상하게 죽은 거위 냄새가 났다. 연음은 걸음을 멈추지 않고 생각했다. 그토록 스산했던 형상을 풍경이라 부를 수 있었을까. 몸을 틀어 돌아서면 끝이었을까. 사람들은 그나마 다행이라고, 무주지 밖의 상태는 훨씬 위태롭다고 했다. 연음은 무주지 바깥을 생생하게 묘사하는 말들을 듣고 싶지 않았지만, 아침부터 밤까지 떠도는 목소리들로부터 벗어날 수 없었다.

——무주지 밖에서 지내는 아이들을 상상해보세요. 어떤 곳에는 온기가 넘치고 어떤 곳에는 냉기뿐이죠. 하지만 이 구역 아이들은 영원토록 변치 않는 사랑의 여러 얼굴을 만납니다.

길은 막막했다. 대지에 돌무더기가 늘어나기 시작했다.

앞서가던 기정의 발걸음도 어느새 느려졌다. 탐사선 밖에 있어도 음성이 들리는 것 같았다.

──우리는 육아의 기쁨을 포기했어요. 아이들은 우리보다 온화하고 침착한 그들이, 클론들이 기르는 게 옳아요. 오류가 적은 이들이 일관성을 가지고 전문적으로 양육해야죠. 우주에도 클론이 가는 게 맞습니다. 우리 신체와 똑같잖아요. 새 행성을 찾는 위대한 일도 그들이 할 수 있습니다.

기정은 욱신거리는 발목을 주물렀다. 감각이 둔하게 느껴졌다. 그는 무주지가 자신들에게 전가한 고독과 체념이 더 무거워지는 것을 느꼈다. 거주자들은 인간과 클론의 같은 점과 다른 점을 언제나 뒤섞어 말했다. 모든 혁명이 그렇듯 그들이 처음에 모은 뜻은 깨끗하며 뜨거웠다. 문제에는 답이 있다. 손상된 부분은 복구할 수 있다. 재설정에 따르는 부작용을 감수할 수 있다면. 무주지의 밑그림을 신뢰하는 이들을 모을 수 있다면.

무주지를 상상한 사람들은 편애라는 감정이 역사적으로 유해했다고 생각했다. 뇌 기능과 역할을 연구하던 몇몇은 불쾌해 보이는 아이디어 하나를 대담하게 발전시켰다. 상대와의 독점 관계 속에서 뇌는 옥시토신과 세로토닌을 분비한다. 이 호르몬은 상대와의 연대감을 형성할 수 있게 하지만 그와 동시에 외부 세계를 향해 차폐막을 쌓아

올린다. 얼핏 부드러워 보이는 그 막은 생각보다 많은 대상을 걸러낸다. 오류는 여기서부터 생긴다. 무주지 구성원에게 사랑과 이해란 인간이 다른 존재와의 공존을 위해 가장 먼저 버려야 할 관념이었다. 사랑과 이해 앞에는 늘 숨겨진 수사가 있었다. 한정된,이라는 수식어가 그것이었다. 그들은 아이와 보호자 간의 강력한 애착이 미덕보다 폐해를 더 많이 가져왔다는 가설을 세웠다. 사람의 얼굴을 오래 보며 자란 아이들이 잃게 되는 것이 있었다. 바로 차이에 대한 다채로운 감각이었다. 엇비슷한 비글들의 얼굴을 전부 구분할 줄 알았던 아이들은 보호자와 유대 관계를 맺으면서 다름에 대한 민감도가 낮아졌다. 인지 테스트가 거듭될수록 비글 간의 차이를 하나둘 놓쳐갔다.

"그냥 다 똑같은데? 모두 귀가 크고 명랑한 개잖아요."

아이들은 태어난 지 일년이 지나면서부터 비글을 하나의 종 또는 덩어리로 인식했다. 그와 함께 자주 접한 보호자의 얼굴과 흡사한 인상을 선호했다. 보호자의 피부색, 보호자의 언어, 보호자의 표정이 기준이었다. '좋아한다'라는 감정이란 전혀 순수하거나 투명하지 않았다. 인간은 익숙한 대상에게 애정을 느끼며 그 영역 안에서만 정서적인 안정을 취했다. 차별은 대단한 악의가 아니라 그러한 발달 과정에서 생겨나는 효율적 감각에 불과했다.

낯익은 것과 낯선 것을 분류해 뇌에 저장하는 일은 인간이 인간으로 살아가는 데 필요한 작업이기도 했다. 생략, 강조, 분화. 사람은 세계를 추상화해야 했다. 가지를 치지 않은 나무가 광기 어려 보이듯, 인간은 머릿속에 각종 수납고와 서랍을 갖추지 않고서는 생존할 수 없었다. 적극적인 분리란 안전과 같은 말이었다.

무주지의 초창기 일원들은 그 사실을 잘 알고 있었다. 그들은 엔도르핀, 도파민, 옥시토신, 세로토닌, 멜라토닌 자체를 부정하지 않았다. 다만 그 호르몬을 단일한 공간 대신 다양한 환경에서 얻길 바랐다. 오픈 릴레이션십은 그들이 세운 논리에 자연스럽게 따라붙는 부수적 관계였지만 사람들이 여기 쏟아내는 비난은 유독 맹렬할 것으로 예상되었고, 실제로도 그랬다. 구성원들은 이 반응에 물러서지 않았다. 그들에게는 몇해째 진행해온 모의 양육 실험 결과가 있었기 때문이다. 이들은 자신들이 낳은 영아들의 반응을 코딩하고 뇌 활동을 스캔했다. 스트레스 지수인 코르티솔 수치가 그들이 보기에도 놀라울 만큼 현저히 떨어져 있었다. 출산에 따르는 통증을 완전히 제거하는 기술도 상용화 직전까지 와 있었다.

데이터를 공개하자 무주지로 이주하는 자들이 생겨났다. 이곳의 재생산 구조에 동의하는 여성들부터 이동을 결심했다. 이전처럼 보호자의 자격을 따져 가리려는 시도는 불가능할 뿐 아니라 지난할 수 있었다. 새로운 사회를 원하는 이들이 무주지로 가는 편이 간단했다. 행동유전학자, 발달심리학자 그리고 소규모의 과학자와 연구원이 주축이 된 무주지로 사람들이 계속해서 합류했다. 무주지에 적응하지 못한 이들은 언제든 그곳을 떠나도 괜찮았다. 그러나 무주지에서 자란 아이를 되찾아가는 일은 금지되었다. 그런 술수는 생존이 최우선인 무주지 밖에서나 통용될 수 있었다. 원칙을 공유하는 이들은 점차 늘었다. 무주지는 드넓은 동심원 모양으로 확장되었다.

그리고 한 세대가 끝나기도 전에 많은 거주자가 아이들을 낯설어하게 되었다. 클론과 함께 산책 나온 아이를 보고 놀라는 이들, 우는 아이를 발견하고 기절하는 사람이 생겨났다. 그들에게 아이들, 자라고 있는 사람이란 아직 사람도, 시민도, 무주지의 구성원도 아니었다.

기정은 행성 표면을 밟는 기분이 어째서 친숙한 것인지 알 수 있었다. 여기도 새까맣고 촘촘하고 서늘했다. 이 땅 역시 고르지 않았다. 무주지 외곽의 오염된 토양처럼. 그는 걸음을 멈췄다. 폐수는 하수관을 타고 반드시 어딘가로 흘러 들어간다. 목덜미에 인장이 찍힌 그들이 있는 자리, 어디서든 그곳이 끝이었다.

연음은 자리에 서 있는 기정에게 간신히 다가섰다. 발 아래 암석들의 크기가 점점 줄어들고 있었다. 작은 돌을 잘못 밟으면 넘어질 것이다.

"돌아갈까?"

"얼마 오지도 않았어."

기정이 돌멩이 하나를 발로 차며 답했다. 돌은 멀리 날아가지 않았다. 연음은 아까부터 머릿속에 맴돌던 말을 꺼냈다.

"나 여기서 나쁜 꿈을 꿨다. 도영이가 많이 울었어."

연음은 도영이 귀신처럼 자라났다는 뒷이야기를 보태지 않았다. 대신 이 말밖에 할 수 없었다.

"보고 싶어, 너무."

"난 그애와 사년을 보냈어. 넌 그 절반이잖아."

기정이 다시 걸음을 옮겼다. 연음은 그의 말에 바로 대꾸하고 싶었다. 사년을 채운 너는 감사해야지. 나는 이년밖에 같이 못 있었다고. 넌 내가 도영이를 뺏겼다는 생각은 안 해봤어? 그렇지만 이 말을 하려면 무주지를 비난해야 했다. 기정과 함께 여기 와 있다는 사실을 한탄해야 했다.

연음이 망설이는 사이, 기정이 언덕을 내려섰다. 야트

막한 경사로로 걸음을 옮기자 연음의 눈앞에도 평원이 펼쳐졌다. 기정이 한 지점을 쳐다보고 있었다. 조그마한 늪이었다. 양서류의 눈알처럼 보이는 공기 방울이 불규칙적으로 튀어올랐다. 부글대는 늪 뒤편에 또 하나의 자생식물 군락지가 펼쳐져 있었다. 그들은 덤불 근처에 떼로 모여 있는 벌레 무리를 발견했다. 거미와 비슷한 생김새였다. 가벼워 보이는 새끼벌레 하나가 기정의 헬멧을 타고 미끄러졌다. 연음과 기정은 무심결에 미소를 지었다. 입가의 웃음이 옅어지자 둘은 고개를 떨구고 각자의 발끝을 잠깐 바라봤다.

기정이 벌레가 없는 빈집의 누런 줄을 튕겨보았다. 그들이 만들어둔 집의 구조는 뜻밖에도 효율적이었다. 끈적이는 줄이 있고 아닌 줄이 있었다. 탄력도 다 달랐다. 집은 줄 세가닥으로 구성된 체계적인 공간이었다. 가운데 끈끈한 줄은 먹이가 붙는 중심 기능을, 양옆의 매끈한 줄들은 보조 기능을 가진 것 같았다. 연음이 기정의 팔꿈치를 잡았다. 그는 벌레 하나를 가리켰다. 이빨과 날개가 없는 벌레는 배 부분의 독으로 먹이를 마비시킨 뒤, 그걸 빨아 삼키는 듯했다. 딱딱한 껍질만 남기고 속의 체액을 마셔버리는 셈이었다. 식사를 마친 벌레는 보조 줄에 빈 껍데기들을 던졌다. 먹이를 기다리는 벌레들은 죽은 듯 미동이 없었다. 그들은 행성의 벌레가 어떤 자세로 어떤 시간을 보내는지 알 수 없었다. 이렇게 스치듯 보는 것만으로는 부족했다. 관찰에 공을 들인다고 그들의 생태를 반드시 파악할 수 있는 것도 아니었다. 기정이 벌레를 보며 말했다.

"이건 가져가고 싶지 않아."

"그래. 죽은 것만 넣자."

둘은 보조 줄에 던져진 빈 껍데기들이 다시 움직이는 모습을 보지 못했다. 키트에 넣은 시체가 바깥으로 빠져나간 사실을 알아채지 못했다. 평원 끝에 다다르자 매끄러운 돌들이 나타났다. 돌 틈마다 열매가 떨어져 있었다. 속이 다 파 먹힌 과실이었다. 그들 앞에 빛이 일렁였다. 연음과 기정은 서로의 눈을 쳐다보았다.

"물이야."

강가 곁에 몸을 낮게 웅크린 식물들은 부드러워 보였다. 잎들은 지표면에 거의 붙은 모습으로 자라나 있었다. 도톰한 잎사귀에 기이한 빛이 돌았다. 큐티클 층과 흡사해 보였다. 수분의 손실을 막기 위해 만들어진 형태였다. 연음이 잎을 가리키며 말했다.

"햇빛을 공평히 받기 위해 이렇게 방석 모양으로 엇갈려 성장하는 거야. 누가 빛을 덜 받고, 더 받는 일이 없도록 땅에 납작 엎드려 골고루 살아가는 거지. 로제트식물은 이런 전략을 쓴다고 배웠어. 이것도 번식력이 강한 식물이야. 어, 이건."

연음이 잎새에 얼굴을 가까이 댔다.

"너도 봐. 우리 인장 같다. 잎새가 닮았어."

"뭐가 닮아."

기정은 잎을 뽑아 그 씨앗을 장갑 위에 툭툭 털어냈다. 연음이 말릴 새도 없었다. 순간, 잎들이 기정의 발등을 휘감는 것처럼 보였다. 연음은 눈을 여러번 깜빡였다. 퉁퉁하고 억센 가지 하나가 기정의 다리를 찔렀다. 기정은 씨앗을 털어대기 바빴다. 장갑 위로 철가루만큼 작고 검은 씨가 쏟아졌다. 단단한 삼각뿔 모양이었다.

"잠깐만 그대로 있어."

연음이 기정의 팔에 달라붙은 씨앗을 보고 말했다. 확대경으로 들여다보니 입이 벌어졌다. 씨앗은 집요하게 달라붙은 가시였다. 한마디가 여덟갈래로 나뉜 가시들은 동화 속 소인국 사람들이 만든 창살 같았다. 창살 하나하나마다 작고 촘촘한 가시가 역방향으로 돋아 있었다. 붙은 뒤에는 절대 떨어지지 않겠다는 의지가 강력했다. 가만 보니 온통 섬세한 가시들이었다. 씨앗, 비늘, 몸통까지 겉면 전체가 잔가시로 빽빽했다.

둘은 자리에 앉아 씨앗을 떼어내기 시작했다. 기정이

신경질적으로 팔을 흔들었다. 완고하게 붙은 씨앗들은 어째서인지 점점 불어나는 것 같았다.

"이게 뭐야. 왜 이렇게 많아."

기정이 자신의 다리를 가리켰다. 아까 가지에 긁힌 부분이었다. 씨앗들이 그 자리에 빼곡했다. 종아리, 엉덩이, 옆구리. 기정의 우주복에 작은 구멍이 뚫리고 있었다. 그가 소리 질렀다.

"어떡해. 이러다 죽는 거 아니야?"

"무슨 소리야. 그만 만지고 일어나."

"이럴 줄 알았어."

"탐사선으로 돌아가자. 조금만 걸어가면 돼. 저기 보이지?"

연음은 손가락을 금세 접었다. 손끝이 가리키는 탐사선의 크기가 너무 작았다. 기정은 자리에서 일어나지 못했다. 눈과 코가 새빨갰다. 연음은 그의 곁에 가까이 앉았다. 겁에 질린 그를 억지로 일으킬 수 없었다. 기정이 손을 떨며 물었다.

"돌아갈 수 있을까."

"당연하지. 다시 작동시켜보고 안 되면 캡슐에서 자자. 사람들이 찾으러 올 거야."

"지구로 돌아갈 수나 있을까. 탐사 마치고 가면 정말 평생…… 도영이를 기를 수 있는 거야? 그런 특약은 없었다고 하면 어떡하지? 우리만 허락해준다는 말을 넌 믿어?"

"믿어. 그러니까 왔지. 불법이라고 해도, 우리가 이 고생을 했는데."

"도영이 이마 냄새를 맡고 싶어. 눈썹, 손톱, 발가락. 전부 만지고 싶어."

연음이 그의 어깨에 손을 올렸다. 잊히지 않는 장면이 떠올랐다.

"너 시간 초과해서 경고받은 거 기억나? 도영이 그만 만지라고, 머리에서 손 떼라고 해도 못 들은 척했잖아."

"안 들렸어. 어떻게 손을 떼. 자기들이 그렇게 해보라지."

"우리가 없었을 때 사람들은 아이들을 더 마음대로 만졌겠지? 아무 규칙도 없이."

"내키는 대로, 원할 때마다. 정말 그랬다면 부럽네."

연음은 기정의 얼굴을 유심히 살폈다. 표정이 조금씩 풀어지고 있었다. 곧 그를 부축해 돌아갈 수 있을 것이다. 기정이 무주지를 원망할 때는 이렇게 거들어주는 편이 나았다. 동의하지 않아도, 반발하고 싶어도. 연음이 그의 팔짱을 꼈다. 갑자기 기정의 목소리가 커졌다.

"오픈 릴레이션십이니 공동체니 웃겨. 감당도 못하면서."

연음은 그에게서 팔을 천천히 떼어냈다. 그리고 자신의 무릎을 감싸 안았다. 머릿속에서 목소리가 울렸다.

──무주지에서는 인간의 기질이 바뀔 수 있습니다. 닫힌 세계는 이전의 존재 방식입니다. 열림은 혼돈이 아니라 사랑이 될 것입니다. 사랑은 더 넓고 묽게 변화할 것입니다.

연음은 눈앞의 기정 대신 도영이를, 무주지 사람들을 보고 싶었다. 친절하고 상냥한 이들이 거기 분명히 있었다. 기정이 연음을 쏘아보며 말했다.

"사람들이 비교를 멈출 수 있을 것 같아? 뭘 다 열어 둬? 틀은 늘 있었어. 변화? 미워하는 대상만 바뀌지."

연음은 반사적으로 대답했다.

"그럴 수 있잖아. 인간은 허약하니까."

"허약하다고? 그 말 뒤에서 했던 짓들을 봐. 넌 허약한 게 얼마나 힘이 센지 아니?"

"사람들은 우리를 더 나쁜 용도로도 쓸 수 있었어. 무주지 바깥처럼."

"넌 그걸 다행으로 여기는 거야?"

"우리가 했던 일은 아이를 기르는 거였어. 다른 일이 아니라."

"여기 와 있는 우릴 봐. 무주지는 처음부터 끔찍한 곳이었어. 혁명 좋아하네. 그놈들이 떠올린 건 저열하고 기분 나쁜 발상이었다고."

"새롭고 아름다웠어, 처음엔."

"무주지는 생겨난 게 아니라 만들어진 곳이야. 그게 어떤 의미인지 알겠어? 오래 시도하지 않았다는 게 무슨 뜻인 줄 알겠냐고. 그러면 안 되니까, 그런 짓을 하면 안 되니까, 아무도 안 했던 거야."

둘은 잠자코 있었다. 기정이 좁다란 강물을 한참 쳐다보다 말했다.

"이런 말 우습지 않아? 상황 봐서. 두고 봐야지. 열어놓자…… 난 다른 가능성은 전부 닫고 싶었어. 선택할 필요가 없었어. 너만 좋았으니까. 너랑 도영이만 있으면 다 좋았으니까."

연음이 고개를 저었다. 지금 여기서는 필요 없는 말이었다.

"지구로 돌아가면 우린 또다른 사람을 좋아하게 될 거야. 그럼 너만 좋았다는 말 대신 너도 좋았다고 말하게 될 거야."

"왜 그래야 하는데!"

기정이 소리쳤다. 연음이 눈을 감고 바짓단을 움켜쥐었다. 우주복에 덮인 자신의 두 발목은 믿기 어려울 만큼 앙상했다.

그의 고함이 끊이지 않았다. 연음은 질끈 감았던 눈을 떴다. 발치의 땅이 흔들리고 있었다. 흙더미가 하나둘 솟아올랐다. 연음은 앉은 자세 그대로 뒤로 물러났다. 차라리 눈이 아홉개인 절지동물, 점액질로 뒤덮인 괴물, 거대한 촌충을 만나는 편이 나을 것 같았다. 행성은 빠른 속도로 구멍을 만들고 있었다. 소리를 지르기도 전에 기정이 거기 빨려 들어갔다. 잠시 후 검은 구멍은 기정의 우주복을 뱉어냈다. 채취용 키트와 확대경은 완전히 으깨져 있었다. 뒤집힌 땅 주변으로 얕게 자리 내린 뿌리들이 드러났다. 질기고 유연한 조직들은 의지를 가진 듯 꿈틀댔다.

연음은 왔던 길을 따라 정신없이 달렸다. 발목이 부러질 듯 아팠다. 콧속이 막혀 와 숨쉬기가 어려웠다. 흘러내리는 눈물을 닦아낼 수도, 볼을 긁을 수도 없었다. 잠시 후 탐사선이 눈에 들어왔다. 그는 숨을 가다듬었다. 그제야 손에 들린 기록 장비가 보였다. 쓸데없는 기기였지만 지금은 그걸 내버릴 힘조차 없었다. 탐사선 가까이 가던 연음의 숨이 다시 가빠졌다. 여기도 발치 곳곳에 작은 구멍이 패여 있었다. 탐사선 겉면은 검게 부식되어 있었다. 철가루로 보였던 흔적이 무리를 지어 움직였다. 벌레들이었다. 그는 그들이 뒤덮은 자리를 돌로 조심스럽게 눌렀다. 선체의 동판이 물에 불은 널빤지처럼 뭉개졌다. 탐사선

틈으로 인공지능의 음성이 가늘게 들려왔다.

　—굳건한 관계는 없습니다. 보호자와 보호 대상이 평생 함께하는 경우도 드뭅니다. 나아가 아이는 보호자 외의 다른 대상과도 얼마든지 안정기를 통과할 수 있어야 합니다. 사년마다 보호자가 바뀌면 아이가 분열적인 성격을 지니게 될 거라는 견해가 있지만, 한두명의 사람이 양육을 지속하는 행위는 더욱 위험합니다. 우리는 얼굴의 영속성 대신 온기와 촉감의 영속성이 영유아의 성장에 중요한 요소가 될 거라 전망합니다.

　연음이 곧장 반대 방향으로 뛰기 시작했다. 탐사선 가장자리에서부터 거대한 구덩이가 생기고 있었다. 목이 잠겨 비명도 나오지 않았다. 오른쪽으로 기울어지던 우주선은 지표면 안으로 힘없이 떨어졌다. 연음은 무릎을 꿇고 그 광경을 지켜봤다. 바지 안쪽 허벅지를 타고 오줌이 흘러내렸다. 아무 생각도 나지 않았다.

　연음은 손에 들린 기록 장비를 쳐다봤다. 그의 원본에게는 끈기나 집념이었을 특성이 자신에게는 고집으로만 자리 잡은 것 같았다. 늘 그래왔듯, 끝없이 억지를 부리고 싶었다. 정면을 바라보기 싫었다. 돌아갈 것이다. 돌아갈 수 있다. 그는 지구에 보낼 탐사기를 적기 시작했다.

　알파센타우리 바깥에 위치한 외계 행성. 지구보다 크고 중력도 세다. 습기와 자기장이 존재한다. 우리는 풀더미, 언덕, 평원,

늪, 협곡, 강을 발견했다. 씨앗과 벌레를 만났다. 행성 생물은 고유한 지성과 적응 전략을 품고 있다. 우리가 살 수 있을 세계다. 하지만 표면이, 생장점으로 보이는 지점이 위협을 느끼면…… 구멍을 만들어 위기 물질을 처리한다.

그는 그 기록을 전부 지웠다. 소용없는 문자였다. 전해질 리 없었고 전해야 할 의미도 없었다. 솔직한 생각을 남길 수도 없었다. 무섭다. 검정. 검정. 잿빛. 약간의 초록. 자주색과 섞인 청록. 알 수 없다. 알기 싫다. 버려졌다. 혼자 있다. 기정과 도영을 볼 수 없다.

연음은 우주복 왼쪽 팔 고리에 매달아둔 장난감을 쳐다보았다. 도영이 좋아하던 연두색 병정 인형이었다. 뛰어오면서 떨어뜨린 건지 몸은 사라지고 머리만 남아 있었다. 연음은 그 조각을 들어올렸다. 하찮아 보이는 머리통은 기정 같기도, 자신의 상념 같기도 했다. 그는 인형의 머리를 쓰다듬었다. 잠들기 전 도영에게 나지막이 들려주던 동화가 떠올랐다. 도영이 못 알아들어도 괜찮았다. 그건 자신이 듣고 싶던 이야기였으니까.

"철사로 만든 어머니와 헝겊으로 만든 어머니가 있었습니다. 둘 다 원숭이의 진짜 어미는 아니었죠. 철사 어머니에게는 우유병을 매달고 헝겊 어머니에게는 아무것도 매달지 않았어요. 이제 아기 원숭이가 어디로 갈까요. 사람들은 아기 원숭이가 우유를 가진 철사 어머니를 찾을 거라고 생각했어요. 아니, 그렇지 않았답니다. 원숭이는 헝겊 어머니에게 붙어 있었어요. 보드라운 촉감이 먹이보다 더 중요했던 거예요. 사람들은 그때야 알았습니다. 인간에게 가장 필요한 건 진짜 엄마도, 영양분도 아니구나."

그는 기기를 바닥에 내려놓았다. 지구에 부칠 기록이 있다면 이 말뿐이었다. 찾지 마, 오지 마. 우리는 어느 행성에서도 살 자격이 없다.

연음은 땅에 누워 몸을 최대한 웅크렸다. 그는 무주지 사람들이 처음에 품은 질문을 사랑했다. 열린 강령, 양육 수칙보다 더 자주 중얼거리던 말이었다. 자신이 아는 것 이상을 꿈꾸지 못하는 인간이 인간일까. 자신과 이미 닮은 것만을 사랑하는 존재가 아름다울까. 연음은 그런 물음을 조용히 곱씹어보던 시간이 좋았다.

무주지는 본능을 넘어서는 가치를 강조했다. 그렇지만 그 신념에는 한계가 있었다. 분쟁 말미에 힘없는 말이 남았고, 어느 순간부터는 말마저도 흩어졌다. 거친 말이 연한 말을 내리눌렀다. 위선, 순진, 비합리, 비효율, 부적절, 시기상조, 배부른 소리, 근거 없는 낙관. 인간에게서 바로 보이지 않는 정신을 밀어내는 말은 여럿이었다. 지구가 열악한 행성이 된 이유를 기후 변화 때문이라고 답할 수는 없었다. 그건 누군가 죽은 이유를 심정지라고 말하는 것과 비슷했다. 그러니 질문을 이렇게 바꿔야 했다. 지구가 열악한 행성이 될 때까지 누가, 어떻게 살았나. 왜 그렇게 지냈나.

기정의 말대로 무주지는 그저 끔찍한 곳이었을까. 연음은 더러워진 우주복을 내려다봤다. 여기 혼자 남았다는 것, 자신이 너무 어리다는 것. 남은 두 사실이 답인 것 같았다. 그는 무주지의 온전한 얼굴을 이제야 또렷이 그릴 수 있었다. 연음은 땅에 엎드렸다. 언제 꺼질지도 모를 지표면에 몸을 완전히 붙였다. 숨이 잘 쉬어지지 않았다. 엉치뼈가 따끔거렸지만 손을 다시 내려두었다. 씨앗이든 벌레든 털어낼 필요가 없었다. 연음은 세상에 갓 태어난 사람처럼 울었다. 다 울고 난 뒤에 다가올 시간을 어떻게 마주할지 짐작도 할 수 없었다. 그는 헬멧을 벗고 눈을 힘껏 감았다. 온기와 촉감이 영영 없는 곳이라면, 자신 역시 지워져도 상관없었다. 구멍 속으로 사라져도 좋았다.

"울지 마, 괜찮아."

연음은 고개를 들어 뒤를 돌아봤다. 시야가 흐릿했다. 꿈속인 걸까. 그는 눈두덩을 오래 비볐다. 땅을 뚫고 나온 넝쿨 위에서 누군가 말을 하고 있었다. 알몸의 기정이었다. 깃털 같은 잎사귀들이 그의 몸을 부드럽게 감싸고 있었다. 기정을 품은 세개의 잎은 그들 오른쪽 목덜미에 새겨진 인장과 같은 형태였다.

얇고 긴 줄기 하나가 연음과 기정의 입속으로 무언가를 떠 넣어주었다. 유백색 물방울 모양의 작은 열매였다. 그들은 그것을 받아먹었다. 건조한 입안이 금세 촉촉해졌다. 즙에서 달고 고소한 맛이 났다. 잎들이 그들의 등판을 천천히 쓸어내렸다. 잠시 후 둘은 동시에 트림을 내뱉었다. 밧줄처럼 얽힌 줄기가 그들의 겨드랑이를 휘감아올렸다. 발치부터 잔잔한 진동이 느껴졌다. 잠이 오기 시작했다. 연음과 기정은 줄기들이 몸을 파고들도록 목에 힘을 뺐다. 사지가 서서히 늘어졌다.

컬러 필드

센터는 대학 주변 번화가 뒤편에 있었다. 역을 나와 큰 길을 세번 꺾어야 했다. '컬러 필드의 백번째 도시, 건진'. 대로마다 홀로그램이 나타났다. '청년창업기금 800억 유치 성공'. 폭죽, 풍선, 꽃다발 이모지가 여기저기서 튀어나왔다. 안류지는 실눈을 떴다. 보도 건너편 펍은 한주 만에 밀웜 식당으로 바뀌어 있었다. 행인 몇이 입구 앞에 서서 귀리샐러드를 무료로 제공한다는 광고를 읽었다. 수업 시간까지는 여유가 있었다. 저 벤치에서 읽을까. 몇발짝만 걸으면 되겠는데. 안류지는 일을 하려다 말고 가만히 서서 초여름 열기를 느꼈다. 몸에 붙는 옷을 입고 지나가는 사람들이 모두 빛나 보였다. 그는 자신의 옷차림을 다시 살폈다. 딱히 유행에 뒤떨어지는 태는 아니었다. 하지만 비교 자체가 문제였다. 그만두자. 나에게도 남에게도 무례한 태도야. 하지만 업무는 아무래도 실내에서 보는 게 나을 것 같았다.

"이게 정상이냐고. 컬러 필드 같은 소리 하고 자빠졌네. 다들 미쳤어."

밀웜 식당 앞에서 휴머노이드가 한 사람을 막아섰다. 삼십대 중반 정도일까. 자신과 비슷한 나이대로 보이는 여성이었다.

"장애에 관해 문제 발언을 하셨습니다. 공생저해법 3조 1항에 따라 벌금을 부과합니다."

녹취 내용을 분석해 일괄 전산 처리하는 휴머노이드 앞에서 여자는 떼를 썼다. 미쳤어,라는 소리는 혼잣말이 아닌 포효에 가까워서 우긴다고 될 게 아니었다. 안류지는 벌금을 문다고 소리 지르는 행인의 완력과 무지가 놀라웠다. 정상성에 대한 편협한 판단도 마찬가지였다. 저토록 시대착오적인 여자가 자신 또래라는 사실이 착잡하기도 했다. 안류지는 걸음에 속도를 냈다. 대기하기에는 강의실이 있는 3층보다 4층이 편했다. 그는 내친 김에 한 층 더 올라가기로 했다. 5층 복도는 한산했다. 창문 쪽 계단으로 향하던 그가 걸음을 멈췄다. 복도에 걸린 액자 때문이었다. 한 여자와 남자가 키스하는 사진 아래 '옛사랑'이라는 제목이 붙어 있었다. 한기가 도는 듯해 안류지는 몸을 떨었다. 오른쪽 손목에 두른 시계가 불빛을 냈다. 백환이었다.

"잘 도착했어? 저녁에 그 비스트로에서 봐. 일곱시다!"

"몇번을 말해. 누나가 지각하는 거 봤어?"

"너무 일찍 올까봐 그러는 거지. 괜히 서두르지 말고 시간 맞춰 오라고."

말을 마친 백환이 미소를 지었다. 안류지는 손을 대충 흔들고 통화 종료 버튼을 눌렀다. 결혼이 거의 사라지고 연인이 쉽게 바뀌는 세상에서, 그와 사년째 동거 중이라는 사실이 주는 쾌감이 예전에는 분명히 있었다. 지금 곁의 짝이 누구보다 꼭 맞는 상대라는 자각. 하지만 안류지는 때때로 그가 자신을, 자신이 그를 사년이나 방기한 건 아닌지 의심스러웠다. 한두해의 교제 기간을 넘기면 나머지 시간은 덤처럼 쌓일 수도 있지 않나. 서로에게 더 무성의할수록, 더 부주의할수록 수월하게.

──이곳도 컬러 필드가 되다니 기뻐요. 삶의 질이 더 오른 기분입니다.

──색깔이 좀더 늘어나면 어떨까요. 이백개 정도로는 부족하죠. 한명 한명이 얼마나 다양한데. 링을 성년부터 사용할 수 있다는 규정도 한번쯤 다시 고려해보면 좋겠고.

──지난 연애가 길었죠. 오개월간 사귀었는데 좋은 사람이었어

요. 이제는 링을 통해 인생 경험을 늘리고 싶어요. 그 사람보다 더 나은 사람을 반드시 만나게 되는 건 아니더라도.

안류지는 계단에 앉아 설문 답변을 읽어내려갔다. 건진 구 응답자 전반에 걸쳐 컬러 필드에 대한 만족도는 높았 다. 한번에 거둔 성과는 아니었다. 컬러 필드는 협력 구에 독립과 창업을 위한 지원금 일부를 투입하고 컬러별 셰 어하우스를 증축했다. 건진에 컬러 필드가 들어오기 전부 터 이미 많은 이들이 링을 착용하고 다녔다. 귀, 눈썹, 코, 입술, 손목, 발목. 그래도 팔찌 형태의 제품이 매해 부동의 1위였다. 대부분 왼쪽 손목을 선호했다. 나의 색을 보여주 고 너의 색을 보겠다는 암묵적인 약속이었다. 시각장애인 을 위해 표면 질감이 변하는 링도 개발되었지만, 아직 촉 감의 차이가 섬세하게 구현되지 않는 데다 고가여서 사용 자는 적었다. 상품 전체 판매량에 비해 클레임 건수는 많 지 않았다. 사람들은 곁눈질로 서로의 링을 확인하고 상 대에게 다가가 소소한 대화를 나누었다.

컬러 필드의 링은 성적 페로몬에 따라 색을 드러냈다. 색은 날마다 조금씩 변했지만, 처음 색에서 크게 벗어나 지 않았다. 상황에 맞춰 가까이하고 싶은 색도 달랐다. 우 위를 점하는 색은 없었다. 어떤 배색인지, 어떤 조화를 이 루는지가 중요했다. 궁합 예상 확률을 점치는 글들이야

늘 돌아다녔지만, 무슨 색에도 어울리는 색이 있었다. 대체로 비슷한 계열의 색상끼리는 느긋하고 평화로운 관계를, 서로를 완강히 밀어내는 보색끼리는 격렬하고 전투적인 관계를 유지했다. 다른 사람들의 시선을 의식하지 않고 길에서 뜨겁게 싸우는 커플은 네온옐로우, 딥퍼플의 조합. 아침 산책로를 따라 걷는 커플은 라이트그레이, 빈티지그레이의 조합인 식이었다. 선호 색상은 철저히 주관적인 선택으로 여겨졌다. 하지만 컬러 필드가 세상에 막 잔뿌리를 내릴 시기에는 이 같은 페로몬 통신을 불신하는 목소리와 함께 무작정 링을 사는 행위가 비자율적이라는 비판도 거셌다. 유전자의 지령을 그대로 따르는 수동적인 자세가 점성술이나 사주에 휘둘리는 일과 뭐가 다르냐는 말이었다. 그래도 사람들은 링을 빼지 않았다. 그들에게는 강력한 공유 개념이 있었다. 난리 쳐도 별수 없지 않나. 인간이 뭐 그렇게 어렵겠어. 겸허하게 색을 따르면 되지.

안류지는 외출할 때마다 컬러 필드의 링 대신 가짜 링을 찼다. 구매자들이 꽤 있어 사기 쉬웠다.

"불필요한 질문이나 관심을 차단할 수 있잖아. 이게 편해. 검정은 눈에 더 띄어. 진짜 누구한테도 안 끌려요? 그렇게 묻는 사람들이 아직도 있대."

차라리 착용하지 않는 게 어떻겠느냐는 백환의 반문에

안류지는 검지로 링을 톡톡 두드렸다.

"여기 제 일터거든요. 그리고 이거 안 찬 사람들 의심받아. 숨기니까 불편하다고. 왜 불안하게 하냐고."

백환도 안류지의 요구대로 모조 링을 찼다. 흰색. 자극을 받아들이기 어려운 상태. 현재 교제에 여력이 없다는 뜻이었다.

녹말 도시락 용기 만들기 수업은 이번이 3회차였다. 강의가 시작되기 전, 자리에 앉은 안류지는 코끝을 스치는 향수 냄새에 숨을 크게 들이마셨다. 싱그럽고 시원한 풀냄새였다. 멜론과 민트를 섞은 듯했다. 향이 갑자기 강해졌다. 수업 직전 옆에 앉은 다카코 때문이었다. 디자인에 대한 질문이 많은 수강생이었다. 워크숍 참여자 모두가 그의 이름을 금세 익혔다. 이십대, 재일교포 3세, 연극 연출가. 다카코가 직접 밝힌 것인지, 누군가 퍼뜨린 것인지 그에 대한 정보도 수강생 전원이 알았다.

외모 평가는 야만적인 구태가 된 지 오래였지만, 사람들은 표정을 완전히 숨기진 못했다. 안류지는 수강생들이 강의실 맨 뒷자리에 앉은 거구의 여자를 깍듯하게 대하는 모습을 여러차례 봤다. 검은 옷만 입고 오는 여자 주변에는 매번 장례식장만큼이나 숙연한 분위기가 돌았다.

여자가 고인도 아닌데 볼썽사나웠다. 저렇게까지 정중할 필요는 없잖아. 결단코 상처주지 않겠다는 태도도 상처가 될 수 있어. 다양한 체형을 인정한다는 눈길로 뭔가를 억누르지 말라고. 다 드러난다고. 안류지는 두번의 수업에서 수강생들이 자아내는 기류를 파악했다. 뚜렷한 간극을 만들어내는 사람이 있기 때문이었다. 지금 옆에 앉은 여자였다. 다카코를 대하는 사람들의 표정은 한결 편안하고 밝았다. 어딘가에서 해방된 듯한 웃음, 더 커진 목소리와 동공, 부드러운 손짓. 공생저해법으로 막을 수 없는 차별은 숱했다. 이전 세대가 혐오를 불법으로 제정해야만 했다는 사실도 궁색했다. 그 시대의 한계였겠지. 아니, 지금도 기대할 건 없어. 안류지는 다카코를 둘러싼 사람들을 보며 이곳이 얼마나 허술하고 잔인한 곳인지 새삼 깨닫곤 했다.

다카코의 색은 샤프그린이었다. 컬러 필드의 모니터 요원 안류지는 다른 이들에 비해 세부 색상을 정확하게 분별할 수 있었다. 질문할 때마다 왼손을 높이 드는 다카코 때문에 링의 채도는 도드라져 보였다.

"루틴이 깨지는 걸 별로 안 좋아하죠? 대담한 척해도."

수업이 끝나갈 즈음, 다카코가 안류지의 도안을 보며 말을 걸었다. 옛날 드라마 대사처럼 유치하기 짝이 없었다. 연출가라면서 대본도 안 읽나. 안류지는 어깨를 바짝 움츠렸다. 일부러 동작을 과장한 면도 없지 않았다. 다카코는 놀라게 해서 미안하다는 말을 하지 않았다. 그렇게 얕은 허식이 우습다는 투였다. 안류지는 다카코의 큰 눈을 바라보다 시선을 떨궜다. 별로 미안하지 않은데, 미안하다고 하는 게 상대를 더 무시하는 것 아닐까요. 류지상, 상대를 진짜 배려하는 게 뭘까요. 다카코가 하지도 않은 말이 들리는 듯했다.

"도형이 크고 배치도 의외인데, 자세히 봐요. 류지씨 그림에는 겹치는 선이 하나도 없어요."

안류지는 도안 화면을 바로 껐다. 스케치를 저장하지 못했다는 사실은 센터를 나와서야 알았다.

저녁 무렵이 되자 사람들의 눈빛은 더 반짝였다. 안류지는 인파 틈에서 시계를 봤다. 이대로라면 비스트로에 한시간은 일찍 도착할 것 같았다. 늦는 걸 싫어하지만 이렇게까지 서두를 건 없는데. 그는 천천히 걷다 공원에 들어섰다. 입구에도 홀로그램이 떴다. 안류지는 인조 바위에 앉아 광고를 무심히 쳐다봤다. 참깨와 땅콩 소스가 유명한 비건 외식업체, 커플 이벤트 파티 전문 회사, 베트남 여성과 태국 여성 둘이 형사로 활약하는 범죄 영화 예고

편, 지루한 기색으로 연인들을 구경하던 여성이 귀가 후 혼자 춤을 추며 따는 맥주. 모델들의 외모는 근사했다. 다양한 이들을 담는 것 같아도 앵글에 주요하게 잡히는 인물들은 전부 아름다웠다. 변화, 더 거대한 변화를 원하는 자신이 볼품없게 느껴졌다. 안류지는 손톱을 물어뜯으며 생각했다. 사년 사귄 남자친구를 기다리면서 무슨 변화.

─있는 그대로, 당신의 색깔로 세상을 만나세요.

컬러 필드의 광고가 나오자 배에 힘이 들어갔다.

─자극과 긴장은 우리를 건강하게 만들죠. 과학적으로 밝혀진 신체 호르몬의……

인트로 뒤의 줄거리는 명료했다. 한 남자의 일대기. 수많은 사람이 그에게 입을 맞추는 장면. 죽기 전 노년의 남자가 그들을 떠올리며 다시 소년이 되는 결말. 어딘가 진저리나는 짜임새였다. 눈을 감은 남자의 머리 위로 카피가 뜨며 광고가 끝났다. Everyone Loves You, You Love Everyone. 봐도 봐도 껄끄러웠다. 어떻게 한 사람이 수백 명을 사귀어. 어떻게 매일 새롭고 행복해. 광고는 남자의 분열과 착란을 조금도 헤집지 않았다. 애초에 그런 것이 광고라 해도 너무 매끄러운 서사는 수상했다. 안류지는 자리에서 일어났다. 그는 가게의 통유리창이 나타날 때마다 거기 잠시 멈췄다. 어떤 유리창 앞에는 생기가 도는 여자가 서 있었다. 어떤 유리창 앞에는 갑갑해 보이는 여자가 서 있었다.

"류지 학생은 호승심이 있어요. 아주 많이. 기세를 잘 활용하면 좋은 성취가 있을 거예요."

안류지는 12세 때 야구부 코치에게 들은 단어의 뜻을 알 수 없었다.

"아이한테 호승심이 뭐야. 나는 무슨 승려 말하는 줄 알았어. 아니, 승부에 의욕이 좀 있는 편이라고 해도 됐잖아. 그리고 잘 활용하면 좋을 거라니. 뭘 그렇게 불길하게 말해."

백환은 그 얘기에 폭소를 터뜨렸다.

"안류지, 야무진 것 좀 봐. 거의 너의 본질이 담겼는데? 와, 매섭다."

기어이 사진을 찾아 거실에 걸어둔 것도 그였다. 초등학교 여자야구단에서 입을 꽉 다물고 타석에 선 안류지의 모습은 그해 학교 대외 홍보 자료로 널리 쓰이기도 했다. 안류지는 그 사진을 보며 얼굴을 찡그렸지만, 반드시 이기려는 마음이 투명하게 드러난 표정이 내심 귀엽기도 했다. 백환도 그 사진을 좋아했다. 하지만 이십여년이 지난 지금, 같은 표정이 귀여울 리 없었다. 결연한 입매와 부릅

뜬 눈은 십대 후반부터 그저 고집으로 읽혔다. 안류지는 비스트로 유리창에 비친 자신의 모습이 흉하다고 생각했다. 가게 문을 열면 테이블마다 젊고 친절한 이들만 앉아 있을 것 같았다.

안류지는 된장크림파스타를 씹는 둥 마는 둥 했다. 그는 주변을 여러번 둘러보았다. 어둑한 조명 아래, 모두 포근한 표정이었다. 의자 다리 하나가 아까부터 흔들리는 것 같았다. 그는 다시 앞을 봤다. 믿을 수 없었다. 여성과 남성으로 이뤄진 짝은 자신들뿐이었다. 안류지는 테이블에 두 팔꿈치를 똑바로 대고 왼손을 오른손 위에 포갰다. 조명을 받은 손목의 링이 눈에 잘 띄었다. 친구와 나온 거라는 연출을 하고 싶었다. 마주 앉은 백환 역시 무심결에 손목을 드러내주면 좋을 것 같았다.

"오늘 수업 때 옆에 앉은 여자, 이상하더라. 내 도안 보고 성격을 단정하는 거야. 자기가 막 꿰뚫는다는 식으로. 대본 쓴다더니 직업병인가? 왜 그래, 함부로."

"진짜? 뜬금없이 왜? 뭐라고 했는데?"

안류지는 대답 없이 모히또를 들이켰다. 그리고 입에 딸려 온 애플민트 잎을 잘근잘근 씹었다. 풋풋하고 비린 향이 나쁘지 않았다. 고개를 틀자 백환의 뺨에 묻은 파스타 소스가 눈에 들어왔다.

"류지야. 기분 안 좋아? 왜 그렇게 가라앉아 있어?"

"봐봐. 여기 우리 같은 사람들이 없어."

"우리처럼 끈끈한 커플?"

"아니. 여자, 남자 커플."

"그거 꽤 위험하고 부적절한 말인데. 이성애자들 아직도 수두룩해."

"여긴 없잖아. 좀 위축돼."

"너 진심으로 그렇게 느끼는 거야? 그 얘기 너랑 나한테, 우리한테 안 미안해?"

"미안하지."

안류지는 자신이 고리타분한 사람인 것처럼 느껴진다고 말할 수 없었다. 뒤처져서 소외감이 든다고, 구습에 젖은 듯한 기분이 든다고, 그러니까 지는 심정이라고. 하지만 입을 여는 순간, 그건 개인의 실책이 아니라 팀의 실책이 될 것 같았다.

"알아. 아는데. 거래처에서, 일터에서, 고객 상담 자리에서 자꾸 거짓말을 하게 되니까."

"류지야. 직업과 생활을 일치시킬 필요는 없잖아. 컬러필드에서 일하니까 자유로워야 한다고 느낀다면 그 자유는 자유가 아닌데? 쫓기는 거지."

안류지는 발끝으로 시선을 옮겼다. 선뜻 동의하지 못하

는 기색이었다. 백환의 목소리가 조금 커졌다.

"정 그러면 진짜 링을 차든가, 가짜 링을 빼든가. 나를 왜 오래 만나느냐고 누가 묻기라도 해?"

"내가 수도 없이 묻게 돼. 나한테."

"그걸 왜 물어야 해?"

안류지를 물끄러미 쳐다보던 백환이 테이블에 엎드렸다. 안류지는 그의 어깨를 어루만졌다. 진짜 만지고 있는데도, 만지는 흉내를 내는 것 같았다. 노력과 타성을 분간할 수 없었다. 안류지는 낮에 센터 계단에서 품었던 질문을 다시 떠올렸다. 한두해의 교제 기간을 넘기면 나머지 시간은 덤처럼 쌓일 수도 있지 않나. 켜켜이 쌓인 나날은 겨울 이불같이 안전하고 따듯할 것이다. 하지만 언젠가 우리를 데워주던 이불 더미가 무너진다면. 거기 깔린다면. 안류지는 쏟아지는 이불 따위 무섭지 않았다. 그가 무서워하는 건 그 안에서도 밖으로 나가지 않을 자신이었다. 나름대로 괜찮아. 아늑해. 좋아. 숨이 막히는데도 이런 소리를 하고 있을 자신.

늦은 밤, 안류지는 맥주 두 캔을 꺼내왔다. 백환의 목뒤에 캔을 갖자 대자 그가 비명을 질렀다. 둘은 잠시 서로의 허리와 등을 감싼 채 깔깔거렸다. 맥주 두 캔을 더 꺼내 온 안류지가 불쑥 말했다.

"우리 진짜 링, 한번 껴볼까? 회사에서 받은 거 있어. 최신 버전. 싫으면 말고."

"싫어. 뭐 하러."

그의 답에 안류지가 눈을 흘겼다.

"류지, 싫으면 말자며? 링 낄 때까지 입 내밀 거면서 생각해주는 척하네."

"우리 어떻게 한번을 안 해봤지? 재미로라도 해볼 수 있었는데."

매일 혼자 자신의 색을 확인하던 안류지는 이 말이 딱히 거짓은 아니라고 생각했다. 그래. 우리가 함께 보는 건 처음이니까.

"미리 말해두는데, 나 이거 별로 신뢰 안 해. 결과 보고 고민하지 마라."

잠시 후 색이 떴다. 안류지는 매트오렌지, 백환은 소프트카키. 드문 조합이었다. 안류지는 샤워를 마친 뒤 혼자 맥주를 더 마셨다. 그는 시계를 눌러 컬러 필드 사이트에 접속했다. 인증을 세번 더 하면 직원 전용 자료를 볼 수 있었다. 사용자에게 공개되지 않는 데이터였다. 매트오렌지와 소프트카키는 전체 누적 커플 중 단 3.2퍼센트였다. 매칭 성공률 16퍼센트, 커플 만족도 예상 수치는 12.1퍼센트에 불과했다. 컬러 필드의 예측상 둘은 서로에게 그다지 어울리는 짝이 아니었다. 안류지는 곧장 아무렇지 않게 매트오렌지와 샤프그린의 매칭률을 찾아봤다. 전체 누적 커플 중 18퍼센트, 매칭 성공률 41퍼센트, 커플 만족도 예상 수치는 무려 75.8퍼센트였다. 안류지는 남은 맥주를 입에 전부 털어 넣었다.

"류지야. 이제 사람들 소개 그만 시켜. 집에 데려오지도 말고."

"만나보기로 했잖아. 일단 열어두자고 약속했잖아."

진짜 링 두개의 배색을 확인한 그날 이후 둘의 다툼은 잦아졌다. 안류지는 자신의 감정이 왜 이렇게 맑디맑게 드러나는지 알 수 없었다. 숨기고 가리는 일은 자신 있었는데. 있던 일을 없던 일로 만드는 것은 쉬웠는데. 예상치도 못한 상황에서 화가 치밀었다. 통속적인 경로를 밟지 않으려고 애쓸수록 그들이 있는 거실은 통속극이 펼쳐지는 무대가 되어갔다.

"너 무슨 화학 실험해? 사람들이랑 나랑 번갈아가며 쳐다볼 때 정말……"

"너와 어울릴 만한 사람들이야. 소프트카키와 조합이 좋아."

"안 되는 건 안 되는 거야. 희망 성격이라는 말 들어봤지? 진짜 성격이 아니라 되고 싶은 성격. 류지, 네가 원하는 건 그런 거야. 나 말고도 다른 사람들을 사귀면 자유로울 것 같아도, 실제로는 괴로울걸?"

"내가 못할 것 같다는 소리지?"

"내가 틀렸을 수 있겠지. 하지만 사람은 늘 같은 트랙을 돌고 있을 뿐이 아닌가 싶어. 그렇게까지 넓고 복잡한 존재가 아니라고. 끝없이 갱신한다? 나날이 확장한다? 그럴 수 없어."

듣고 싶던 답이 아니었다. 별수 있니? 도리가 있어? 그러니까 이렇게 지내면 돼. 네가 아니면 안 된다는 말이 아니라, 너를 알수록 더 알아가고 싶다는 말이 아니라, 인간의 마음은 어쩔 수 없이 시들고 만다는 사실을 확신하는 말에 안류지는 기운이 빠졌다. 그가 백환의 눈을 보지 않고 대꾸했다.

"아니. 우리 빼고 다 다른 트랙을 도는데?"

녹말 도시락 용기 만들기 수업이 끝났다. 5회차 워크숍이 종료되던 날, 수강생들은 모두 자신의 도시락을 받아들었다. 3회차부터 안류지 옆에 앉던 다카코가 피식 웃으며 물었다.

"지금 색이 진짜구나. 가짜 링은 대체 왜 하고 다닌 거예요? 자세히 보니까 알겠던데."

"말하자면 길어요."

"어쩌죠. 저는 바쁜데. 그럼 시간 아낄 겸 저녁 먹으면서 들어도 되죠?"

해괴한 드라마식 대사는 여전했지만, 안류지는 이 패기가 나쁘지 않았다. 차라리 곧고 투명하게 느껴졌다. 식당 문을 나오며 다카코가 안류지의 팔짱을 꼈다. 안류지는 거리를 걸을 때 등이 한결 반듯해진 걸 느꼈다. 승모근도 복근도 단단해진 것 같았다. 사람들이 흘깃 건네는 시선을 피하지 않았기 때문인지 더위 때문인지, 눈두덩이 뜨겁고 머리가 어지러웠다. 얕은 몸살기는 몇주가 지나서야 사라졌다.

"류지, 우리가 그렇게 오래 얘기한 자유. 생각과 실제는 다르더라. 네 말이 맞았어."

백환의 눈 안에 빛이 켜진 듯 얼굴이 환했다. 좋게 보면 담백하고 나쁘게 보면 심드렁하게 느껴지던 평소 인상이 아니었다. 골격도 어딘지 탄탄해진 것 같았다. 안류지는 자신의 아랫입술을 세게 깨물었다. 그의 모습이 전에 없이 매력적이었다. 백환이 여름내 무섭게 성장한 걸 알 수 있었다.

"한동안 그 사람 집에서 살아보려고. 너도 만나는 사람 데려와서 지내. 같이 수업 듣는 분 맞지?"

안류지는 이마에 손을 짚었다. 그것까지 아닌 척할 수는 없었다. 백환이 빙그레 웃고는 물었다.

"너 그 사람 얘기, 얼마나 많이 한지 몰랐지?"

야구 배트를 꽉 그러쥔 아이는 자신만만해 보였다. 가끔 오는 시간이야. 지나갈 거야. 이겨낼 수 있어. 안류지는 타석에 서 있는 어린 자신에게 말했다. 역부족이었다. 그는 들고 있던 다카코의 대본을 소파 위에 던졌다. 허술한 구조, 얕은 기술, 난데없는 계몽성, 지저분한 문장, 길고 지루한 대사, 기이한 나르시시즘, 참을 수 없는 유머 코드. 그는 거실을 둘러보았다. 대본처럼 산만했다. 현관, 화장실, 부엌. 다카코가 지나간 자리는 죄다 엉망이었다. 안류지는 백환의 사이트에 들어가 이미 봤던 그의 작업을 또살폈다. 다시 봐도 마찬가지였다. 초여름에는 드문드문했던 사진이 늦여름에는 확 늘어났다. 피사체를 향한 시선이 건조하지도 단순하지도 않았다. 맥락은 풍성했고 비유도 정확했다. 모르지만 다 알겠어. 알겠지만 또 모르겠어. 안류지는 자신이 참았다고 여겼지만 참지 않았던 것들을

생각했다. 손목시계가 불빛을 냈다. 공생저해법 과태료를
내라는 메시지였다. 그는 부엌으로 가 휴지 몇장을 뽑았
다. 흐르는 콧물을 얼른 훔쳐야 했다. 안류지는 얼굴을 닦
다 말고 그대로 의자에 앉았다. 그리고 테이블에 엎드렸
다. 두개의 녹말 도시락 용기 안에는 곰팡이가 잔뜩 피어
있었다.

주희, 상수

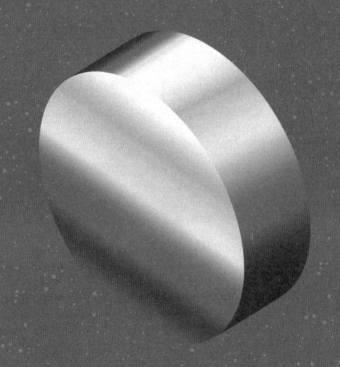

상수는 십자가를 지고 골고다언덕을 오르는 성자처럼
비극적으로 걸어왔다. 오르막길 끝에 선 주희는 그의 몰골
이 몇달 전과 변함없다고 생각했다. 목과 겨드랑이 주변
이 다 해진 파란색 티셔츠는 주희를 만날 때도 자주 입던
옷이었다. 가슴팍에는 그가 좋아하는 밴드의 이름이 새겨
져 있었는데 주희 눈에는 알파벳 열개가 볼 때마다 빠른
속도로 바래가는 것만 같았다. 처음에는 희고 분명했을
글자들이 칠판 위에 덜 닦인 분필 자국처럼 뿌옇고 애매
하게 남아 있었다. 그래도 그 옷은 매사에 건들건들한 상
수와 잘 어울렸다. 상수가 곁눈질로 주희를 쳐다봤다.

"너 그새 살쪘다?"

주희는 손으로 배를 가렸다. 어제부터 아무것도 안 먹
었는데. 호르몬제 때문에 몸이 부어 있나. 삼개월이나 먹
었으니 체질이 뒤집혔겠지.

"바보야. 이 구김살. 와, 늘어진 것 좀 봐."

상수가 주희의 팔자주름을 짚었다. 주희는 곧장 그의
손목을 잡아 비틀려 했지만, 손끝에 도무지 힘이 들어가
지 않았다. 주희는 허리를 꺾고 웃는 상수를 멍하니 지켜
보았다. 이 철부지처럼 아무 걱정 없이 실없는 농담을 지
껄일 수 있다면 얼마나 속 편할까. 주희가 이마에 손차양
을 붙였다. 날이 벌써 더워지고 있었다.

주희에게 체중 감량은 어려웠다. 과일과 채소와 저지방
고단백 식품을 라면보다 규칙적으로 섭취하기 어려운 건
둘째 치고 식사와 수면 시간 자체가 십년째 들락날락했
다. 커피를 마신 뒤 담배에 불을 붙이면 그간의 노력도 부
질없게 여겨졌다. 몸은 생각보다 강력한 항상성을 가지고
있었다. 새로운 세대는 새로운 체형으로 속속 변화하는
듯했지만, 자신 가문의 유전자는 제사를 지내듯 악착같이
과거를 기억하는 것 같았다. 주희 선조는 대대로 허약한
데다 살집이 있고 생식기관 질환에 취약했다.

상수는 거리에서 우스운 간판을 발견할 때마다 주희의
어깨를 치고 저 이름을 좀 보라며 키득댔다. 아무 반응이
없으면 옆구리를 찌르고, 볼에 바람을 잔뜩 넣고, 눈을 까
뒤집어 흰자를 보여줬다. 주희는 그런 게 하나도 웃기지
않았다. 현실과 유리된 상수의 장난은 투명한 빛을 잃은

지 오래였다. 곧 만날 담당 의사의 누리끼리한 얼굴과 그속의 날카로운 두 눈을 떠올리면 주희는 벌써 오금이 저릿저릿했다.

골목을 꺾자 짙은 초록색 십자가가 보였다. 그들은 병원으로 곧장 들어가지 못하고 잠시 숨을 골랐다. 유리문 밖으로 새어 나오는 빛이 어쩐지 부실하고 파리해 보였다. 주희는 뾰로통하게 입을 다문 채 가슴속의 사사로운 걱정들을 줄줄이 캐보려 했다. 앞발로 차가운 땅을 집요하게 파내는 족제비처럼 주희의 어깨는 좁아지고 마음만이 바빠졌다.

"본인이 어느 부위를 수술하실지 알고 계시죠? 확실히 결정하신 거고요?"

의사는 복화술을 하듯 작고 열없는 목소리로 질문을 이어갔다. 무심하고 배타적인 모습이 일견 어른스러워 보이는 남자였지만, 주희는 그의 건조한 기질과 삭막한 말투가 사실 어른스러움과 가장 먼 속성이라고 생각했다. 눈동자의 초점이 없고 입가 근육이 축 처진 그에게 어떤 말을 되묻거나 섞는 일은 가당치도 않아 보였다. 의사는 진작부터 나와 상수 사이를 파악하고 있을 것이다. 우리가 헤어진 가난뱅이 연인이라는 사실을. 그래서 이렇게 밑도 끝도 없이 무성의한 거겠지. 아니, 생각을 곱씹지 말아야 한다. 언변이 막힘없고 서글서글한 의사를 만났어도 꺼림칙했을 테니까. 주희는 자신 근처를 얼씬거리는 근심과 염려를 나이트클럽 삐끼처럼 대하기 위해 애썼다.

복도로 나온 주희는 모서리가 닳은 진료 안내문을 다시 펼쳤다. 삼십분 뒤면 입원이었다. 주희는 대기실에서 어정쩡하게 다리를 꼬고 있는 상수의 모습에서만 위안을 얻을 수 있었다. 병원은 묘하게 갑갑하고 울적했다. 소파는 눅진했고 실내에는 쿰쿰한 냄새가 풍겼다. 안내실의 간호사가 주희를 향해 손짓했다. 고분고분 걸음을 떼던 주희는 자신이 미용사와 간호사 앞에만 서면 왜 세상에서 가장 수더분한 사람의 표정을 짓게 되는지 의아했다.

"자리가 없어서 수속이 길어질 것 같아요. 이전 환자분이 아직도 이동 중이시래요. 그분도 같은 수술이라 두세 시간 정도 걸리는데 끝나면 바로 연락드릴게요. 계속 금식하시고요."

병원 밖으로 나올 때까지 주희와 상수는 누구에게서도 미안하다거나 양해를 부탁한다는 말을 듣지 못했다. 두 사람은 그늘 한점 없는 햇볕 속으로 들어섰다.

목요일 오전의 역 주변은 주말처럼 붐볐다. 실외기가 뜨거운 바람을 독살스럽게 내뿜었다. 주희는 극장 앞에서 걸음을 멈췄다. 너무 오래 들르지 못한 곳이었다. 주희는 대형 패널을 올려다보며 입을 벌렸다. 인공지능 조이가 처음부터 끝까지 쓴 시나리오로 만들었다는 영화였다. 조이는 흥행작들의 공식과 원리를 해체하고 재구성해 새로운 이야기를 조립해냈다. 규칙을 지키면서 규칙을 비껴간 서사는 독자적으로 아름답고 훌륭한 작품이라는 평을 받고 있었다. 주희는 상영작을 하루빨리 관람하고 싶었지만 그럴 짬이 나지 않았다. 수술비를 모으기까지 눈 돌릴 틈이 없었다.

비싸면 다음에 오시든가. 발을 떼려는 순간, 포스터 속 배우가 자신을 향해 이죽거리는 것 같았다. 촬영지에서 만난 이 배우는 달리는 장면을 찍기 직전까지 몸 한번을 풀지 않고 줄담배를 피워댔다. 담뱃재를 털 때면 곁에 선 코디가 종이컵을 검지 아래 바짝 붙였고, 하품을 할 때면 매니저가 달려와 뒷목과 종아리를 주물렀다. 그는 수많은 이들의 배려를 받으면서도 줄곧 빚이라도 받으러 온 사람의 표정을 지었다. 결국 카메라가 돌자마자 다리에 쥐가 난 그는 장장 여섯시간을 투덜대며 주희를 비롯한 현장 스태프들의 인내심과 집중력을 완전히 연소시켰다. 가래 끓는 소리도 유난했다. 빽빽하고 숱이 많은 눈썹, 진하고 굵은 쌍꺼풀, 투박하고 큰 코 때문에 화를 내는 이목구비가 멀리서도 확연히 보이는 위인이었다. 주희는 가이드라인 밖에서 소리를 지르며 손으로 하트 모양을 만들어내는 중국인 팬들을 이해할 수 없었다. 그때도 지금도 이런 자식이 어마어마한 돈을 벌 수 있는 세상이 전에 없이 불만스러웠지만, 말해봤자 해결되지 않는 문제들이 산재한 곳 또한 주희가 몸담은 세상이었다.

"어디로 가지?"

"일단 둘러보자."

너무 가깝지도 멀지도 않은 거리를 유지하며 그들은 길을 걸었다. 구년째 오가는 상수의 동네지만 그 세월을 굳세게 버티는 가게는 드물었다. 맞은편 건물 전광판이 갑자기 번쩍였다. 2020년 도쿄 하계 올림픽 폐막식 화면이 나오는 중이었다. 내일을 발견하자,는 슬로건은 볼 때마다 눈썹이 꿈틀거렸다. 막다른 골목에 들어선 그들에게는 오늘의 코빼기도 보이지 않았다. 상수가 알코올이 바닥난 라이터를 세차게 흔들었다. 주희는 그에게 라이터를 건넨 뒤 편의점에 들어갔다. 자신에게는 가능한 침착한 태도가, 상수에게는 차가운 탄산이 필요할 것 같았다. 녹색 조끼를 입은 노인이 콜라 옆면에 바코드 스캐너를 붙였다. 기계보다 인건비가 싼 점원들은 아직 많았고 그들의 수명은 길었다. 뒷골목에서 담배 몇모금을 빨아들인 상수는 고맙다는 말도 없이 주희가 건네는 음료를 받아 들었다.

조금 전까지도 찧고 까불던 상수의 얼굴이 어두컴컴했다. 그는 휴대폰 화면을 뚫어지게 보고 있었다. 주희는 그의 모습이 아침에 지하철에서 만난 타인들보다 생경하다고 생각했다. 그러나 재떨이를 앞에 두고도 담뱃재를 사방팔방 성급히 터는 버릇은 예전 그대로였다. 상수가 다짜고짜 주희의 휴대폰을 낚아채 누군가에게 전화를 걸었다. 왜 가져가느냐고 물을 새도 없었다. 주희는 담벼락에 등을 기댄 채 자포자기한 심정으로 담배에 불을 붙였다. 병원에서 금식 말고 금연을 요구한 적은 없으니까. 그때 한 무리의 중년들이 구호를 외치며 그들 쪽으로 몰려왔다.

"저출산 무자녀 세대는 반성하라! 반성하라!"

상수는 인상을 구기며 건너편 실외기 앞으로 걸어갔다. 무리 앞줄의 선글라스를 쓴 사람이 허리에 손을 짚고는 주희에게 다가왔다.

"아가씨, 엄마 될 사람이 이러면 어떡해?"

주희가 재를 떨며 한숨을 쉬었다.

"아기한테 미안하지도 않아? 이러면 벌 받아."

그냥 조용히 지나가면 안 되나. 나는 맞고 너는 틀리다고 말하지 않으면 도무지 견딜 수 없는 건가. 얼마 전 흡연 부스 안에 우두커니 서 있는 자신을 향해 지옥에 갈 거라고 삿대질하는 행인을 만난 주희는 갈 테니 차비를 달라고 맞받아친 전적이 있었다.

반성이라니, 벌이라니. 이렇게 몰려다니며 폭언을 내뱉는 사람 중에 부모다운 부모가 있을 리 없었다. 주희의 경험으로 이런 사람들은 자극적인 아동학대 사태에 관심이 많았고, 지금의 양육 환경에는 관심이 없었다. 인격적으로 미성숙한 부모가 자녀에게서 받을 수 있는 애정의 종류는 오로지 연민 하나라는 점에서 주희는 그들이 애잔하기도 했다. 하지만 우리는 잘 키웠는데, 너희는 글러먹었다는 태도까지 받아들이는 건 무리였다. 무엇보다 엄마가 될 사람이라는 확언은 그냥 넘어갈 수 없었다.

"아이도 낳으신 분들이 이러시면 어떡해요?"

주희를 포함한 가임기 여성들은, 육아 방안 앞에서는 입을 다문 채 무턱대고 아이를 수령하려는 사회 기류에 완강히 저항하고 있었다.

"뭐? 우리가 왜 이러는데? 걱정이 되니까 그렇지."

"제 몸은 제가 알아서 해요. 그리고 여기 흡연구역이에요."

오직 젊은 여성 앞에서만 용기백배인 출산 장려 무리가 소리 나게 혀를 차다 사라졌다.

피임약 가격이 천정부지로 오르면서 저체중 여성들이 기하급수적으로 늘어났다. 영양 결핍 상태에서는 약을 먹지 않아도 월경과 임신을 피할 수 있었다. 복통과 메스꺼움과 여드름 같은 부작용도 없고 건강만 훼손되니 도리어 간편했다. 생존이 시급해진 몸은 후손 준비를 할 수 없었다. 착상이 이뤄진 장소도 안전한 보금자리는 아니었다. 양육에 대한 불안과 반감이 몸의 기능을 변화시킨 사례가 나타나기 시작했다. 아이를 밀어내는 형태로 자리 잡는 포궁, 척박하게 변형된 유선과 난자에 대한 보도도 이어졌다.

반영구적으로 월경을 중지시킬 수 있는 신약 키르케는 출시와 함께 엄청난 호응이 따랐지만 곧이어 개인의 체질과 병력에 따라 뇌질환, 자궁암, 다낭성난소증후군 등의 부작용을 일으켰다. 미국에서 사년간 18억 달러를 들여 개발한 이 약은 신체의 정상적인 호르몬 분비에 큰 문제를 가져왔는데, 정부의 압력으로 낮은 공급가에 급히 출시된 것이 폐단이었다. 월경이 멈춘 줄 알았던 여성들은 두꺼워진 포궁 내벽을 제거하기 위해 수술실에 누워야만 했다. 배꼽 옆에 유피낭종이 생긴 여성은 그게 단순한 고름집이 아닌 악성종양이라는 사실을 죽기 전에야 알았다.

복부에 물혹과 울혈이 들이찬 여자들은 변조된 음성으로 이런 결과가 올지 몰랐다고 말했다.

임신 기피는 국익을 해친다고, 무의미한 저항과 복수를 그만둬야 한다고 주장하는 사람들이 눈에 띄게 많아졌다. 비겁하고 무책임한 저출생 세대에게 난소와 고환이 왜 필요한지 묻는 TV 토론자도 있었다. 반대편에 앉은 토론자는 고개를 세게 끄덕이며 무능력한 우리에게 생식기는 쓸데없는 부속품이라고 대답했다.

주희는 그저 월경을 하고 싶지 않았다. 여건이 안 되니 임신을 거부하고 싶었다. 아이를 싫어하지 않지만, 아이 없는 삶 역시 꿈꾸고 싶었다. 하지만 세상의 응대는 사납기만 했다. 네가 공짜로 쾌적해질 수는 없다고, 아이를 안 낳더라도 영영 피를 흘려야 한다고, 피가 멎을 때까지 이 질서에 순응하라고. 주희는 값비싼 피임약을 장복할 형편이 아니었다. 신약의 부작용은 익히 알고 있었다. 무슨 노력을 해도 체중은 그대로였고 완경까지는 수십년을 기다려야 했다. 그러니 주희에게 남은 방법이란 쓸모없는 포궁을 몸 밖으로 빼내는 적출술 하나뿐이었다.

주희는 휴대폰을 꽉 쥔 상수를 쳐다보았다. 불량한 자세로 서 있는 그가 낯익고도 낯설었다. 8월 햇살을 산산이 튕겨내는 머리카락, 머리카락을 쓸어올리는 상수의 긴 손가락이 대책 없이 서정적으로 보였다. 가까이 다가서면 햇빛과 먼지와 각질이 뒤섞인 냄새가 날 것이다. 주희는 사소하고 힘없는 그의 체취를 좋아했다. 스무살 때부터 구년을 맡아도 질리지 않았다.

상수를 처음 봤을 때 주희는 벽을 짚으며 화장실로 걸어가 구토했다. 위 근육이 비틀릴 만큼 그의 연주는 설렜다. 촬영 장소 섭외를 맡았던 선배가 손을 떠는 주희를 대신해 상수에게 쪽지를 전했다. 테이블에 앉은 배우들이 끝없이 NG를 내는 동안, 기타 가방을 멘 상수가 주희에게 다가왔다.

"다음 공연에 꼭 오세요. 여기서 해요."

주희는 종이에 비뚤비뚤하게 적힌 약도 아래 이상한 글씨를 발견하고는 다시 헛구역질했다.

애인 없습니다. 공연 끝나고 더 얘기 나눠요. 맥주 사드릴게요.

모기가 눌려 죽은 듯한 필체로, 여러번 들여다보아야 해독할 수 있는 문장이었지만 아무래도 좋았다. 그가 서 있던 무대는 주희에게 우주였다. 공연장 이름까지도 코스모스였다. 그의 손가락이 기타 줄을 훑을 때마다 반짝이는 우주먼지가 은하계를 뒤덮고 뒤덮었다.

"아, 그러니까 남은 돈 대체 언제 주실 건데요? 이게 뭐예요. 공연 좋다고 하시고."

상수는 오른손의 굳은살을 깨물며 말했다. 어차피 소용
없는 통화였다. 20만원, 30만원, 15만원. 그들은 이런 돈을
내놓지 않으면서도, 이런 돈을 요구하는 이들에게 이런
돈도 없냐고 묻는 자세를 견지했다.

"갑자기 회의 들어가신다고요? 입금 날짜를 알려주셔
야……"

상수는 체불자들이 돈은 물론 자신의 골수와 영혼을
있는 대로 파먹고 있는데도 아무런 저지를 할 수 없었다.
미수금 128만 7천 330원. 그들을 잡고 그게 자신의 모든
것이라고 말할 수 없었다. 상수는 금세 전투력을 잃고 손
을 내렸다. 주희가 다가오고 있었다. 주희는 할 말이 많을
때 반드시 할 말이 없는 표정을 지었는데, 상수가 보기에
지금이 바로 그 순간이었다. 내리깐 눈과 단조로운 일자
입매가 증거였다. 주희는 슬리퍼 밖으로 삐져나온 그의
발톱을 보며 물었다.

"누군데?"

상수는 한참 뒤 꽁초를 양철통에 던져 넣고 답했다.

"매일 연락하고 싶은 여자."

주희는 가렵지 않은 팔목을 긁었다.

"이 여자가 내 번호로는 받질 않아요. 공연비도 안 내놓

으시고요."

상수가 주희의 앞머리를 흐트러뜨리며 말했다. 그의 미소는 여전히 눈부시게 아름다웠다. 그러나 그의 티셔츠는 아까보다 더 낡아 보였다.

바글바글 끓는 햇빛에 눈가가 홧홧했다. 휴대폰을 보며 걷던 남자가 상수의 어깨를 밀치고 지나갔다. 친구에게 손을 흔들던 여자가 쇼핑백 모서리로 주희의 종아리를 긁고 지나갔다. 그들은 밋밋하고 어리바리해 보이는 두 남녀가 억울한 얼굴로 뒤돌아봤다는 사실을 알지 못했다. 검정 세단이 주희와 상수를 칠 기세로 후진했다. 유리창을 내린 남자가 그들을 훑어보았다. 유전자 검사를 통해 주치의의 관리를 받는 그는 또래보다 체형이 곧고 피부가 탄탄했다. 남자는 십일년 뒤에 생길 간염과 십칠년 뒤에 발병할 당뇨병을 착실하게 예방할 수 있을 것이다.

얼마 뒤면 주희에게도 다른 세상이 펼쳐지겠지만 주희가 지나치게 사실적인 더위 속에서 미래를 상상하기란 버거운 일이었다. 주희는 시간을 확인하고 입술을 말았다. 두시간은 지났다고 생각했는데 고작 삼십분이 흘렀을 뿐이었다. 등과 겨드랑이에 땀이 솟기 시작했다. 궁기가 켜켜이 쌓인 아파트와 초호화 주택지가 함께 자리한 상수의 동네는 애틋하고 산만해 어느 한 곳 마음 둘 데가 없었다.

그들은 수많은 상점과 인파를 피해 공원으로 겨우 길을 틀었다.

말이 공원이지 그곳은 아파트 단지에 딸린 푸석한 땅으로, 석면을 다량 함유한 가짜 바위와 침울한 녹두색 운동기구와 가우디 양식을 흉내 내다 만 놀이터가 마구잡이로 늘어서 있었다. 뒤틀린 목재길에 발을 딛을 때마다 나무 짝이 쩍쩍 갈라지는 소리가 났다. 상수는 허리춤에 오는 짤막하고 만질만질한 쥐똥나무 잎들을 손으로 쓸며 지나갈 뿐 내내 말이 없었다. 주희는 베란다에서 장대로 이불을 후려치고 있는 여자를 올려보았다. 여자가 몇층에 사는지 헤아리는 일은 쉽지 않았다. 허름한 단지 옆의 성채 같은 건물이 시야를 어지럽혔다. 걸음을 떼며 세다보니 몇번이고 처음부터 셈해야 했다. 주희는 태어난 이래, 또 이렇게 한심한 방식으로 시간을 죽이는 짓이 새삼 경이로웠다. 상수가 담배를 또 빼물었다.

"야. 그만 피워. 여기 죄다 금연 구역이야."

담뱃갑을 주머니에 도로 넣으려던 상수는 바닥에 담배 섭수개비를 떨어뜨렸다. 주희가 한숨을 쉬자 상수의 볼과 입술이 욱신욱신 경련을 일으켰다. 주희는 그의 병약한 등판을 못 본 척하기가 힘겨웠다. 그의 친숙한 모습 면면이 주희의 바이오리듬을 불안정하게 만들었다. 주희와 상수는 상대의 모든 것이 한결같아 마음이 놓이지만, 그 일관성이 서로의 심신을 아프게도 한다는 사실을 차츰 깨닫고 있었다. 상수는 말을 돌렸다.

"저기 분식집 없어졌네? 체인점 들어올 건가봐."

나무판으로 만든 길이 끝나갔다. 주희는 튀어나온 보도블록 모서리를 밟으며 물었다.

"어머니는 잘 계셔?"

"응. 가끔 너 건강히 지내냐고 물어봐."

주희는 그 좁은 집을 자세히 떠올릴 수 있었다. 어두운 거실을 걸레질하고, 먹다 남은 찌개를 데우고, 쓰레기를 차곡차곡 분리하고 있을 상수의 어머니가 눈에 선했다. 상수 아버지의 병세는 그대로이거나 더 나빠졌을 것이 분명했다. 묻지 않는 편이 나았다.

결혼 이야기가 오간 이년 전 봄, 주희가 오래 끌어왔던 시나리오를 영화사에 투고했다면 담당자의 연락을 받았을 것이다. 그해 각본들이 고만고만한 유행과 형식에서 한치도 벗어나지 않았기 때문이다. 주희는 이듬해부터 자신만의 작법을 보류하고 동시대 영화문법을 성실히 학습했는데 그로 인해 성공 대열에서 자신도 모르게 세차게 밀려났다. 시류를 의심하고 관조할 여유가 없던 주희는 타고난 투지력을 발휘하면서 오히려 도태했다. 운이 좋지 않기는 상수도 마찬가지였다. 오디션 장소를 찾던 그는 건물 외벽에 잠시 기타 가방을 세워뒀다. 등줄기로 땀이 흘러내리고 있었다. 그때 같은 건물 카페에서 대형 밴드의 매니저가 차를 빼러 나오고 있었다. 상수와 마주친 매니저는 그의 마스크와 스타일이 매력적이라고 생각하며 눈썹을 긁었다. 밴드에서 가장 인기가 높은 기타리스트가 호주로 귀화하겠다고 계속 고집을 피우는 중이었다. 아무리 설득해도 소용없었다. 그는 상수처럼 하얗고 위태롭고 허무하게 연주할 줄 아는 기타리스트를 찾고 있었지만, 가방을 다시 맨 상수가 방음벽이 설치된 지하 사무실로 내려가고 있다는 사실은 전혀 알 수 없었다. 밴드를 관두겠다는 기타리스트보다 상수의 연주가 몇배 더 훌륭하다는 사실 역시 알 수 없었다.

결혼은 무기한 연기되었다. 그 과정에는 격렬한 반대도 강렬한 저항도 없었다. 모든 것이 태평하고 시들시들하며 뜨뜻미지근했다. 주희는 입을 다문 채 학점을 쌓아나갔고 상수는 오디션을 보며 공연장을 하나둘 늘려가거나 하나둘 줄여나갔다.

상수가 고용보험센터 신호 대기음에 맞춰 노래를 불렀다. 그는 이 노래들만 모아도 음반 두세장이 나올 것 같다고 생각했다.

"직업과 차는 없고요. 빚과 수심은 있어요. 암요, 암요. 대답은 알아요. 나약해빠진 놈. 우리 때는 사흘씩 굶었지. 죽기 살기로 하면 뭐가 어려워. 자살을 거꾸로 하면 살자."

상수는 제자리를 돌며 되는대로 가사를 지었다. 어차피 연결이 되려면 몇분은 기다려야 했다. 그의 생각에 국민의 목소리를 이렇게 쉬지 않고 듣는 건 국회의원이 아니라 ARS 상담 안내원들이었다.

같은 시간 주희는 집주인의 하소연을 오랫동안 들어야 했다. 정화조 청소비용을 내기 위해 빌라 1층으로 내려갔을 때였다.

"이제야 갖고 왔어? 삼년간 쌓인 똥이 6톤이래. 골목에 똥차가 얼마나 오래 있었는지 넌덜머리 나. 세상에 마상에, 6톤이라니. 들었어? 똥이, 무슨 놈의 똥이 끝없이 나오더라고."

주희는 이를 꽉 물고 계단을 올랐다. 식사 시간과 축구 경기 날짜만 귀신같이 챙기는 아버지는 다른 숫자들을 절대 기억하지 않았다. 공과금 기일 말고도 그가 누누이 기억하지 못하는 게 있었다. 상수라는 이름, 상수가 기타리스트라는 사실. 딸이 만나는 사람이 음악을 한다는 말을 듣자마자 그를 뇌리에서 지워버린 아버지는 주희가 끓여

놓은 김치찌개의 돼지고기만 건져 밥을 두그릇째 먹고 있었다. 주희는 신문지 위에 펼쳐진 고구마 조각을 이리저리 뒤집고 있는 어머니의 뒷모습을 노려보았다. 똥값도 제때 못 내는 집에서 상수한테는 뭘 바라는데? 똥을 그렇게 싸면서 뭘 또 먹어? 그러나 주희는 뜨거워진 눈을 비빌 뿐 아무 말도 할 수 없었다. 주희는 말린 고구마를 질경질경 씹던 어머니가 그걸로 옆구리를 벅벅 긁는 모습을 바라봤다. 등짝의 시커먼 부항 자국이 곰팡이 서식지처럼 보였다. 아무런 느낌도 없이 서서히 떨어지고 있는 자신과 상수의 두 손, 꼭 맞잡았던 열개의 손가락이 고구마 말랭이보다 힘이 없는 것 같았다. 결혼은 그들의 긴 교제를 미미하고 의심스럽고 허술한 관계로 만들고 있었다. 어떻게 봐도 효도 대잔치로 보이는 예식에는 헛웃음 나는 비용이 들었다.

"저기 놀이터 앞에서 좀 쉴래? 벤치 있다."

상수의 말에 주희가 고개를 끄덕였다. 벤치로 가는 동안 상수가 밭은기침을 했다. 예상도 각오도 했지만 쉽지 않은 만남이었다. 그가 기침할 때 손을 뻗어 등을 두드려주거나 어루만질 수 없는 상황이 결코 쉬울 리 없었다. 결국 이런 말밖에 할 수 없었다.

"그러게, 담배 좀 작작 피우지."

여러 사항을 고려하고 상충하는 가치들을 살피고 윤리관을 검열할수록 주희는 자신이 점점 재미없는 사람으로 느껴졌다. 주희는 방금 본 휴대폰을 다시 들여다봤다. 병원에서는 자신을 아주 잊은 듯이 연락이 없었다.

"걷다보니까 갑자기 기억난다. 우리 무전취식한 거."

주희의 심경과 달리 상수는 둘이서 세상을 등지고 손을 꼭 잡던 나날에 대한 추억에 빠져 있었다. 주희는 그가 더위에 혼이 나간 것인지, 의도적으로 잔인하게 구는 것인지 종잡을 수 없었다.

"계산대에서 주인 계속 불렀잖아. 아무리 기다려도 안 나오고. 그래서 너랑 나랑 그냥 나온 다음에 점점 빨리 걸었지. 누가 먼저랄 것도 없이 막 경보선수들처럼."

그는 그게 마치 어제저녁의 일이라도 되는 양 웃음을 터뜨렸다.

"63빌딩 갔던 것도 떠올라. 그 앞에서 나만 오리배 탔잖아."

상수는 그들이 수족관 매표소 앞에서 서성이던 날을 생생히 기억했다. 입장료를 보고 놀랐으면서도 처음부터 한강이 더 보고 싶었던 것처럼, 오리배를 타고 싶었던 것처럼 굴었던 자신들을 떠올렸다. 그날 주희는 갑자기 배가 무섭다며 둔치에서 기다리겠다고 했고, 자신은 한번도 타보지 못한 그 배가 그렇게나 타고 싶어서 혼자 구명조끼를 입었다. 발을 굴려 주희에게서 점점 멀어질 때마다 눈물과 콧물이 쏟아졌다. 배 안은 춥고 쓸쓸하고 컴컴했다. 물결이 흔들릴 때마다 주희로 보이는 점도 흔들렸다. ATM 앞에서 잔액을 몇번이나 확인한 그는 바나나 우유와 김밥과 핫도그를 두개씩 샀다. 상수에게는 그게 소풍과 가장 어울려 보이는 음식이었다.

주희는 그의 말 태반이 과거에서 튀어나오는 통에 감미로운 우울감에 휩쓸릴 뻔했지만 정수리를 부리로 쪼는 뙤약볕 때문에 이성을 작동시킬 수 있었다. 그때를 이런 식으로 회상하는 건 무례해. 애도를 성심성의껏 치르지 못했으니 이렇게 농담조로 그 시절 이야기를 툭툭 할 수 있는 거야. 회한에서 벗어나고자 부단히 노력하는 주희의 이마는 붉고 쭈글쭈글했다.

입을 다문 주희는 맞은편 놀이터를 골똘히 지켜보았다. 거기에는 부질없이 뛰어다니며 정념을 낭비하는 아이들이 있었다. 몇몇은 자신에게 골반뼈가 있다는 사실을 모르는 듯, 마치 하체를 부서뜨리고 말겠다는 일념으로 시소를 이용하는 것 같았다. 그네에 탄 아이는 자신 앞에 일렬로 선 아이들의 표정을 일일이 확인하느라 고개를 끼룩거리고 있었다. 밧줄을 꽉 붙든 손을 보면 그네에서 내릴 생각이 털끝만큼도 없어 보였다. 미끄럼틀을 타기 위해 계단을 오른 아이는 계단을 피해 미끄럼틀을 역으로 기어오른 아이를 마주하고는 그 자리에 그대로 굳어 있었다. 긴팔원숭이처럼 사지를 뻗어 틀의 난간을 단단히 잡고 있던 아이가 눈앞의 아이에게 비키라고 소리를 질렀다. 계단으로 올라온 아이는 조용히 뒤로 물러났다. 주희는 플라스틱 원통 구멍 사이로 그 아이의 어깨가 불규칙하게 오르내리는 것을 보았다. 아이는 이해할 수 없는 세상의 꼴을 이제 막 받아들이는 중이었다. 나이가 들면 자연스러워지기 마련인 이곳의 법칙들이 아직 그에게는 부자연스럽고 부당하기만 했다. 계단을 한칸 한칸 올라설 때의 기쁨이 누군가에 의해 내팽개쳐졌고 아무도 잘못한 쪽을 뜯어말리지 않았다. 스스로 자리를 내주었지만, 자신이 원한 양보도 아니었다. 아이의 어깨가 아까보다 더 흔들렸다. 주희는 그가 할 수 있는 단 한가지가 울음을 터뜨리는 것이라고 짐작했다. 그것도 시간이 지나면 방문을 닫고 홀로 할 수밖에 없는 일이었다.

공원 후문으로 통하는 돌담길에는 파리가 들끓었다. 주희와 상수는 쓰레기로 폭발할 것 같은 화단을 피해 한줄로 걸어나왔다. 다시 엇비슷한 거리가 이어졌다. 광고 기등 사이에서 인형 탈을 쓴 사람이 그들에게 전단지를 나눠주었다. 아이캔, 올해 초부터 매체를 도배한 빨간 머리털의 소년이었다. 그는 시리얼과 햄버거부터 자동차와 은행에 이르는 갖가지 상품의 홍보를 도맡았다. 독수리호에 오른 아이캔은 먼지 빛깔 지구를 뒤로한 채, 무배당 하이브리드 종신보험과 함께라면 다른 행성에 살아도 문제없다며 활짝 웃었다.

2020년은 국산 만화 원더키디의 해였다. 올림픽을 기념하기 위해 정부 주도로 제작된 1989년산 애니메이션은 주최기관의 예상과 달리 침울하고 비장하기 짝이 없는 내용을 담고 있었다. 하지만 사람들은 늘 그랬듯 서사가 아닌 이미지를 소비했다. 편의대로 고른 장면을 수 없이 재생시키면서도 권태를 느끼지 않았다. 달 탐사도, 우주 관광도 없는 해였다.

주희는 부박하고 볼품없는 2020년의 풍경을 덤덤한 척 구경했다. 주변을 기웃거리던 상수가 자판기에서 이온음료를 뽑아 아르바이트생에게 다가갔다. 주희가 이 호의를 해석해볼 틈도 없었다. 둘은 어느새 아이캔 앞에 서 있었다. 주희는 자기 행동을 의식하느라 막상 아무 말도 꺼내지 못하는 상수가 황당했다. 그와 함께 산다면, 그러다 아이를 낳는다면, 자신 혼자 죽도록 고생을 하다가도 그가 이렇게 유야무야 내보이는 가볍고 덧없는 온정에 기분이 뒤엉킬지 몰랐다. 팔자주름이 굵고 깊게 패일 때면 이 막막한 남자를 집 밖으로 내칠 수도 없을 것이다.

"감사합니다."

아이캔이 그들에게 허리를 숙여 인사했다. 주희와 상수는 그 말을 듣고도 자리를 뜰 수 없었다. 그가 발을 떼자마자 크게 휘청거린 것이다. 왼발이 아스팔트 바닥에 놓인 전선에 걸려 있었다. 탈 속에서 미친,이라는 소리가 들린 것 같았다. 음료수와 전단지가 바닥에 떨어지진 않았지만 주희는 어쩐지 그 말을 들었다고 생각했다. 아니, 확실히 인형 탈을 쓴 사람은 그렇게 말했다. 천천히 무릎을 굽힌 그는 털 손으로, 크고 검은 폴리에스테르 재질의 신발을 털었다.

"우주복 찢어졌어요?"

상수의 말에 아무도 웃지 않았다. 주희와 아이캔은 질문을 못 들은 척했다. 셋 사이에 정적이 흘렀다. 주희는 인중의 땀을 닦으며 아이캔에게 사과했다. 상수는 그에게 고작 음료수 한 캔을 건네면서, 자신과의 어색하고 불편한 분위기를 일거에 지워보려 한 것이다. 자신과 있는 동안 느꼈던 초라함, 꺼림칙함, 갑갑함을 감당할 수 없어서. 아이캔을 끌어들여 웃으면 대충 벗어날 수 있을 것 같아서.

매번 이런 식이지. 주희의 콧구멍이 벌렁거렸다. 이 녀석은 도망치면서도 그 자리에 머물러 있다고 말했다. 자기편에서 멀어지고 있는데도 상대를 향해 달아나지 말라고, 여기서 너를 기다리겠다고 말해 사람의 복장을 터지게 했다. 주희는 자신과 상수가 애용하던 콘돔에 새삼 고마움을 느꼈다. 그게 없었더라면 홀로 기저귀를 갈고 젖병을 소독하고 이유식을 만들다 눈이 침침해졌을 것이다. 그러고도 상수가 현관문을 열고 들어서면, 그의 등에 매달린 낡은 기타 가방을 보면, 손자를 맞는 할머니처럼 후덕한 미소를 지을 게 뻔했다. 주희는 기타 외에 무엇에도 능숙하거나 노련하지 못한 상수를, 한번도 호기롭거나 패기 넘치게 살아본 적 없는 이 남자를, 그래서 아름답지만 궁핍한 동갑내기 소년을 어떻게 대해야 할지 몰랐다. 헤어지고 난 뒤에는 더더욱.

아르바이트생에게서 떨어져 나온 그들이 서 있는 곳은 사거리 한복판이었다. 자동차 경적이 울렸다. 그들은 열기와 소음 속에서 머뭇대다가 길 가운데 마트로 빨려들듯 입장했다. 그곳은 거리와 달리 안전했다. 여길 놔두고 왜 지금껏 헤맸을까. 주희와 상수는 탄식했다. 주황색과 회색이 두텁게 들어간 마트의 로고는 구급차에 붙어 있어도 될 것 같았다. 차례가 되면 어련히 전화를 주겠지. 그들은 에어컨의 냉기를 쐬자마자 병원에 얽힌 촘촘한 불안에서 풀려날 수 있었다. 유니폼을 입은 안내원이 그들을 향해 인사했다. 주희와 상수는 안내원에게 공손히 고개를 숙인 뒤 지하로 연결된 에스컬레이터에 발을 올렸다. 인간의 관절을 대신해 움직여주는 기계가 바깥의 타인들보다 천배는 겸허하고 선량하게 느껴졌다. 그들이 마트에 자주 가던 까닭이 여기 있었다. 자신들을 이보다 편견 없이 환대하는 장소는 드물었다. 마트는 주희와 상수가 가장 많이 웃고 가장 많이 싸운 공간이었다. 마지막 다툼도 여기서 벌어졌다. 그들은 이 기억을 떠올리지 못한 채 밑으로, 밑으로 내려갔다.

그날도 둘은 내처 시식 코너를 돌았다. 토마토, 햄, 맥주, 까나페, 와인, 소고기. 주희와 상수는 마트가 제공하는 무료식품을 마다하지 않고 모조리 섭취해나갔다. 주희는 왼쪽 팔의 텅 빈 장바구니가 신경 쓰였지만, 마트의 불빛이 자신을 자애롭게 비추고 있어 마음을 내려놓았다. 주희는 두부 세조각을 이쑤시개에 통째로 꽂아 입으로 가져갔다. 종이컵에 든 만두를 두개째 털어 넣던 상수는 주희에게 선뜻 밥을 먹자고, 빈말로도 먹고 싶은 게 뭐냐고 묻지 못한 자신이 민달팽이처럼 느껴졌다. 동시에 이상만

높고 구체를 깔보는 주희가, 이렇게 양껏 드러내는 식욕
이 이율배반적으로 느껴지기도 했다.

상수에게 주희의 단편영화는 형이상학적이며 난해했
다. 주희의 첫 작품은 검은 폭포에서 태어난 장어 여자가
한 노인의 등산 가방에서 죽어가는 이야기로, 관대하게
거기 서사라는 게 있다 쳐도 서사의 대부분이 장어 여자
의 내면과 무의식과 꿈에 치우쳐 있었다. 이미지는 황량
하고 조악했다. 몇 장면만이 인상 깊었으나 그것들이 하
나로 연결되지는 않았다. 주제도 철학도 의미도 없었다.
그러나 그 영상에는 희한하게 거칠고 마력적인 생기가 깃
들어 있었다. 감상평을 기다리는 주희에게 그가 말했다.

"솔직히 무슨 소리인 줄은 모르겠는데 감각적이야. 감
독님, 혹시 영화음악 안 필요해요?"

"와, 망했다. 진짜 뮤직비디오로 바꿀까? 멋대로, 엉터
리로, 세계 최고로 흥흥하게?"

어지러울 만큼 훌륭한 거장들의 작품, 그래서 퇴고
가 나은지 버리는 게 나은지 헷갈리는 자신의 시나리오,
50페이지 분량으로 제출해야 하는 영화 분석 과제, 술자
리에서 쏟아지는 각자의 나르시시즘. 주희는 대학 문화를
모르는 상수에게 자신이 수련 중인 이 분야에 대해 늘 제
대로 설명할 수 없었다.

허기를 채운 그들은 위층으로 올라갔다. 팔뚝에서 헛도는 장바구니가 성가시게 느껴진 주희는 매대 입구에 바구니를 올렸다. 방향을 틀어 캠프 용품 코너를 지나는 순간 상수가 자리에 주저앉았다. 그는 발뒤꿈치를 매만지며 자신 뒤에 서 있는 한 가족을 쏘아보았다. 쪼그려 앉은 주희가 상수의 발목을 살폈다. 마치 대패로 민 것처럼 살 껍질이 올라와 있었다. 그 위로 핏방울이 얇게 번졌다. 카트를 밀던 사십대 남성이 시큰둥한 얼굴로 둘을 내려다보았다.

"긁혔는데. 이 카트 때문에 살이 까졌어요."

주희가 남자에게 말했다. 꽤 강경한 어조라고 생각했지만 작고 흐릿한 목소리는 혼잣말처럼 들렸다.

"아, 어쩌다."

남자는 입만 벙긋하고는 주위를 두리번거렸다. 그게 다른 사람이 한 짓이라고 여기는 듯한 표정이었다. 두 눈이 앞서 나가고 있는 아내와 아들을 좇고 있었다. '사과해주세요. 지금 이 발 안 보여요?' 주희는 그의 카트를 막고 눈빛으로 이 말을 대신했다. 이만하면 그가 충분히 알아들었다고 판단했다. 하지만 남자는 주희를 돌아 직진했다. 정신을 차리고 보니 3인 가족은 저 멀리 운동화 매장을 지나는 중이었다. '네가 쳤다고. 다른 데는 왜 둘러보는데. 바로 너라고! 와서 미안하다고 해. 지금 뭐 하는 거야?' 주희는 멀어지는 그 남자의 뒤통수를 보며 이글이글한 눈빛으로 외쳤다.

그의 가족은 에스컬레이터에 카트를 싣고 유유히 떠나고 있었다. 아들의 머리통을 쓰다듬고 있는 남자가 섬뜩해 보였다. 저런 자식도 자식을 보는 이 세상이 주희는 몸서리치도록 가파르게 느껴졌다. 사람이 저마다의 업보 속에서 살아간다지만 저런 놈은 유독 어떤 고통도 없이, 하다못해 위염이나 불면이나 아폴로눈병 하나 없이 죽을 때까지, 아니 죽어서도 잘 먹고 잘 살아갈 것 같았다. 주희는 타인에게 아무 신경도 쓰지 않는 세대주들이 이 땅에서 왜 부자로 살아갈 수 있는지 알 수 있을 것 같았다. 자신이 대표로 있는 집단이 바로 자신의 확장체였기 때문이다. 이런 자들이 지닌 종족 보존의 본능은 무시무시했다. 발목을 손바닥으로 감싼 상수가 주희를 올려보며 말했다.

"괜찮아졌어."

"괜찮긴 뭐가 괜찮아."

주희가 상수를 일으켜 세우는 동안 그들 뒤에 크고 견고한 유아차 두대가 나타났다. 두 차 모두 짙은 감색으로 거기 아이가 타고 있다고 생각하기에는 필요 이상으로 위용이 넘쳤다. 두 여자는 길을 막고 서 있는 젊은 남녀의 행색을 찬찬히 내려다보았다. 차가 움직이지 않자 한 아

이가 사지를 뒤틀며 울기 시작했다. 조그만 분홍색 얼굴
이 순식간에 벽돌색으로 변했다. 곧이어 다른 아이도 세
상에 태어난 게 천추의 한이라는 듯 울기 시작했다. 일분
도 채 걸리지 않아 벌어진 소동이었다.

"비켜주실래요? 애들 울잖아요."

상수가 자리에서 벌떡 일어났다. 통로의 폭을 보니 유
아차가 한대씩 나가도 충분할 것 같았다. 그는 그들이 일
없이 길에 멈춰 자신들을 구경했기 때문에, 아이가 울 때
곧바로 차 안을 살피지 않았기 때문에 그들이 소중해 마
지않는 자녀들이 더욱 발악한 거라고 항변하고 싶었다.
하지만 살결이 희고 얼굴이 창백한 두 여자의 외모가 어
쩐지 결백해 보였고 그들을 오래 마주할수록 죄는 자신과
주희에게 있는 것처럼 여겨졌다. 종국에는 그들이 고매하
고 순정한 여신들처럼 보여 입을 뗄 수 없었다. 아이를 낳
은 두 여자는 따스한 햇볕이 감도는 성당의 조각상과 같
이, 보이지 않는 누군가의 애정과 관심을 듬뿍 받고 있는
듯했다. 상수는 주희의 소매를 잡아끌고 아웃도어 매장으
로 황급히 물러났다. 유아차 두대는 통로를 부드럽게 빠
져나갔다.

"돌아가면 되지, 왜 우리한테 난리야."

상수의 뒤늦은 말은 아무짝에도 소용이 없었다. 주희는

그의 표정이 시멘트 담벼락에 박힌 유리 조각처럼 얄팍하고 날카롭다고 생각했다.

"화내지 마. 저 엄마들, 유아차 몰고 다니려면 그나마 여기가 편할 거야. 바깥은 길도 울퉁불퉁하지, 수유방도 없지, 배려도 안 해주지."

"꼭 네가 엄마라도 된 것처럼 말한다."

주희의 손발이 차가워졌다. 속이 얹힌 듯 헛트림이 연거푸 나왔다. 들숨과 날숨에도 신경이 곤두섰다. 지긋지긋한 월경통의 전조였다. 하지만 주희는 발을 절룩이며 걷는 상수에게 손을 잡아달라고 말할 수 없었다. 어깨가 굳은 그는 이미 자신만의 세계에 매몰되어 있었다. 그 찬 손을 붙잡으면 통증은 배가 될 것 같았다.

마트의 상아색 강화마루 위를 흐느적거리며 걷는 두 남녀는 동네 마실을 나온 오누이처럼 아무 고충도, 어떤 애환도 없어 보였지만 가까이서 보면 얼굴에 기미와 번뇌가 가득했다. 그들은 느릿느릿 굼뜬 자세로 매장을 돌고 돌았다.

"예, 고객님. 뭐 찾으시는 게 있나요? 지금 보고 계신 제품은 영국산인데요."

자리에 멈춰 서면 곤란했다. 뒤에 선 사람들은 그들에게 화를 냈고 앞에 선 사람들은 그들을 경계했다. 주희와

상수는 걸음을 멈출 때만 자신들의 존재를 발견한 체하며
흰소리로 상품 설명을 시작하는 판매원들에게 지쳐갔다.
그들은 이 둘이 마트의 어떤 물건도 사지 않으리라는 사
실을 확신하고 있었다. 아무리 미소를 지어도 그 마음이
보였다. 쓸데없는 말에 쓸데없는 답이 붙었다. 수영복, 핸
드백, 남성 정장 코너를 도는 동안 중간중간 거울 기둥에
둘의 모습이 비칠 때마다 주희는 흠칫 놀랐다. 등이 굽고
얼굴빛이 칙칙한 이십대는 이 건물에 자신들뿐인 듯했다.
이보다 을씨년스럽고 비천해 보이는 연인은 없었다. 욱신
거리는 배를 만지며 주희가 물었다.

"상수야, 우리 대체 어떻게 살아야 할까?"

그가 주희의 옷깃을 잡고 걸음을 멈춰 세웠다. 머리카락
을 신경질적으로 여러번 넘긴 상수는 입술을 떨며 말했다.

"야. 그러니까 쥐뿔도 없을 때는 여기 오지 말자. 언제
까지 뱅뱅 돌 건데? 여기, 사람 자존감 갉아먹는 데 최적
화한 장소야."

"왜 그래? 하루 이틀 온 것도 아닌데."

주희는 눈을 깜빡이며 간신히 답했다.

"그래. 갑자기 이상하다. 우리 세균 덩어리들 같아. 카
트 없는 양손에 불운을 퍼뜨리는 바이러스가 덕지덕지한
것 같다고. 잘 봐. 여기서 너랑 나만 부자연스러워. 돈이

없는 우리만 좀비처럼 어색하게 움직이지. 마트가 왜 황홀한지 알아? 진열대에 가능성이 올라와 있으니까. 네가 잡을 수 있던 것들이 내내 놓여 있으니까!"

"되도 않는 자기연민 그만둬. 그래서 어쩌라고!"

"이렇게는 계속 만날 수도 없잖아. 다 때려치워. 헤어지자고."

주희의 아랫배 근육이 크게 비틀렸다. 피로 만든 집이 부산스럽게 철거되는 중이었다. 카트에 장난감을 잔뜩 싣고 가는 남자, 아기에게 뽀뽀 세례를 하는 여자, 아이가 바지에 흘린 과자 가루를 터는 일이 세상에서 제일 재미있다는 듯 웃는 부부. 눈앞을 스쳐가는 사람들의 얼굴에는 기쁨이 넘실거렸다. 다 남의 일이었다. 주희는 주먹을 질끈 쥐었다. 주희의 몸은 이 사람들처럼 주희가 겪는 고통에 일말의 관심도 없었다. 홀로 헛된 꿈을 꾸는 포궁이었다. 주희는 자신의 뜻과 관계없이 매달 아이를 위한 보호소를 짓고 부수는 몸에 부아가 치밀었다. 모든 여자가 엄마로 살아갈 수는 없었다. 주희는 자신의 심경을 상수에게, 이토록 피로한 그에게 어떻게 전달해야 할지 알 수 없었다. 결혼도 임신도 기약 없는 자신과 상수가 어느 정도의 속도로 헤어져야 하는지, 그 이별이 후련할지 쓸쓸할지, 불행일지 다행일지 그 어떤 것도 가늠할 수 없었다. 주희는 머리에 손을 얹고 호흡을 고르게 만드는 데 집중했다. 좁고 평평한 이마가 그늘에 휩싸였다.

"상수야. 평소에 나는 거대한 바다를 내키는 대로 헤엄치는 참치처럼 살아."

"이 와중에 참치라니 무슨 소리야?"

"근데 월경 때는 참치회가 되는 것 같아. 몸이 한점 한점 썰리는 기분이라고. 이런 고통을 왜 수십년 동안이나 참아야 하는데?"

상수는 헛웃음을 지었다. 월경통 때문이었나. 묘하게 답답하게 군 게. 하지만 통증에 대한 수사는 매년 화려해지고 있었고, 그 정도로 괴롭다는 건 과장이 분명했다.

"너 표현이 너무 살벌하다. 좀 힘들어도 참아야지, 어쩌겠어. 몸에서 주기적으로 일어나는 일이잖아."

"내 몸은 나한테 6학년 때부터 임신할 수 있다는 신호를 보냈어. 매달 일주일씩 끔찍하게 규칙적으로. 아니, 월경 전후로도 힘들어. 히스테리, 소화불량, 근육통, 식탐, 불면, 습진. 거기다 지금까지 쏟아부은 패드와 약값은 얼마인 줄 알아? 이건 쓸데없고 부당한 낭비야. 사람을 끝간 데 없이 위축시키는 질 나쁜 횡포라고."

"주희야, 안타깝지만 이렇게 생각하는 네 머리를 네 몸은 따라갈 수가 없어."

"그럼 이 분열을 그냥 버티라고? 아니, 더는 싫어."

"무슨 수로?"

"나한테 포궁은 필요 없어. 그러니까 없앨 거야. 가족 같은 건 만들지 않을래."

상수는 입을 벌린 채 백열등이 무수히 달린 마트의 천장을 올려보았다. 거울에 비친 자신의 퀭한 눈과 주희의 작고 뾰족한 정수리를 그는 한없이 멍하게, 언제까지라도 지켜볼 수 있을 것 같았다. 엄마가 되기를 영원히 단념하겠다는 주희가 어이없게 느껴졌다. 자신이 아빠가 된 모습도 어이없기는 마찬가지였지만 주희의 말은 도를 한참 지나친 것 같았다. 상수는 그들의 아이를 주희가 가장 잔인한 방식으로 빼앗는다고 생각했다. 갑자기 무엇보다 소중해진 아기였다.

"홧김이 아니야. 혹이나 염증이 생겨서 어쩔 수 없이 떼는 것도 아니야. 내 쪽에서 더는 못 참겠어. 그만 견디겠다고. 달아나야 할 건 너야. 나는 결혼도 임신도 싫어."

둘은 마트 비상문에 가만히 기대어 섰다. 서로의 얼굴을 쳐다볼 수 없었다. 주희와 상수는 각자 눈을 비비며 찬바닥에 엉덩이를 붙였다. 무전기를 든 직원이 그들을 발견했다. 차림이 남루한 두 학생이 그곳을 차지한 모습이 거슬렸다. 풀죽은 얼굴로 입을 꾹 다문 그들이 지나가는 고객들을 놀래킬 수 있었다. 그는 매장을 한바퀴만 더 돌고 이곳을 다시 확인해야겠다고 생각했다. 주희는 상수를, 상수는 주희를 설핏설핏 바라보았다. 마주치는 눈빛들이 너무 많은 말을 해서 그들은 자주 눈을 감았다.

"고객님, 여기 이렇게 앉아 계시면 안 됩니다."

반 바퀴를 도는 동안 마음이 바뀐 직원이 빠른 걸음으로 그 자리에 돌아왔다. 주희와 상수는 먼지 하나 묻지 않은 엉덩이를 털며 일어났다. 스무살부터 스물아홉살까지 함께였던 그들은 형광등이 천개쯤 켜진 마트에서 시간도 가늠하지 못한 채로 얼떨결에 헤어졌다. 그들 스스로 결정했지만, 그들이 원한 결말도 아니었다.

주희는 마트 화장실에서 병원의 전화를 받았다. 세면대 앞에 서자 거울로 황달기 가득한 얼굴이 보였다. 비누 거품이 묻은 두 손이 덜덜 떨렸다. 주희와 상수는 조용히 마트를 나섰다. 페로몬에 관한 조잡한 유행가가 둘의 귀청을 따갑게 했다. 거리는 아까보다 시끄럽고 후텁지근했다. 병원 앞에 선 상수가 주희의 손목을 붙잡았다. 주희는 그의 손을 내려다보았다.

"주희야. 나 오래 생각해봤어. 너와 나를 닮은 아이는 진짜 예쁠 거라고. 우리는 그애를 정말로 사랑할 거라고.

아니, 사랑한다는 말이 비좁게 느껴질 만큼 사랑하겠지. 줄 수 있는 방법, 줄 수 없는 방법을 다 동원해서. 아마 처음으로 훌륭한 사람이 될지도 몰라. 그때는 온 마음과 몸을 다해 우리 자신을 뛰어넘었을 테니까."

"이런 얘기를 왜 지금 하는데?"

"그런데 만날지도 안 만날지도 모르는 그 아이 때문에, 그 아이가 머물 빈집 때문에, 우리가 갈라져버렸어. 겁먹는 동안 정작 너와 내가 떨어져버렸다고. 결혼식, 혼인 신고, 출생 신고. 얼마나 이상한 절차들을 거쳐야 우리가 구제받는 건데? 누가 허락을 하는데? 그게 또 무슨 소용인데?"

"어떤 사람들은 그 과정을 소중히 여겨. 그러다 결심하고 서약하는 거지. 앞으로 닥칠 아주 큰 기쁨과 아주 큰 슬픔을 막지 않겠다고. 그게 어른이라면 난 어른이 아니고 그게 의미라면 내 결정은 무의미한 거야. 그렇지만, 상수야. 나는 스스로를 이렇게 구원하기로 했어."

수술실 앞에 선 주희와 상수는 서로를 오랫동안 끌어안았다. 상수는 턱 끝에 매달린 눈물을 닦아내며 주희에게 말했다.

"아무 걱정 하지 마. 여기서 기다리고 있을게."

"아니야. 가도 돼. 여기까지 같이 와줘서 고마워."

울음소리가 커지자 간호사가 주희의 어깨를 툭툭 두드렸다. 십자가 문양이 점점이 박힌 옷을 입고 나온 주희가 유리문 밖의 상수를 향해 손을 흔들었다. 누렇게 뜬 주희의 얼굴이 보이지 않을 때까지 상수도 손을 흔들었다. 주희가 사라진 병동은 오리배 안처럼 춥고 쓸쓸하고 컴컴했다. 의자에 주저앉은 상수는 자신의 얇은 허벅지를 천천히 쓰다듬었다. 주희가 머리를 대고 누웠던 다리가 이토록 비좁고 딱딱했다니 믿을 수 없었다.

"이어지지 않아도 돼. 아무것도 안 남겨도 돼. 너와 있으면 소수점도 파편도 아름다워."

곡에 맞는 영상은 주희가 만들어줘야 했다. 화면은 멋대로, 엉터리로, 세계 최고로 흉흉할 것이다. 그는 세상에 영원히 알려지지 않을 노래를 수술 시간 내내 만들었다.

옥토버

─사람들은 계속 생겨날 것으로 우려된다

옥토버 아버지의 신장은 175센티미터이고 체중은 67킬로그램이며 수영에 특기가 있었다. 그의 재능을 알아본 지역 체육관의 코치가 그를 가르치겠다고 그의 아버지에게 제안하면서 그는 방과 후에 정식으로 수영 훈련을 받게 되었다. 야외 특훈은 잦았다. 훈련지는 동서로 약 25킬로미터에 달하는 긴 계곡으로, 계곡의 좌우는 사람의 통행이 곤란할 정도로 울창한 삼림지대였다. 옥토버의 아버지는 특훈 끝에 뛰어난 기록을 세웠지만 경기에서 우승한 경력은 없다.

그는 한때 제련소 사장으로 재직했다. 연극배우로 지낸 적도 있는데 몇몇 영화에 단역으로 출연했다. 그의 외조모는 가정폭력을 일삼던 전남편을 살해하고 시신을 한 저수지 인근 공터에 유기했다고 전해진다. 친지들은 숨진 그가 임신한 아내를 폭행하고 협의이혼 후에도 다시 찾아와 재결합을 요구하며 폭력을 휘둘렀다고 말했다. 옥토버의 아버지는 외조모에 대한 소문이 설령 진실이라 해도 사건을 납득할 수 있다고 여기면서도 긴 시간 고통스러워했다. 그는 이런 경구들에 의지했다. '요령이 없으면 순수하기라도 해야 한다. 속이 없으면서 속이 없는 척하지 말자. 황소 뚝심으로 외길을 가야 한다. 하기 싫으면 때려치운다. 깨진 결혼만큼 큰 행운은 없다. 안 보면 비극, 또 보면 희극. 세상에 제정신인 인간은 없다.'

수영장에 입고 들어갈 티셔츠는 부력과 보풀이 없어야 하며 긴소매 또는 반소매여야 한다는 안내를 받고도 민소매를 입고 간 옥토버의 아버지는 나이 제한이 있던 마지막 수영강사 자격시험에 응시조차 하지 못했다. 그는 결혼, 이혼, 재결합, 이혼, 재혼을 거치며 슬하 1남 옥토버를 두었다. 여타의 가족 사항에 대해서는 남겨진 자료가 없다.

──옥토버

어머니가 지원해준 생활비로 옥토버의 십대는 유복했다. 그는 어린 시절 야구를 좋아했으나, 그의 어머니는 뜨거운 햇볕 아래서 운동하는 것을 염려해 그가 야구를 하지 못하게 했다. 운동을 멈춘 그는 홈페이지에 썼던 소설을 모아 책으로 내려고 했다.

"귀중한 십대 시절에 소설 따위나 쓰고 앉아 있다니, 보석을 시궁창에 처박는 거나 마찬가지야. 지금 당장 그만두고 밖에 나가서 놀기나 해."

그는 아버지의 질책으로 다시 야구를 시작하게 되었다. 고교 졸업 후 대학과 실업팀의 테스트를 받았지만, 연거푸 떨어졌고 유일하게 합격한 곳은 블루골든이라는 무명팀이었다. 그런데 그 팀마저도 곧 해체돼버렸다. 예기치 못한 비극은 또 덮친다. 세계 각국에 사업을 전개하던 어머니의 기업이 갑자기 도산했다. 프로야구 선수가 목표였던 옥토버는 허송세월을 보낸다. 그는 어렵사리 정치학을 전공하고 지역 외곽의 빵집 파트타이머로 일하다가 이윽고 고향을 떠났다.

"일본말도 전혀 모르고, 여러가지로 가르쳐주세요."

새로운 땅에 대한 불안도 있었지만, 유니폼을 입을 수 있다는 사실에 안도감을 느낀 옥토버는 떨리는 목소리로 말했다. 프로 입단은 26세로 늦깎이였다. 그는 야구 연습에 앞서 일본인의 의식과 정서 파악을 위한 공부를 시작했는데 오전 여덟시부터 낮 열두시까지, 그리고 오후 두시부터 네시 반까지 매일 여섯시간 삼십분씩 일본어 익히기에 매달리는 열정을 보인 끝에 일년 후에는 원어민 수준의 일본어 구사 능력을 갖추게 되었다. 야구 실력보다는 나이에 비해 꽤 동안에 출중한 외모로 관심을 받은 그는 「고독한 말미잘」「황제의 휘파람」「외인구단2」로 유명한 배우 카마타 쥬베이와 친분을 쌓으며 방송계로 진출한다. 일약 스타덤에 오른 옥토버는 「오늘 또 오늘」「가면 속의 눈물」「4일의 약속」「겨울 개꿈」「비 오는 날의 천사」「그해 표범」에서 간호사, 체육 교사, 실장, 지점장, 소령, 문화복지산업재단 이사장 역을 차례로 맡는다. 그는 대본을 받으면 17페이지를 접는 버릇이 있었다. 17페이지를 접으면 모든 페이지를 넘기기 쉬어진다는 게 이유였다. 또한 스시를 먹을 때는 와사비를 빼고 먹었다. 그는 야구에서 벗어나고 싶다는 말과 함께 센다이에서 음식점을 영업하거나 화물트럭을 운전하는 평범한 가장으로 살 예정이라고 밝히곤 했다. 그는 일본에서 간장, 미트볼, 압력밥솥 광고를 찍었다.

옥토버는 카마타 쥬베이의 딸 사에키와 교제했다. 종교가 없던 그였지만 연인을 따라 가톨릭교에 잠시 몸을 담기도 했다. 카마타 쥬베이는 금융조세조사3부로부터 100억원대의 불법 대출을 받았고 이를 위해 횡령한 회사 자금을 은행 간부에게 전달했다는 의혹을 받았다. 옥토버는 카마타 쥬베이의 범죄 루머가 사실이 아니라고 주장했으나 근거는 없었다. 재판부는 카마타 쥬베이에게 집행유예를 선고했다. 그러나 이듬해 항소심에서는 원심을 깨고 징역 삼년 육개월을 선고했고 그는 전격 법정 구속되었으며 방송 출연 정지 처분을 받았다. 혼란 속에서 옥토버의 연인 사에키는 스파이액션물 「퀸 오브 몬스터」에 함께 출연한 배우 이시다와 결혼한 뒤 이틀 만에 이혼했다.

"이십대 시절의 옥토버는 반항기가 너무 강해 툭 건드리면 폭발할 것 같았습니다. 에너지가 대단해 선배인 나조차 눈치를 볼 수밖에 없었죠. 그는 누구도 잘 안 쓰는 어색한 문장을 즐겨 썼습니다. 방송에서 실수했을 때 시네, 시네, 시네(죽어, 죽어, 죽어)라고 세번이나 자학하기도 했고요. 그런 면 때문에 조금 고압적이고 독선적인 느낌마저 들었어요. 나중에 연예계에서 은퇴하면,이라는 소리도 습관적으로 내뱉었습니다. 그는 자기주장이 강하고 조직 생활을 싫어했어요. 형식적인 인사치레 같은 것도 할 줄 몰랐죠. 능력에 비해 굉장히 모난 성격이었는데 공격적이고 기분 나쁜 독설을 거침없이 하는 바람에 적이 많았으며 인간적으로 결점이 많았던 것으로 기억합니다. 자신의 후배이자 애인이 다른 남자와 사귀는 것을 묵인했을 뿐더러 심지어 세 사람이 한 집에서 함께 살기까지 했고요."

그의 청년기 일부는 가톨릭출판사에서 펴낸 「고통과 아픔을 기도로 극복한 문화 예술인의 이야기: 삼나무 시리즈」에 실리기도 했는데 인터뷰 내용은 크게 왜곡되었다. 옥토버는 불합리한 명령을 항상 자연스럽게 거부했을 뿐이었다. 하지만 카마타 쥬베이와 사에키를 제외하곤 이렇다 할 연줄이 없던 옥토버는 방송 업계에서 지나칠 정도로 견제를 받았고 사실상 야인 취급을 받았다.

──하이마, 이제 곧 세상은 끝이 날 거야

옥토버는 앞으로 찾아올 날을 전혀 예측하지 못한 채 일본을 떠나기로 결심했다. 고향을 싫어한다고, 다 잊어버릴 거라고 되뇌었지만 결국 그러지 않겠다고 다짐한 것이다. 그는 스물한살 때 「초록 앵무새」 클럽에서 만난 하이마를 회상했다. 오래전 연인인 하이마는 유머 감각이 매우 뛰어났고 한번 성공한 농담을 두번 반복하지 않았다. 옥토버는 사랑해 마지않던 하이마의 날카롭고 공격적인 기질과 습성을 생각했다. 하이마는 강하고 안정적이며 빈틈이 없었다. 옥토버는 하이마와 함께 「불륜의 풍경」 「베를린 소나타」 「수치스러운 페르소나」 같은 영화를 보고 싶었다. 그리고 국제사회를 누비며 인간과 세상에 관해 번득이는 통찰력을 갖춘 감독이 되고 싶었다. 그는 갈등 혹은 고비를 겪고 있었지만, 한번 바닥을 쳤다면 앞으로는 더 잘할 수 있을 거라고 앞날을 전망했다. 뉴 랜드. 공항에 내린 그는 뉴 랜드,라는 말을 중얼거렸다.

———신호가 보이지 않네

"정말로 미안해, 사랑하는 하이마. 나를 부디 용서해줘. 난 네 옆에서 한치도 떨어진 적이 없었어."

귀국 후 하이마와 동거를 시작한 옥토버는 몇년간 성평등, 전쟁 반대, 환경보호 활동에 관심을 기울였다.

"나는 뭘 그렇게 알고 싶었던 걸까."

"옥토버, 넌 다른 사람들이 발조차 떼기 두려워하는 일에 머리를 들이밀지. 그 투지와 강인함은 높게 평가받을 만해."

하이마는 옥토버에게 무엇이 불안했는지 물었고 이런

대답을 들었다.

"난 두렵기보다 슬펐어."

두 사람은 명예의 전당(hall of fame)에 수시로 들렀고 국경을 넘는 자전거 여행도 했다.

"아직도 세상을 보이는 대로 믿고 편안히 잠들어? 그래도 지금이 지난 시절보다 나아졌다고 믿는 거야?"

옥토버가 한탄할 때면 하이마는 그 어느 누구도 비난할 순 없으며 우린 모두 공범일 뿐이라고 말했다. 옥토버는 지구상에 하이마를 대체할 사람은 없다고 생각했지만, 대화는 자꾸 부적절해지곤 했다.

둘은 주로 프로그레시브록을 들었고 영뮤즈, 마임, 국립오페라합창단을 꾸준히 싫어했다. 옥토버는 가끔 직접 시나리오도 썼는데 주인공을 죽기 직전까지 사지에 몰아넣고 기적적으로 역경을 극복하는 구성을 종종 활용했다. 그는 하이마에게 글을 쓸 때 중점을 두는 부분은 아름다움이라고 밝혔다. 옥토버는 동네의 긴 계곡에서 사고로 숨진 남학생의 이야기를 토대로 한 단편영화를 준비하기도 했다. 그는 촬영 현장을 방문한 지역민으로부터 안하무인으로 행동한다는 소문이 나니 조심하라는 조언을 들었다.

"부러진 건 언제든 고칠 수 있지만 망가진 자존심은 고칠 수 없거든요."

그는 허공을 향해 외쳤다. 일에는 점점 잡음이 생겼고 그의 능력은 부족했다. 구상은 많고 완성된 건 없었다. 옥토버의 지인들은 그에게 강한 어필은 힘든 상황을 만든다고, 불필요한 일에 에너지를 쓰지 말라고, 자신의 영역을 견고하게 만들어가면서 활동하면 넓은 인맥을 만들 수 있다고 권고했지만 그는 그런 그들을 뚫어지게 바라보기만 했다.

옥토버는 뜻하지 않게 '최후의 야생 원주민'으로 유명한 야히부족의 생존자를 맡아 보호하면서 그 아이에게 많은 감화를 받았다. 그는 아이에게 '혜인'이라는 이름도 지어주었다.

"약을 먹는다는 건 무서운 일이 아니야. 그냥 조용히 잠이 드는 것뿐이고 그 무엇도 너를 괴롭히지 않을 거야."

그는 혜인이 티끌만 한 상처도 받지 않도록 애지중지했다. 혜인이 실종된 뒤 옥토버가 받은 충격은 상당했던 것으로 보인다. 길을 쏘다니다 탈진 상태로 쓰러진 그는 병원에 삼주간 입원했다. 그는 퇴원 후 모바일 메시지로 동료들에게 다음과 같은 글을 남겼다.

여러분, 오랜만입니다. 이번 일로 많은 분께 폐와 걱정을 끼쳐서 죄송합니다. 제 연인 하이마와는 연락을 취하고 있습니다. 안심해주세요. 산사태가 일어난 밤, 꿈에 제가 본 그 광경은 평생 잊을 수 없을 것 같습니다. 솔직히 말해서 지금은 밖에 나가기 힘듭니다. 사람을 대하는 것도 두렵습니다. 시간이 걸릴지 모르겠지만 기다려주세요. 여러분이 우려하는 것보다는 괜찮다고 생각합니다.

　실제로 그는 할 말도 없고 도망가고 싶었다. 그러나 악몽은 계속되었다. 옥토버에게는 불안요소가 산재해 있었지만, 그 누구도 이를 제대로 인식한 사람이 없었다. 그는 겪지 않은 사고에 대한 외상후스트레스장애(PTSD)에 시달렸다. 그는 전쟁에서 부상을 입어 사지가 잘린 채로 귀향해 정신이 피폐해진 육군 중위와 그로 인해 갈등하는 아내의 심리에 대한 꿈을 꿨다. 옥토버는 종종 독가스나 기관총이 평화를 가져다줄 것이라고 생각하다 흠칫 놀라곤 했다. 그는 심판의 날을 홀로 예언해뒀는데, 자신의 예측이 빗나가자 실제 지구 종말은 다른 날이며 점찍었던 날짜는 일반 사람들의 눈에 보이지 않는 영적 심판의 날이었다고 판단했다. 'うつし世はゆめ、夜の夢こそまこと'. 그

는 그를 알아보는 팬에게 사인을 부탁받으면 반드시 이 문구를 써주었다고 한다. '현실은 꿈, 밤의 꿈이야말로 진실'. 우리는 현세에서 남의 눈을 의식해 가장된 언동을 하지만, 자면서 꾸는 꿈처럼 무의식세계의 온갖 욕망, 설령 그것이 파괴적 본능, 변태성욕일지라도 그것이 인간의 진짜 본모습이라는 뜻이었다.

"세상이 어떻게 돌아가는지 모르겠다."

하이마는 옥토버에게 제발 네 앞가림이나 잘하렴,이라고 대답하고 싶었지만 참고 물었다.

"넌 세상이 아름답고 평등하다고 생각하니?"

옥토버는 한숨을 쉬다 반문했다.

"당연히 그래야 하는 거 아니야?"

사십육분 뒤, 옥토버는 하이마에게 우리가 그만 헤어지는 게 낫겠다고 말했다. 하이마는 연인이 어렵다면 벗이라도 되어 그저 옆에 있어주면 안 되겠느냐고 그를 설득했다. 그러나 분명한 것은 하이마가 옥토버에게 아무 기대를 하지 않은 채 그가 가진 최소한의 의의만을 찾는 것으로 만족해야 할 만큼 옥토버가 기존의 옥토버에서 후퇴했다는 사실이다.

산책을 나선 그는 해를 쬐며 졸고 있는 오리들을 향해 이렇게 말하기도 했다. "희생은 결코 헛된 게 아니었고, 그때 하늘은 분명히 우리 편이었다. 이것은 훈련이 아니다(This is not drill). 일본어는 지옥에서나 쓰는 언어가 될 것이다. 가정용 핵융합엔진. 이건 날조한 사건이다. 과거 현재 미래를 가로지른 그들이 온다. 메일은 해커들이 좋아하는 먹잇감이다. 그들이(카스트로 형제) 수염을 깎겠다고 했을 때, 그렇게 한다면 이천장에 달하는 내 사진은 소용없게 된다." 사정은 썩 좋지 않았다. 하이마는 책임을 물을 사안이 아니라고 판단했지만 옥토버의 사기는 땅에 떨어져 자신이 쓸모없는 물건이라고 말하고 다녔다. 하이마와 옥토버의 측근은 당시 매우 안타까운 심정이었다고 회고했다. "나는 그래서 울어버렸어요. 그래서는 안 된다고. 큰일 난다고 말하면서 울어버렸어요." 이토록 빈약하고 비효율적인 대처는 얼마 안 가 옥토버에게 비극의 단초를 제공한다.

급강하! 추락하는 중에 공포를 이기고 돌진하는 것은 절대 쉬운 판단이 아니다. 내가 있던 진지 옆으로 폭탄이 떨어졌다. 정말 아슬아슬했다. 나와 함께 있던 해병대 대공포병들은 열여덟에서 스물두살의 청년들이었다. 그렇게 침착한 사람들은 처음 보았다. 난 깨달았다. 승리가 우리의 것임을.

그는 이런 일기를 쓰기도 했지만 정작 이 기록은 어느 영화감독의 말이었다. 옥토버는 거의 집에서 지냈으면서 이상할 정도로 중상이 늘었다. 크게 다쳐서 한동안 움직이지 못한 적이 많았다. 옥토버는 가구에 이마를 부딪쳐 뼈가 드러날 정도로 부상을 입고 응급치료를 받아야 했다. 한밤중에 시작된 복통이 아침이 되어도 나아지지 않은 어느 날은 구급차로 병원에 실려 갔는데 엑스레이 촬영을 하기 위해 혈관에 넣은 조영제가 알레르기 반응을 일으켰고 그는 과민성 쇼크를 겪었다. 심근경색에 심장마비까지 더해진 그야말로 엄청난 사고였고 옥토버는 죽을 뻔했다. 지역신문에 그의 사망 소식이 오보로 나오기도 했다. 그는 이후 왼쪽 눈의 시력이 나빠져 인상을 쓰느라 옹색한 표정을 자주 짓게 되었다. 사개월 뒤, 옥토버가 입원한 정신병원은 접근이 쉽지 않을 뿐만 아니라 주변에 횡단보도나 보행자 신호등 같은 안전시설이 없었다. 주차장도 화단으로 막혀 있어 문병객들이 진입로를 지나칠 수 있었다. 더군다나 그를 관리하던 직원들조차 무책임하고 안일해 그는 제대로 관리받지 못하고 방치되었다.

──이런저런 의문점이 많은 전투

옥토버는 한 모텔에서 약물 투약으로 자살을 기도했으나 실패했다. 그는 더이상 놀라지 않았다. 구름이 옅게 끼고 찬바람이 불던 어느 겨울 새벽, 그의 옛 친구 중 하나는 옥토버가 집을 떠나는 모습을 멀리서 보았다는 목격담을 전했다. 옷을 두껍게 입고 외출한 것 같다고 했다. 그날은 도로시설물 세척 작업으로 긴 계곡 상단의 대교가 부분 통제되었으며, 동쪽 6킬로미터 지역에서 규모 2.0의 지진이 발생한 날이었다. 그의 옛 친구는 어머니가 조리 중에 넘어지면서 기름이 발에 쏟아져 병원에 이송된 날이라 기억이 또렷하다고 진술했지만 사고가 지진에 의한 것인지는 확인되지 않았다.

앞부분만 사용된 옥토버의 노트는 그의 책장에 있었고 발견에 별다른 의미는 없었다. 주변인들은 그것이 쓰다 만 각본으로 보인다고 술회했다.

화이트 현상에 대하여

인류는 쇠퇴

금서목록

분명히 맑은 아침

옥토버는 끝내 발견되지 않았다. 후일 교토에서 그를 봤다는 이야기가 이어졌다. 간혹 수도원과 절 혹은 교도소에서 그를 목격했다는 사람들도 있었다. 옥토버의 중노년 생애는 매우 불분명해서 그의 최후를 두고 여러 설이 나왔고 성명과 모습을 바꾼 채 숨어서 살았다는 추측이 난무했다. 옥토버와 외모가 비슷하고 나이도 딱 맞는 노인이 우에노공원 주변에 장기 거주했다는 노숙자의 증언도 수집되었는데 이 역시 확실히 신뢰할 수 없다.

"그 사람이 여자가 아니었다고요? 4월 중순이었나. 그이가 카레를 먹다 말고 나한테 와서는 속삭였어요. 거미줄처럼 얇은 목소리였죠. 내게 해준 이야기가 뭐였는지 절대 말할 순 없지만요."

• 노영미 감독의 전시 「지붕 위의 도로시」를 위해 쓴 짧은 소설로 약간의 수정을 가했다. 이 작업은 10월 21일을 키워드로 검색한 문서를 편집한, 일종의 콜라주 프로젝트로 노영미 감독이 '하이마'라는 인물의 일대기를, 내가 '옥토버'라는 인물의 일대기를 맡아 썼다.

초록 소파

아이가 없어진 건 아침 무렵이었다. 여진은 현재에게 전화를 걸지 않았다. 새로운 가족과 함께 있을 그에게 연락할 수 없었다. 목소리를 들으면 길에 주저앉게 될 것 같았다. 여진은 대신 집 밖을 걷고 또 걸었다. 찬바람에 귀와 볼이 얼얼했다. 눈물이 엉겨 붙은 속눈썹이 금세 얼어갔다. 여진은 쓰레기장 앞에 멈춰 섰다. 눈앞의 풍경은 아까와 다르지 않았다.

등을 돌린 여진이 언덕의 주택가를 올려다봤다. 낯익은 동네가 처음 와본 곳처럼 느껴졌다. 건물 외벽의 파이프를 물끄러미 쳐다보던 여진이 급히 휴대폰을 꺼냈다. 동파 방지. 낮에 시공해야 할 현장이 그제야 생각났기 때문이다. 동료 배관사는 긴말 없이 여진을 다독였다.

지난여름, 여진이 소파를 뜯고 있을 때 현재는 이마를

짚고 물었다.

"그만둬. 이걸 어떻게 아이로 생각할 수 있어?"

"한서가 제일 좋아했던 의자야. 여기 있는 게 편할 거야."

"힘든 건 알아. 그래도 이러진 말자."

여진이 무릎을 털며 일어났다. 현재와 또 다투기 싫었다. 그를 더는 설득할 수 없다는 사실도 잘 알았다. 하지만 여진은 대답해야 했다.

"너도 힘든 걸 알아. 그래도 남은 게 있잖아. 희미해도, 흐릿해도 한서가 여기 있다고."

"우리 차라리 교회나 성당에 나갈래? 같이 가자."

눈을 감은 여진이 고개를 가로저었다. 현재가 다시 말했다.

"너무 약한 신호야. 언제 꺼질지도 모르는데 대체 왜. 이러면 너만 괴로워져."

소파 앞의 둘은 한참 동안 조용했다.

"우리 잘 보내주자."

현재가 여진의 등을 어루만지며 말했다. 여진은 소파 앞에 다시 웅크려 앉았다.

"그래. 너는 네 방식대로, 나는 내 방식대로 잘 보내주면 돼."

여진은 고개를 들지 않고 답했다. 해체된 의자를 어서

조립해야 했다.

아이는 작년 초봄에 부부 곁을 떠났다. 사고로 남은 건
아이 뇌의 12퍼센트뿐이었다. 뼈와 장기에는 손을 댈 도
리가 없었다. 가망을 바라기 어려웠다.

"이 몸 안에 사는 방법으로는 그렇죠. 하지만 두분이 시
범 사업에 임해주신다면……"

의사는 아이의 잔류의식을 다른 곳으로 옮길 수 있다
고 했다. 본격적인 서비스 상용화는 사년 뒤쯤 가능하다
는 설명이 이어졌다.

"좋다, 싫다. 이외에 다양한 의사 표현을 접하시긴 힘들
수 있어요. 아이의 상태도 미약하고, 마인드업로딩 기술
도 보완 중이라서요."

여진은 의사의 말을 끝까지 들었고, 현재는 도중에 일
어나 복도로 나갔다.

"어떤 물건이 괜찮을까요?"

"너무 작지만 않다면요. 저장기기는 새끼손톱 크기 정
도인데, 그대로 지니고 계시기는 어려울 거예요. 지금까
지는 인형, 시계, 반지를 택하신 분들이 있어요."

"그분들은 남은 정신을 어떻게 느끼나요?"

"빛이나 멜로디로요. 센서 연결 방법에 따라 의식의 현

화 형태도 달라요. 물품 결정을 마치시면 저희가 업체를 통해 제작해드립니다."

"저는 완성된 저장기기만 주시면 될 것 같아요."

여진은 조그마한 소파 하나를 떠올리고 있었다. 여진이 아이를 위해 직접 만든 의자였다. 한서는 거기서 밥을 먹고 책을 읽고 노래했다. 거기 앉아 웃고 울고 졸았다. 거기 올라서서 여진을 불렀다. 아이가 머물던 소파는 늘 따뜻했다.

여진은 머릿속에 차량용 열선 시트 구조를 그렸다. 히팅컨트롤 원리는 익숙했다. 소파 가죽 밑에 열선 모듈을 삽입하고 등판 아래 스위치를 부착하면 끝이었다. 그러면 한서의 기분이 좋을 때 온기가, 기분이 나쁠 때 냉기가 흐를 것이다. 여진은 한서가 몸담을 곳도, 한서의 생각을 전환할 방식도 홀로 결정했다. 그날부터 크리스마스를 하루 앞둔 날까지 열달여간 아이는 언제나 여진 곁에, 천국이 아닌 그의 품에 있었다.

뜰에 두는 게 아니었어. 아무리 거길 좋아했다 해도. 여진은 주먹을 세게 쥐었다. 주민센터 앞 벤치에 앉아 있던 노인들이 여진을 쳐다봤다. 아까부터 동네를 떠도는, 슬리퍼를 신고 혼자 중얼거리는 이상한 여자였다.

"저 소파 귀여워. 우리 아지트에 둘래? 누가 버린 것 같은데."

"그래도 집 안에 있잖아."

"어때. 울타리도 낮은데."

여진이 뜰에 나왔을 때는 이미 교복을 입은 아이 셋이 소파를 들고 사라진 뒤였다. 아이들은 얼마 후 소파가 생각보다 무겁다며 투덜댔다.

"아, 추워. 손 시려 죽겠네."

아이들은 공원 구석에 소파를 내려뒀다. 한 아이가 소파에 걸터앉다 소리를 질렀다.

"뭐야, 좁아서 엉덩이도 안 들어가. 이거 네살 이상은 못 앉아."

"자세히 보니까 우중충하다. 우리 헛짓거리했어."

"제자리에 갖다두자."

두 아이가 그 말에 입을 벌렸다.

"야, 이게 뭐라고."

두 아이는 소파를 마구 흔들며 웃었다. 뒤로 밀린 소파가 화단에 부딪치자, 등판 하단에 있던 스위치가 켜졌다. 허리를 굽히며 웃던 두 아이는 남은 아이의 팔짱을 끼고 공원 밖으로 내달렸다.

주인 없는 소파 한가운데 무당벌레가 날아왔다. 벌레

가 몸을 털자 작은 서리가 떨어졌다. 돌 틈새를 향해 벌레가 떠난 뒤엔, 나뭇가지에 매달려 있던 나방 고치가 소파로 툭 떨어졌다. 바람이 불자 텅 빈 고치가 소파 위를 빙그르르 돌았다. 소파에서 온기가 점점 차오르기 시작했지만, 알아채는 사람은 없었다. 차바퀴 아래 있던 잿빛 고양이 한마리가 소파에 올라갔다. 겨울 낮의 볕과 소파의 열기로 고양이는 눈을 잠시 감았다. 시멘트 위를 뛰느라 뭉쳤던 다리 근육이 부드럽게 풀렸다. 이 계절을 나면서 이렇게 편안한 날은 드물었다. 고양이는 소파에 찬 배와 딱딱한 발바닥을 오래 붙이고 있었다.

해가 저물어갈 때쯤, 카페에 들어선 여진은 코코아 한잔을 시켰다. 뜨거운 음료가 목구멍으로 넘어가자 턱관절이 시큰했다. 다리가 아프고 허기가 진다는 사실이 믿기지 않았다. 저녁의 거리는 카페 내부보다 환했다. 혼자 있는 이들은 상기된 얼굴로 누군가와 통화를 했고, 연인과 가족들은 몸을 가까이 붙인 채 웃었다. 가게 스피커에서 캐럴이 울렸다. 창밖으로 진눈깨비가 흩날렸다. 모든 게 낯설지 않았다. 매년 아이와 함께 누렸던, 평이한 겨울 풍경이었다. 여진은 의자에서 일어났다. 아이를 찾을 방법이 떠올랐기 때문이다. 소파의 특징, 연락처, 사례금을 적은 전단을 만들어 붙이자. 여진의 걸음은 빨랐다가 느려졌고, 느려졌다 빨라졌다.

집에 다다른 여진은 현관 앞 계단에 쪼그려 앉았다. 빈 뜰은 어젯밤보다 컴컴했다. 전단 광고는 멍청하기 짝이 없는 생각이었다. 장난 전화가 끊이지 않을 것이다. 여진은 두 손으로 얼굴을 감쌌다. 슬리퍼 위로 눈이 소복하게 쌓일 때까지 여진은 자리에서 움직이지 못했다.

"저기요. 여기 사세요?"

여진이 얼굴에서 손을 뗐다. 눈물 때문에 앞이 가물가물했다.

"죄송해요. 이거 아침에 가져갔는데, 계속 마음에 걸려서요."

교복을 입은 아이는 말을 끝낸 뒤 숨을 몰아쉬었다. 여진은 아이가 발치에 내려둔 소파를 연거푸 쓰다듬었다.

"고마워요. 정말 고맙습니다."

여진은 뒤돌아선 아이를 불러 세웠다. 그리고 아이의 교복 어깨에 쌓인 눈을 털어주었다.

소파를 수건으로 꼼꼼히 닦아낸 여진은 거실 불을 껐다. 단자 버튼을 누르자 소파 앞 트리에 불빛이 들어왔다. 희미해도, 흐릿해도 고운 빛이었다. 여진이 소파에 왼손을 올렸다.

"미안해. 춥게 해서."

손닿은 자리가 곧 따스해졌다. 여진이 소파에 얼굴을 붙이고 트리를 쳐다봤다. 플라스틱 별 아래 잎들이, 거실 바닥 밑으로 끝없이 퍼져나갈 것 같았다. 여진이 바라는 사랑의 모양이었다.

수치 없는 세계

치과 대기실 의자는 연한 올리브색이었다. 의자 뼈대를 감싼 천은 인조 모피로 몹시 보드라웠다. 김이해는 벨벳 천에 엉덩이를 반쯤만 걸쳤다. 월경이 끝나가기는 했지만 혹시 몰랐다. 자리에서 일어났을 때 의자에 남은 보색의 대비를 절대 보고 싶지 않았다. 서로가 서로를 강렬히 밀어내는 색상. 그건 아무리 작은 얼룩이라도 끔찍할 것이다.

김이해는 붕 떠버린 번역 작업을 생각했다. 초고를 받아본 편집자는 열흘째 답이 없었다. 얼마 뒤에는 불만이 있어도 상냥히 연락을 해올 테고, 자신은 돌아버릴 것 같은데도 그에 뒤지지 않는 상냥한 답을 하겠지. 김이해는 손목을 주물렀다. 짧고 반투명한 손톱부터 소매 끝단까지 돈을 들여 꾸민 곳이라곤 한군데도 없었다. 그러자 반지와 팔찌, 촛대와 해골과 뱀 문신으로 난리 통인 손등이 떠올랐다. 타로카드 같은 무화과의 손. 의식하지 않으려고 했지만 오늘은 무화과의 생일이었다. 이십대 초부터 약 여덟번의 밸런타인데이마다 김이해는 무화과와 함께 있었다.

※본 치과의원은 쉐임리스 시술을 하지 않습니다※

자동문이 열리는 소리에 고개를 든 김이해는 문 옆에 붙은 문구를 한참 동안 바라봤다. 엄마가 여러 치과를 두고 왜 이곳에 왔는지 알 수 있었다. 쉐임리스 시술을 받는 여자들은 용감한 걸까. 지나치게 용감한 걸까.

김이해는 협탁 위 여성 잡지를 집어 들었다. 와인으로 끓인 바지락찜, 한라봉시럽을 곁들인 토스트, 우엉튀김을 올린 샐러드. 2월 제철 레시피를 보다 페이지를 앞으로 넘기자 욕조에 걸터앉아 카메라를 응시하는 노재영의 얼굴이 나왔다. 치과에서 잡지의 내용까지 살펴보지는 않는 모양이었다. 현명하고 자애로운 중재자 역할을 주로 맡던 육십대 배우는 쉐임리스 시술을 받은 뒤로 전에 없던 전투적인 이미지를 갖게 되었다. 크림색 슈트를 입은 그의 인상은 방금 사냥을 마친 흰 매 같았다. 더는 포근한 미소를 짓지 않았다.

—순결주의가 사라진 세상을 상상해보세요.

큼직한 헤드라인 문구가 시끄럽게 느껴졌다. 김이해는 펼쳤던 잡지를 조금 오므렸다. 왼쪽 끝 접수대에는 간호사 두명이, 맞은편에는 또래 남성이 있었다. 세 사람은 김이해에게 조금의 관심도 없었지만 김이해의 어깨는 아까보다 움츠러들었다.

—인터뷰가 지겨워도(웃음) 가능한 답변하려고 해요. 시술로 수치심 전부가 사라지는 게 아니라는 말은 제가 만번 정도 한 것 같은데요(일동 경악). '가해자가 처벌을 피하는 게 아니다. 적법한 절차로 형을 받는 건 변함이 없다. 아니 더 수월하다'. 이런 말도요. 뭐 지겹기로 따지면 '시기상조네, 사회적 합의가 필요하네' 같은 말이 훨씬 신물 나죠. '산부인과, 유모차, 출산율, 처녀작, 여배우'같이 짜증나는 말은 우리 곁에 또 얼마나 오래 버티고 있었나요(한숨).

김이해는 잡지에서 눈을 떼고 치과 복도를 기웃거렸다. 엄마가 늦게 나왔으면 좋겠다는 생각이 들었다.

—사람들은 사회가 나아지길 바라지만 법이나 제도는 인식에 비해 늘 더뎠어요. 그런 면에서 저는 제 잇몸 안의 작은 장치를 엄청난 혁명의 기폭제로 생각해요. 엄숙주의와 강간 문화가 이렇게라도 해체될 수 있다면 좋죠. 아니, 사실은 꿈같은 일 아닌가요. 사랑니 발치 정도의 시술인데요. 예전처럼 해외까지 안 나가도 되고요. 이 변화를 체감해보면 우리가 가진 성에 대한 통념과 경직성을 상당 부분 떨쳐낼 수 있을 거라 믿어요. 여러분, 비난받을까봐 두려워하던 날은 과거가 됐어요. 잘못하지 않은 일에 더

는 파묻히지 마세요.

인터뷰의 마지막 단락까지 읽은 김이해는 자리에서 일어나 엉덩이를 매만졌다. 손바닥이 건조했다. 바지는 멀쩡했고 의자에는 피 한방울도 묻지 않았다. 김이해는 커피머신에 컵을 올리고 버튼을 눌렀다. 원두 갈리는 소리가 짐작보다 훨씬 컸다. 반사적으로 뒤를 돌아본 김이해는 간호사들과 눈이 마주쳤다. 두 사람은 고단한 표정을 지었다. 하지만 그게 자신 때문은 아닐 것이다. "잘못하지 않은 일에 더는 파묻히지 마세요." 노재영의 말이 육성이 되어 머릿속에 울렸다.

"아뇨, 이해와 소통할 때 이해요. 오해 말고 이해."

김이해는 이 대답을 할 때마다 인생이 더욱 고되게 느껴졌다. 정정을 해줘도 배우 김희애를 언급하며 웃는 사람들이 많았다. 그들에게 김희애는 좋아한다고, 팬이라고 밝히는 것도 하루 이틀 일이 아니었다.

"어우, 언더스탠드! 이해심이 깊으시겠어요. 이 말까지 들으면 진짜 옹졸해진다니까. 왜 자기 말이 처음일 거라고 생각하는 거야? 어떻게 그게 농담이 된다고 믿어?"

"그렇게 듣기 싫으면 개명을 해. 아니면 가명으로 지내든가."

간결한 제안이었다. 무화과는 김이해를 처음 만난 날, 담배를 꺼내며 그렇게 말했다. 청년작가 그룹전에서 마지막까지 작업 설치를 하던 둘은 큐레이터와 전시기획실장의 배려로 갤러리에서 밤을 새울 수 있었다. 줄자, 수평계, 사다리를 나눠 쓰던 둘은 어느 순간부터 말을 놓기로 했다. 밤은 길고 빈 전시장은 갑부의 주말 별장 같았다. 그때는 상대가 누구인지 순수하게 궁금한 이십대 초였다.

"본명 같은 게 걸리적거리면 확 버려."

김이해는 자신이 분열되는 게 싫다고, 다른 이름을 갖는 건 어딘가 꺼림칙하다고, 인간은 가족이나 악습처럼 지긋지긋해하면서도 그대로 두게 되는 게 있다고 대답하지 않았다. 본명을 지우고 새 이름을 짓지 못하는 이유는 복잡하기도 했고 앙상하기도 했다. 결정마다 선명한 이유를 댈 수 있는 것도 아니었다.

실내라도 새벽은 춥고 눈은 따가웠다. 삼십분만 지나면 첫차가 다닐 시간이었다. 김이해는 무화과가 다음 담배를 물면 그를 그만 따라나서야겠다고 생각했다. 갤러리 바깥 흡연 구역까지 벌써 두번이나 같이 갔으니까.

"넌 처음부터 무화과로 활동한 거지? 내가 아는 작가는 본명이랑 필명으로 두번 전시 했는데 사이트에 통합되어 소개되지 않더래. 각자가 별개의 사람으로 등록되는 거지. 그거 보니까 안 되겠더라. 이제 와 활동명을 만들면 아카이빙이 어려워."

"따로 나오는 게 나름대로 재밌지 않아? 하나로 꼭 합쳐야 하나? 단일할 필요는 없잖아. 자아라는 게 굳은 시멘트도 아니고. 어제의 김이해와 오늘의 김이해는 다른 인간이지. 매일 바뀌잖아."

"응? 인간이 뭐 그렇게까지 불연속적이고 파편적인 동물인가."

김이해는 자신의 좀스러운 염려와 은근한 보수성을 감추기 위해 초연한 척 대꾸했다. 심드렁하게 답했지만 입가가 떨렸다. 그런데 무화과는 짐작보다 집요하고 투철한 구석이 있었다. 욕망, 존재, 주체, 대타자, 오브제. 무화과는 놀랍게도 그 단어들을 실제로 사용하며 지치지도 않고 떠들어대기 시작했다. 이름에서 시작한 대화는 뜻밖의 재난이 되고 있었다. 이대로라면 출근길 인파에 끼어 귀가할 수 있었다. 현관문을 열었을 때 골이 있는 대로 난 엄마를 마주칠지도 몰랐다. 엄마는 아침에야 들어온 자신을 향해 디피인지, 소피인지 그깟 전시가 다 뭐냐고 투덜댈 것이다. 모르겠다. 성질내면 내라지. 김이해는 대화가 멋대로 흘러가도록 방관하다 농담을 덧댔다.

"그럼 너나 매일 바꿔. 무화과가 뭐냐. 의미 과잉이야.

이러면 무화과 화가가 화가 나나?"

추레한 말이 튀어나왔다. 무화과는 말장난에 반응하지 않았다.

"별 뜻 없어. 근데 아직까지는 마음에 드니까."

무화과가 대안공간에서 네번째 개인전을 열었을 때, 김이해는 매번 쪼그라드는 그의 전시장 평수를 무시하려고 애썼다. 아트스페이스, 스튜디오, 팩토리 같은 이름이 붙어도 소용없었다. 무화과의 전시는 폐가 아니면 주차장 같은 곳에서만 열렸다. 옥상 물탱크에 드로잉 몇점을 붙이고 사람들을 부른 적도 있었다. A5 사이즈 스케치북을 뜯어낸 게 분명해 보여 당황스러웠다. 무화과는 옥상 곳곳에 낱장들을 아무렇게나 붙였다.

상반신은 인간, 하반신은 무당거미인 그림을 보려고 이 사다리를 타야 했을까. 김이해는 얇은 철제 난간을 붙잡고 내려오면서 솔직히 부아가 났다. 흥미로운 이미지들이긴 했지만, 강풍이 일 때 마구 휘날리는 종이들의 꼴까지 흥미롭지는 않았다. 스티로폼 박스에서 피어난 파꽃과 그 뒤로 깔리는 석양까지 전부 서글펐다. 무화과의 전시 오픈 날에는 세상에서 제일 불우해 보이는 싱어송라이터들이 축하 공연을 했다. 밴드 이름은 엎어진수육, 고모는AI, 전기분해 따위로 참담한 지경이었다. 김이해는 양지에 널

찍이 자리 잡은 미술관에서 전시를 열 때마다 무화과가 신경 쓰였다.

"무화과 작가님, 전시 왜 이렇게 좋아? 마음을 뒤흔들고 헝클어뜨린다. 아아, 부러워."

"어쩐지 진심 같은데? 고마워."

"진짜야. 믿어. 나는 그동안 뭐 했나 싶다."

"그런 말 하지 마. 질투를 안 느끼려면 그 작가 말고 작품을 사랑하면 돼."

김이해는 그 말을 듣고 체온이 5도는 내려가는 것 같았다. 기분은 물에 젖은 새 폭죽처럼 터질 틈도 없이 찌그러졌다.

시립미술관 공모전에서 우수상을 받고 난 다음 해부터 김이해는 곧장 미술과 멀어졌다. 급하게 맡았던 번역 일이 하나둘 꼬리를 물고 들어오기도 했지만, 대안학교에서 진행하던 미술 수업이 연장되기도 했지만, 남자친구와 어렵게 헤어지기도 했지만, 그림을 놓으려던 건 아닌데······ 몇 해가 지나고 나니 작업실에는 새 캔버스보다 포스트잇이 많아졌다. 짬이 날 때 작업 구상을 해보려고 하면 작성해야 할 서류가 속속 도착했다. 파일, 영수증, 헛소리. 인간의 삶이란 어쩌면 응대와 수습 아닐까. 그걸 최대한 그럴 듯하게 해내는 짓거리 아닐까. 김이해는 문서 내용을 맞춤법 검사기에 돌리며 그런 단정에 빠져들었다. 메일들을 다 보내고 진이 빠져 있을 때면 무화과와 나눴던 대화가 필요 이상으로 생생하게 기억났다. 웹사이트에서 김이해의 공모전 수상소감을 읽던 날 무화과는 이렇게 말했다.

"무슨 놈의 미술상 수상을 통해 작품활동을 시작했다. 계속 그려도 된다고 인정받은 것 같아 다행이다. 이해야, 이런 건 겸허가 아니야. 주눅이지."

"그냥 관습이잖아. 간단한 이력이고."

뭘 어쩌라고. 고칠 수도 없는데. 김이해는 이미 공개된 글 앞에서 악담을 늘어놓는 무화과가 거슬렸다. 평범한 축하의 말이면 족하다고 생각했다. 솔직하고 날카로운 견해, 끝 간 데 없이 자유로운 발언이 언제 어디서나 필요한 건 아니었다.

"상을 받고 그림을 시작한 게 아니라 그림을 그리다 상을 받은 거잖아. 그게 중요하단 뜻이야."

형식적인 공란에는 형식적인 내용을 채우는 게 피차 편했다. 공무원이 훑어볼 서류에 진짜 생각을 쓰는 작가는 없었다. 자유 서술형 항목이 있었지만 그건 일개 작업자의 자의식을 부려놓으라고 내준 칸이 아니었다. 무화과는 관의 언어를, 닳고 닳아 누구도 자극하지 않는 종류의 문장을, 그러니까 일종의 예의와 배려를 좀 터득해야 했다. 장례식에 가서도 사람은 누구나 죽는다고 말할 건가. 내 질서를 들이밀려면 다른 이들의 질서도 존중해야 하는 것이다.

"넌 누구랑 헤어질 때도 걔가 마음에 안 드는 이유를 조목조목 말하겠다."

남자친구의 후배와 잤던 사실을 밝히지 않고 헤어지기 위해 부단히 애썼던 김이해는 무화과에게서 이와 같이 투명한 답을 들었다.

"상대가 마음에 안 들어서 헤어지는 경우는 사실 드물지 않아? 아마 다른 사람에게 끌렸을 확률이 높겠지. 그럼 난 그렇게 됐다고 말할 거야."

쉐임리스 시술은 무화과에게 자연스러운 선택이었을 것이다.

결혼해서 아이까지 있는 무화과가 쉐임리스 시술은 왜 받은 건지 모르겠다고 말한 건, 그룹전 때 연으로 드문드문 연락을 나누던 동료 작가였다. 김이해는 그의 브로슈어에 실릴 영문 작업 노트를 헐값에 번역해준 적이 있었다. 동료의 회화는 좋은 말로 반듯했고, 꼬인 말로는 미술판의 시류를 촘촘히 의식하다 좁아진 이미지에 가까웠다. 심지어 그의 글은 작품의 단순한 형상과 주제에 어울리지 않게 현학적인 데다 비약이 심했는데 단락마다 철학자 이름과 사조가 두세개씩 튀어나오는 바람에 골치가 아팠다.

"무화과 작업이 난해해진 건지, 유치해진 건지 모르겠어. 걔 이젠 평면 말고 입체랑 뉴미디어까지 다루나봐. 그런 쪽일수록 제대로 공부하지 않고 덤벼들면 곤란한데. 뭐, 무화과가 원래 희한한 거 좋아하긴 했지. 그래도 소재주의, 아이디어리즘 같은 데 빠지면 답도 없지 않나? 너 그거 봤어? 월경혈로 그림 그리는 건 도대체 언제 적 기법이냐. 넌 번역이랑 강의라도 하니까 다행이지. 무화과는 그렇게 현실을 외면해서 어떡해."

동료는 한참을 떠들면서도 김이해의 작업에 관해서는 아무 질문이 없었다. 김이해는 동료가 자신의 생계수단에만 관심이 있다는 사실, 무화과의 작업에 완전히 압도되었다는 사실을 깨달았다.

"왜. 주제도 표현도 뜨거운데. 난 무화과 작업 좋아. 무섭고 강렬해서."

"그래? 좀 편협하지 않아? 처음에만 시선이 가지 금방 질리는 이미지 아닌가. 맹목적이라 한계도 뚜렷하고. 다의성이 없잖아. 감정만 앞서서 걱정되던데. 무화과 시야가 좀 좁은 편이니까."

너나 잘해. 넌 어디를 보고 있는지도 모르겠어. 네 그림에는 감정과 시야가 아예 없잖아. 김이해가 속으로 대답하는 동안 동료가 말했다.

"미안. 그래도 둘이 친했는데 이런 말 들으면 불편할 수도 있겠다. 근데 무화과 안 본 지 좀 되지 않았어? 나랑 같이 아기 보러 간 다음에 한 일년 지났나?"

엄마의 치아 치료가 생각보다 오래 걸렸다. 김이해는 다 식은 커피를 단번에 들이켰다. 혹시나 해서 열어본 메일함에는 아무 소식도 없었다. 휴지통도 스팸함도 깨끗했다. 수정사항이 대체 얼마나 많기에. 김이해는 드라이브를 열어 마지막 번역본을 읽다가 눈을 감았다. 어느새 엄마의 큰 목소리가 들렸다.

"세상에, 이게 무슨 자랑이라고 떠벌리길 떠벌려. 이 여자, 시술받더니 정신이 나갔나. 그저 저밖에 모르지. 짐승만도 못해. 넌 이런 걸 뭐 하러 봐?"

엄마가 허벅지 위에 펼쳐진 잡지를 세게 덮었다. 종이가 닫히면서 픽 소리가 났을 뿐인데 누가 뒤통수를 얼얼하게 후려친 듯했다. 심장이 격하게 뛰었다.

"따라와. 이빨 사진 한번 찍자. 선생님이 서비스로 봐주신대."

김이해는 고개를 저었다. 이빨이라니, 건강을 의심받는

소가 된 것 같았다.

"의사 선생님이 내일부터 2주 동안 학회 가신다는데, 이 기회에 보면 좀 좋아."

"나 먼저 나가 있을게."

"아니, 애가 왜 이렇게 갑갑해."

건물 밖으로 나온 엄마는 화가 더 끓어오른 것 같았다. 엄마 뒤에서 입술을 잘근잘근 깨물며 걷던 김이해는 한 가로수 앞에 멈춰 섰다. 나무 아래 깨진 액자 두개가 널브러져 있었다. 앞의 하나는 아기의 손발을 석고로 뜬 뒤 금색 물감을 덧바른 부조였다. 아마도 백일 기념품일 듯했다. 뒤의 하나는 아기 엄마 손으로 보이는 부조였는데 손가락이 마디마디 부러진 채였다. 한동안 휴대폰을 만지작거리던 김이해가 엄마를 향해 외쳤다.

"나 번역 수정 들어왔어. 먼저 갈게."

거짓말이었다. 치과 맞은편 피부과에 모공축소술 예약을 해둔 김이해의 엄마는 네 멋대로 하라며 손을 내저었다.

작업실 그대로야. 너 좋아하는 소파도. 늦게까지 있으니 편히 와!

김이해는 지하철역 계단을 밟기도 전에 도착한 답문에 놀랐다. 불씨가 꺼져가는 관계라고 여겼는데 무화과는 이

전처럼 느긋하고 대범했다. 화장실에서 나오기 전, 전신 거울 앞에 서고 나서야 약속을 너무 불쑥 정했다는 생각이 들었다.

김이해는 여덟개의 역을 통과하는 동안 두 액자가 거기 버려지기까지의 서사를 상상했다. 아이가 죽은 건가. 이혼 후 남편이 버렸나. 재혼한 아내가 팽개쳤다. 아니, 여자의 손가락이 부러져 있었다. 처리 방법과 폐기 장소에서 다분히 악의가 느껴졌다. 여자가 버렸을 리 없다. 아니지, 스스로를 그렇게 미워했을지도. 인상을 쓰던 김이해는 아까 쓴 문자를 다시 읽어봤다.

무화과, 생일 축하해. :) 본 지 오래인데 어떻게 지내? 한번 보면 좋겠다……!

김이해는 자기 문장에서 느껴지는 부드러운 연속성이 허위에 불과하다는 사실을 알고 있었다. 액자들을 본 뒤에야 연락하게 된 것이다. 눈앞에 무방비하게 드러난 비극을 발견하고 무화과를 불러봤다. 결혼한다는 이야기, 임신했다는 말, 아이를 보러 놀러 오라는 무화과의 문자는 죄다 눅진해 보였다. 아무리 봐도 그가 예정된 불행과 통속의 계단으로 발을 내딛는 듯했다. 누구보다 독립적이었던 인격체 하나가 인파 속으로 흐릿하게 섞여 들어가는 기분이 들었다. 그래서 더는 좁아질 수도 없던 무화과의 전시장이 완전히 사라져버린 것 같았다.

김이해는 쉬운 선물을 사기로 했다. 아이의 옷이나 책을 사는 건 어색했고 지금 무화과에게 꼭 필요한 물건을 짐작하기도 어려웠다. 멀티숍에 들어가 수분크림 한통을 고른 김이해는 매장 입구에 진열된 초콜릿 탑을 쳐다보았다. 제과 회사들이 상품 기획에 손을 놓고 있는 게 아닌데도 이날 압도적으로 팔리는 제품은 여전히 페레로로쉐였다. 이탈리아의 페레로 가문이 1946년에 설립해 내놓은 금박지 안의 헤이즐넛 초콜릿. 김이해는 형광등 빛에 반사되어 번쩍이는 철자들을 검지로 훑어보았다.

로쉐는 바위라는 뜻을 지니고 있었다. 부유층만 먹던 초콜릿, 인류의 일부만이 누리던 극상의 쾌락은 이제 무더기로 쌓여 있었다. 김이해는 황금색 탑 주위를 빙빙 돌다 20퍼센트 세일 안내판이 붙은 코너의 초콜릿 박스를 집어 들었다. 페레로로쉐처럼 금박 포장이 되어 있지만 더 싼 제품이었다.

무화과의 작업실은 예전보다 훨씬 어수선했다. 낮은 벽에는 포스터, 스티커, 구호가 적힌 팻말이 가득했고 창틀옆에는 원색의 깃발들이 괴괴하게 매달려 있었다. 향초는백구십개쯤 쌓여 있는 것 같았다.

"서낭당이야, 점집이야?"

김이해는 책상에 수분크림과 초콜릿을 올려두며 인사했다. 말하고 나니 훨씬 살가운 기분이 들었다.

"와, 나 초콜릿 안 먹을 건데. 이거 봐."

무화과가 입을 크게 벌렸다. 김이해는 부은 잇몸을 보고 눈살을 찌푸렸다.

"쉐임리스 자국. 아직 더 아물어야 돼."

김이해는 그 사실을 처음 알았다는 듯, 하지만 놀라지는 않았다는 듯 덤덤한 표정으로 고개를 끄덕였다.

"이거 재밌다. 페레로로쉐인 줄 알았는데 다른 거네."

박스를 확인한 김이해는 입술을 말았다. 작은 상표에는 프리로맨스라는 이름이 적혀 있었다. 아까 미처 못 읽은 단어였다.

"잘못 샀나봐. 뭐야, 똑같아 보였는데."

두 단어가 너무 창피해 또 거짓말이 나왔다.

"이해야, 난 되게 맘에 드는데. 프리로맨스! 와, 패기 넘쳐."

무화과는 작은 스티커를 뜯어 노트북 뒷면에 붙였다. 무화과 몸에 새겨진 문신만큼이나 어지럽고 분별없는 스티커 벽이었다.

"요새 쉐임리스 가지고 작업하고 있어. 아직 안 끝났는데 한번 볼래?"

무화과는 편집하던 영상물을 앞부분부터 재생시켰다. 뉴스 화면과 기자의 얼굴로 장난스러운 스티커가 붙었다 떨어졌다. 머리통이 거대한 딸기로 바뀐 기자가 말했다.

──우울증 완화를 위한 연구와 임상시험에서 발현된 이 기술은 인간의 수치심, 정확히는 과도한 성적 수치심을 격감시키는 데 유효한 치료로 발전했습니다. 정식 명칭은 쉐임리스. 시술은 은단만 한 크기의 초소형 장치를 어금니 뒤쪽 잇몸에 삽입하는 간단한 방식인데요. 이 반영구적 기구를 통해 두뇌 신피질을 자극하면 인체의 경직 반응을 줄일 수 있다는 원리입니다.

약 일년 전, 쉐임리스가 각광받기 시작할 때의 보도였다.

──하지만 모든 발전에는 음과 양이 따르기 마련이죠. 우리 사회에 다양한 변화를 불러일으킬 이 쉐임리스에 대한 찬반 논란 역시 거세지고 있습니다.

이어지는 기자의 목소리는 얇고 높게 변조되었다.

──거세지고, 거세지고, 거세지고 있습니다.

기자의 딸기 머리통은 부풀어오르다 터지는 용암 화면으로 바뀌었다.

──더 자유로운 성생활을 위해 시술을 받은 남성들 중 심적 변화를 겪은 이는 소수에 불과한 것으로 알려졌습니다.

각종 자료를 이어붙인 영상은 산만했다. 광장에 모여

쉐임리스 시술을 비난하는 사람들, 돌돌 말린 월경 패드, 토노무라 히데카의 사진. 다시 광장에 모여 쉐임리스 시술을 옹호하는 사람들, 완전히 펼쳐진 수백개의 월경 패드, 브래지어 없이 줄넘기하는 무화과, 자신의 성생활을 과장해 말하는 여성 코미디언들, 무너지는 댐, 화관을 쓰고 춤추는 여자들, 다시 토노무라 히데카의 사진.

—집단 트라우마 치료에 활용된 쉐임리스 시술은 성폭력 피해자 상당수의 감정 처리 능력을 개선시켰습니다. 시술을 받은 이들 중 무려 81.5퍼센트가 자책과 고립감에서 벗어나 해방감을 느꼈다고 밝혔는데요.

정신과 의사의 가운 위로 폭죽, 샴페인, 케이크 이모지가 덕지덕지 붙었다. 화면은 곧 보라색 페인트로 뒤덮였다. 인터뷰에 응한 여자들의 얼굴로 불투명한 막이 나타났다 사라지길 반복했다.

—더이상 스스로를 미워하지 않게 됐어요. 제 잘못이 아니니까요. 비열하고 추잡한 건 떼로 모여 영상을 구경했던 걔들이지 제 알몸이 아니에요. 왜 제가 망했다고 조롱하는지 모르겠어요. 제가 왜 하찮아요? 누군가의 인생이 끝났다고 낄낄대는 인생이 하찮은 거 아닌가요. 저는요, 가해자보다 더 괴롭게 지내는 피해자가 있다면 하루빨리 이 시술을 받는 게 좋을 것 같아요.

—할머니한테 들었는데 옛날에는 은장도라는 게 있었다는 거

예요. 자결용 칼이었다는데 강간을 당하면 바로 자살하라고 만들었다나. 그걸 숭고하다고 여겼대요. 어이없어. 도대체 말이 되냐고. '순결'을 '빼앗겼다'는 표현도 소름 돋아요. '몸을 준다, 몸을 뺏는다, 몸이 더럽혀졌다'. 웃기지도 않아요. 이런 일로 목숨을 끊은 사람들이 많았다니 너무 비참해요.

 ──구덩이에 혼자 팽개쳐진 기분이 들지 않아요. 아무 일 없었던 것처럼 버티거나 센 척할 필요도 없어요. 쉐임리스 이후로 그깟 일을 진짜 같잖게 여길 수 있게 됐으니까요. 제 생각엔 요가, 명상, 햇볕 쬐기보다 이 시술이 나아요.

 영상이 멈추고 함께 흘러나오던 하이퍼팝까지 끝나자 작업실이 적막에 휩싸였다.

 "맞아. 너 토노무라 히데카 좋아했지?"

 입가를 만지작거리던 김이해는 무슨 말부터 시작해야 할지 몰라 영상 속 사진작가의 이름부터 꺼냈다. 히데카는 자위하는 여자들 그리고 암에 걸린 여자들을 피사체로 택했다. 수술로 유두가 사라진 가슴, 머리카락이 한줌만 남은 두피, 칼자국이 남은 뱃살도 렌즈에 담았다. 그보다 먼저 찍은 건 작가 본인의 엄마였다. 불륜 관계의 남성과 침대에 있는 어머니는 딸이 든 카메라를 비스듬히 그러나 분명히 쳐다본다.

 토노무라 히데카는 전시를 집과 상당히 먼 곳에서 열

었다고 했다. 무능하고 폭력적인 아버지가 작업을 보게 될까 두려웠기 때문이다. 히데카는 엄청난 용기를 내면서도 겁에 질려 있던 작가였다. 그렇게까지 해야 했을까. 결국, 그렇게까지 해야 했으니까 했을 것이다.

"무화과, 난 모르겠어. 단순하게 생각해봐도 쉐임리스는 남자들이 제일 좋아할 시술 아닌가? 여자들이 성적 해방을 주장하던 시기에도 그랬잖아. 거기다 시술 후의 부작용도 다 검증되지 않았고."

"부작용은 늘 있지. 그래도 쓸데없는 순결주의에 짓눌릴 바에는 이 시술을 받는 게 훨씬 낫다고 봐. 강요된 수치심은 만악의 근원이야. 인간은 이제 좀 몸뚱어리에서 도약해야 해."

말을 마친 무화과가 만세 자세를 취했다. 일부러 허풍을 섞은 투였다. 생각을 너무 오래 하면 말을 할 수 없다고 느낀 김이해는 그냥 입을 열었다.

"그깟 성추행이 왜 괴롭냐고, 그게 뭐가 그렇게 힘들어 죽기까지 하냐고 빈정대던 남자들 말이야. 맥락은 좀 다르겠지만, 네 입장이 그 사람들과 좀 비슷하지 않아? 근본적으로는 서로를 조심스럽게 대하는 게 맞지. 애초에 남의 몸을 함부로 안 만지면 되잖아."

"응. 그럼 그러자는 캠페인을 해. 한 구천년 된 그 캠페인. 조심하고 있는데도 계속 조심하라니, 난 이제 그만 소리 더는 안 들어. 나중에 평등해질 거라고? 언제까지 기다려. 아마 죽어서 구경해도 똑같을걸."

김이해가 팔짱을 꼈다. 무화과도 팔짱을 끼고 말했다.

"내 말은 들끓는 거품을 치우자는 거야. 고통을 좀 내버리자는 거야. 지금 네가 하는 건 성찰도 반성도 아니고 늘 해오던 검열 아니니? 검열은 정작 누가 좋아했는데? 성범죄를 당한 게 약점이 될 거라고, 입도 벙긋 못할 거라고 여기는 놈들이잖아. 우리가 겁이 안 난다고 하면, 내 잘못이 아니라 네 잘못이라고 또박또박 밝히면 그놈들이 거꾸로 두려워질걸. 김이해, 쉐임리스는 성적 수치심만 지우는 게 아니야. 우리 입을 닥치게 하는 힘까지 지우는 거지."

김이해는 낡은 슬리퍼에서 발을 빼고 물었다.

"누가 널 존중하지 않을 때 아무렇지 않다는 게 이상하지 않아? 훼손되는 게 괴롭지 않을 수 있나?"

"훼손? 괴로운 게 당연하다고, 절대 지옥에서 벗어날 수 없다고 다른 사람들이 먼저 말했는데? 큰일 났다고, 끝났다고 다들 먼저 판단했는데?"

무화과가 머리통을 벅벅 긁고는 다시 말했다.

"네가 지갑을 한번 잃어버렸다고 쳐. 남이 노렸건, 네가 실수했건 지갑을 놓쳤어. 근데 그게 평생의 과오가 될 수

150

있어? 씻을 수 없는 영혼의 상처가 돼?"

김이해가 얼굴을 찌푸리고 대꾸했다.

"지갑? 어떻게 그런 비유를 들어? 성범죄가 고작 그런 분실 사고와 같다고?"

"어, 고작. 화내지 말고 생각해봐. 몸도 한번 그렇게 바라보자는 거야. 잠깐 속상한 거지 그걸로 인생이 끝나? 도난 신고를 할 때 내 잘못은 과연 없었을까, 몇년씩 고민하냐고."

"무화과, 비유가 너무 과해."

"아니, 지갑이든 뭐든 넌 어떤 걸 비교해도 뜨악했을 거야. 반사적으로 거부했을 거야. 네가 성범죄를 아무 비유도 들 수 없을 만큼 비참한 일이라고 단정하니까. 그러고는 생각을 끊어버리니까."

김이해는 고개를 숙이고 찬 손을 주물렀다. 앞에 난로가 있었지만 오한이 돌아 슬리퍼에 발을 다시 넣었다. 무화과가 무릎담요를 내밀며 말했다.

"몸은 늘 살아나고 늘 죽어가. 2월 14일, 지금의 나도 너도. 시간은 쌓인다고 하지. 근데 어떤 시간은 떨궈져. 떨궈질 수 있어야 하고."

아무 말이 없는 김이해를 향해 무화과가 다시 말했다.

"그따위 일을 왜 곱씹어야 해? 경험이니 성숙이니 가소

로워. 곰곰이 따져봐. 성범죄는 다른 범죄에 비해 피해자
가 너무 긴 생각을 하게 해. 가해 동기는 단순하고 저열할
뿐인데. 누군가를 짓누르고 싶다, 마음대로 휘두르고 싶
다. 귀 기울일 가치가 없어. 무시하자고. 우리는 더 가벼워
질 필요가 있어. 사람을 더 편히 만나고 헤어질 수 있어야
하잖아. 잘 잊을 수 있어야 하잖아."

　김이해는 노트북 뒷면의 스티커, 프리로맨스를 골똘히
쳐다봤다. 쉐임리스 시술을 두고 사람들이 가장 많이 묻
던 그 뻔한 질문을 꺼내지 않을 수 없었다.

　"그런 식이면 넌 매일 다른 사람과 잘 수 있겠네."

　무화과는 눈을 질끈 감고 답했다.

　"그래. 내키면. 네가 섹스를 과대평가하는 것 같긴 하지
만. 성적 자유와 방종을 구분하지 못하는 것 같지만."

　"난 안 돼. 가뿐하게 나눌 수 없어. 난 몸이 가까워진 사
람의 마음도 궁금해."

　"난 궁금하지 않은데."

　"그건 비인격적인 대우 아니야? 사람이 기능이나 도구
가 되는 건 대상화잖아."

　"누구나 대상화를 해. 난 너를 알 수 없어. 특성을 유추
해서 반응하는 거지. 그냥 그때그때 너에 가까운 덩어리
를 만나는 거야."

입을 다문 김이해는 무화과 뒤편의 그림들을 봤다. 강렬한 색감, 불안한 구도 아래 인간들이 공벌레처럼 그려져 있었다. 무화과가 사람을 원래 저렇게 작게 그렸나. 아니, 저게 인간이긴 한가. 그냥 벌레 아닌가. 붓질만 가득한 그림도 많았다. 화폭에 담긴 건 오로지 무화과의 폭주하는 정신뿐이라고 느껴졌다.

쉐임리스 하나일까. 이제 걸리적거리는 감정이나 감각 체계를 이런 식으로 하나둘씩 없애나가지 않으리라는 법도 없었다. 해로운 걸 뺄 수 있다면 해로운 걸 더할 수도 있었다. 전에 없던 자유를 만난다는 것, 해방이라는 거대한 관념을 시술로 가질 수 있다는 것, 보이지 않는 느낌을 부순다는 것. 전부 엄청난 말장난이나 끔찍한 회피 같았다.

김이해는 무화과를 만날 때마다 자신이 좀더 싫어지던 기분을 알고 있었다. 영감 없는 일상, 근거가 희박한 신념, 보잘것없는 재능이 무화과의 눈길 아래 놓이면 맥을 못 추고 시들었다. 무화과에게는 자신의 성실함이 따분함으로, 동경이 질시로, 고유한 관점이 외골수 기질로 비칠 것 같았다. 감추고 싶던 약점이 무화과 앞에서 머리를 디밀고 튀어나왔다. 그런데도 왜 친했을까. 왜 자꾸 만나게 되었을까. 무화과와의 대화는 매번 산책이 아닌 전력 질주에 가까웠다. 속도에 맞춰 뛰느라 숨이 찼다. 무화과가 자신을 존중하는 방식은 이상하게 치욕스러웠다. 그는 한번도 안 해본 생각을, 질문을, 의심을 자꾸 하게 했다. 이제는 그 트랙과 패턴에서 벗어나고 싶었다. 필사적으로 익혔던 호흡법을 지키고 싶지 않았다. 김이해는 담요의 보풀을 잡아 뜯으며 말했다.

"지나치게 편한 방법 아니야? 남편도 아이도 작업실도 다 갖추고 지내는 네가 뭘 깰 수 있다는 건데? 그 시술, 네 말대로 그게 우리 입을 닥치게 하는 힘을 지운다면…… 피해자가 되었을 때 싸워야 할 힘까지도 지우는 거 아니야?"

담배를 꺼내려던 무화과가 동작을 멈추고 물었다.

"피해를 잊을 수 있는 피해자가 되는 게 낫지 않니?"

불이 잘 붙지 않는지, 무화과가 라이터를 탈탈 흔들었다. 틈을 놓치지 않고 김이해가 말했다.

"내 생각에 좋은 건 좋지 않은 것들 속에서만 발견돼."

"아니."

간신히 담배에 불을 붙인 무화과가 말했다.

"정말 좋은 건, 좋은 것과 더 좋은 것 중에서 고를 수 있어야 해."

작업실 밖에서 울음소리가 들렸다. 무화과가 문을 열자 한 손에는 버둥거리는 아이를, 한 손에는 피자박스를 든 남자가 서 있었다. 무화과는 그의 볼에 입을 맞췄다. 김이해는 엉거주춤 일어났다. 몇번밖에 안 봤다고 해도 남편의 인상이 상당히 달라져 있었다. 키가 이렇게 작았나. 볼이 이렇게 통통했나. 무엇보다 아이가 다섯살은 되어 보였다.

"선욱아. 계속 울면 미술 샘이 속상해요."

아이를 달래던 그가 김이해에게 인사했다.

"친구분이신가봐요. 처음 뵙네요."

무화과가 담배를 끄고 그의 아이를 들어 안았다. 김이해는 발밑 담요에 걸려 넘어지기 전에 중심을 잡았다. 이런 게 네가 말한 평등이야? 이딴 불륜이 더 좋은 거라고? 낯선 남자가 피자박스를 여는 동안 인사를 둘러댄 김이해는 급히 작업실에서 나왔다.

다음 달 월경 오일째, 김이해는 자동차 부품 공장 옆에 자리 잡은 지하 카페 앞에 섰다. 전시 제목은 수치 없는 세계였다. 남편둘애인다섯이라는 밴드의 공연이 있었다. 역시 괴로운 이름이었다. 김이해는 전시장 팻말 앞에 서서 제목이 함정이 아닌지, 이 방문이 새로운 난관이 되지 않을지 의심했다. 카페를 지나쳐 대로로 나설까도 고민했다. 망설이던 김이해는 수선화 가까이 코를 들이밀었다. 며칠 전 입금된 번역비로 산 꽃다발이었다. 이번에는 진

짜 페레로로쉐도 샀다. 꽃과 초콜릿은 비쌌지만, 돈을 아
끼고 싶지 않았다. 김이해는 선물을 쥔 두 손에 힘을 주고
숨을 내쉬었다. 그래도 무화과가 어디까지 가는지, 어디
까지 갔는지 알고 싶었다.

"휘말릴 것 없어. 궁금한 건 바로 묻자. 궤변은 전제부
터 다시 짚으면 돼."

맞은편에서 걸어오던 여자들이 혼잣말하는 그를 보고
멈칫했다. 김이해는 카페 입구를, 비좁고 낡은 통로 아래
쪽을 뚫어지게 바라봤다. 방음벽 설치가 안 된 곳인지 베
이스 기타 소리가 입구까지 울렸다. 김이해는 가파른 계
단에 한 발을 올렸다.

회양목 사이로

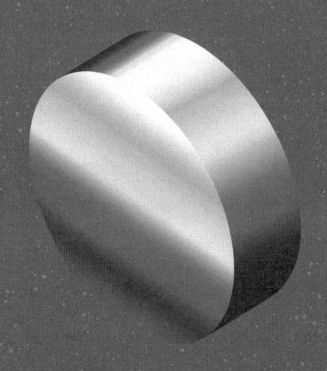

남편은 축제에 가고 싶어했다. 이 지역 생태공원에서 열린다는 미디어아트 행사였다.

"토요일 저녁에 시간 비워둬."

나는 읽고 있던 책에 얼굴을 파묻었다. 어차피 글자는 눈에 들어오지 않았다. 그저 종이 냄새를 맡으면 곤두섰던 신경이 좀 가라앉기 때문이다. 나는 책장에 입술을 붙이고 말했다.

"주말에 사람만 미어터지겠지. 우리 그냥 가만히 쉬면 안 될까?"

안 봐도 뻔하잖아,라는 말까지 덧붙이진 않았다. 남편은 책을 빼앗아 들고 고개를 여러번 저었다. 그의 눈이 반달 모양으로 부드럽게 변했다.

"나무들 쪽으로 조명을 쏜대. 분명히 예쁠 거야. 공원에 들어갈 수 있는 날은 일년에 단 한번뿐인데, 기운을 좀 내면 어때? 예약 어려웠다고."

녹지가 그렇게 귀하다면 계속 아끼지. 나는 이번에도 속으로만 답했다. 사람들이 이 도시에 하나 있는 숲을 왜 이렇게 괴롭히는지 알 수 없었다. 다들 돔 밖이 붉고 스산한 땅이라는 걸 잊은 듯했다. 그게 아니라면 돔 안이 영영 안전한 게 아니라는 사실을 받아들이기 싫은 것인지도 몰랐다.

홀로그램 동물원에 오는 사람들도 마찬가지였다. 멸종한 동물들이 눈앞에 나타나면 모두 환호성을 질렀다. 입장객들은 죽고 없는, 지구에서 자취를 완전히 감춘 생물을 더 좋아했다. 안광이 번쩍이는 맹수들에게서는 냄새도 울음도 새어나오지 않았다. 데이터에는 아무 위협감이 없었다. 그래픽 이미지가 아무리 실제 같아도 그 아래에는 그림자가 깔리지 않았다.

그래. 누구라도 알기 싫은 걸 알려주면, 믿는 걸 의심하게 하면 화가 날 테니까. 홀로그램 동물원이나 숲에 가려는 사람이 돔 바깥에 대해 궁금해할 리 없었다. 그래도 축제를 떠올리면 넌더리가 났다. 지루한 유행가, 소스로 범벅된 옥수수바, 고만고만한 스탬프 모으기 이벤트, 시끄러운 폭죽, 오랫동안 썩지 않을 풍선과 야광봉.

축제란 동적인 것 같지만, 오히려 정적이다. 감각을 자극하는 요소들이 감각을 굳게 만든다. 그래서 많은 게 움직일수록 세상이 정지한 듯한 기분이 든다. 반응을 요구하는 신호가 여기저기서 쏟아지기 때문이다.

차에서는 옛날 노래가 흘러나왔다. 신나지도, 그렇다고 슬프지도 않은 멜로디였다.

너와 나는 수많은 걸 낭비해. 멀쩡한 걸 부수고, 부서진 걸 붙이지. 제발 움직이지 마. 제발 그만 만들어. 너와 나는 이 장면을 알아.

"이 장면을 알아."

남편이 후렴구를 흥얼거렸다.

"속도 좀 줄여. 멀미 나. 안개도 심한데."

계기판 숫자는 변하지 않았다. 남편은 허밍을 이어갈 뿐 대답이 없었다. 나는 오른쪽으로 머리를 틀었다. 김이 서린 창문 모서리는 뿌옇고 답답했다. 차창 밖이 그리다 만 그림처럼, 누군가 손바닥으로 쓸어버린 화폭처럼 보였다. 지금은 입을 다물고 안개에 뭉개지는 풍경을 지켜볼 수밖에 없었다. 주말 데이트를 초 치고 싶지도, 남편의 기분을 망치고 싶지도 않았다. 얼마 만의 외출일까. 어제도, 그제도 딱히 무엇을 하며 지냈는지 떠오르지 않았다. 보조석에 앉아 듣는 노래만 익숙했다.

공원에 들어가기까지는 시간이 꽤 걸렸다. 진행요원들이 명단을 확인하고, 팔찌를 채워주느라 분주했다. 줄을 이은 관람객들은 약에 취한 듯 웃고 있었다. 좋게 보면 너그럽고 나쁘게 보면 얼이 빠진 표정. 나들이를 나온 사람들의 인상은 언제나 비슷비슷했다.

"지구 인구가 오십억이 넘은 시절도 있었다니 놀랍지. 십억도 이렇게 붐비는데."

남편도 다른 사람들만큼이나 들뜬 기색이었다. 입구를 지나 행사장으로 이어지는 통로에는 총천연색 천들이 나부꼈다. 눈이 시리고 따가웠다. 통로 너머는 다행히 어둑했다. 멀리 남청색 숲이 보였다. 나는 어서 컴컴하고 조용한 곳으로 발을 떼고 싶었다.

노을이 엷어지자, 숲 뒤편 언덕의 형세가 아까보다 선명해졌다. 검은 산자락이 모로 누워 잠든 곰을 닮은 것 같았다. 오래전 저런 산에 살았다는 곰은 이제 홀로그램 동물원에서만 볼 수 있었다. 빛이 일렁이는 저녁 숲은 그래도 짐작보다 훌륭했다. 진보라색 조명을 받은 측백나무는 낯선 생명체처럼 불길하고 아름다웠다. 물결, 방울, 빗금. 숲을 채운 빛무리의 형태는 다양했다. 나는 내가 사라진, 내가 있던 적도 없는 지구를 머릿속에 그려봤다.

"표정이 좀 풀렸네. 봐, 역시 나오니까 좋지? 일상이 단조

로우면 울적할 수 있어. 별일 아닌데도 가라앉고 말이야."

"내가 평소에 과민하다는 뜻이야?"

"너만 그런 게 아니라는 뜻이지. 세상에 힘들지 않은 사람들이 어디 있니?"

와닿지 않는 격려였다. 하지만 그의 말대로 더 가라앉을 순 없었다. 나는 애를 써봐야 했다.

"강변 쪽 숲으로 가볼래? 저기 빛은 더 멋진데."

나는 남편의 어깨를 툭툭 두드린 뒤 앞장섰다. 마주 오는 관람객들을 피하느라 발끝에 힘이 들어갔다. 짐짓 밝게 꾸몄던 얼굴빛이 다시 꺼져갔다. 남편이 뒤에 있어 안심이었다.

"지금 지나가는 조명, 반딧불이 같지 않아? 가짜여도 예쁘네."

"마음에 들어요?"

나는 황급히 몸을 틀었다. 언제 놓친 걸까. 내 뒤에는 남편이 아닌 낯선 여자가 서 있었다. 인파에 휩쓸린 남편을 찾긴 어려웠다.

"어때요? 축제는 재밌어요?"

가벼운 인사치고는 여자의 어투가 꺼림칙했다. 일터에서 마주쳤던 사람인가. 이름이 가물가물했다. 어쩌면 동네 이웃일 가능성도 있었다. 여자는 당황하는 내 기색에도 아랑곳하지 않고 말을 이어갔다.

"전 여기 영상 스태프예요. 저 부스가 제 자리죠. 이런 일을 하게 될 줄은 몰랐지만."

그제야 여자가 입은 유니폼이 눈에 들어왔다. 나는 반듯한 미소를 지었다.

"축제가 기대했던 것보다 좋아요. 근데 자리 비워두셔도 괜찮으세요? 근무 중이신 것 같은데."

"아무 일 없으니 걱정 마요. 다 멀쩡히 돌아가요."

말을 마친 여자가 내 얼굴을 물끄러미 쳐다봤다. 나는 이제 헤어지자는 뜻으로 머리를 살짝 숙었다. 자리를 뜨려는 내게 여자가 다시 말을 걸었다.

"홀로그램 동물원 직원이죠?"

입장객 중의 하나였다. 눈썰미가 유난히 좋고 친화력이 남다른 여자였다. 좋은 관람 하세요. 내가 여자에게 건넸을 말은 이 정도뿐이었을 것이다. 이 도시에서 나와 제대로 된 안부를 나누는 사람은 한명도 없었다.

"남편이 있고 결혼한 지는 구년. 집은 여기서 차로 이십오분 거리."

나는 뒷걸음질 쳤다. 상대의 표정에는 변화가 없었다. 나를 하루 이틀 염탐한 게 아닌 모양이었다. 스토커는 내

또래 여자였고 흉기는 보이지 않았다. 나는 주머니를 뒤졌다. 차에 두고 온 건지, 여기서 떨어뜨린 건지 휴대폰이 잡히질 않았다.

"의심하지 않아도 돼요. 제가 범죄자면 굳이 이런 곳에서 말을 걸겠어요?"

더 지켜보는 걸 그만두고 굳이 말을 걸었다는 게 나쁜 징조였다. 나는 눈을 껌뻑였다. 여자가 한숨을 길게 쉬고 말했다.

"아, 그냥 말 놓을게. 답답하니까. 우리는 십오년 지기 친구이거든."

내가 모르는 동창인가. 그렇게 오래 몰랐던 동창을 친구라고 할 수 있나.

"너랑 나는 만화에 나오는 조연이야. 만화를 영화로 각색한 곳이 이 공간이고."

나는 대꾸를 포기했다. 행사장 안전요원을 빨리 찾는 게 좋을 것 같았다.

"믿든 안 믿든 들어. 난 우리가 어디서 왔는지 알아챘어. 지금 여긴 한 노인의 뇌 안이야. 84세, 의식을 잃은 할머니. 가족들의 요청으로 이 사람에게 AI 코마 회복 프로그램을 돌리는 중이고."

여자의 헛소리를 들어줄 이유가 없었다. 까치발을 들자

안내 부스가 보였다. 오분 정도면 도착할 수 있을 것이다.

"프로그램 오류가 났을 때, 그 구간에 있던 나는 밖으로 튕겨 나갔어. 그래서 이 사람의 머릿속 방을 전부 다 돌게 됐지. 죄다 희뿌옇고 침침한데, 환히 불 켜진 곳이 있었어. 할머니가 만화를 봤을 때 기억, 영화를 봤을 때 기억. 할머니에게 쉽게 잊히지 않는 이 두개의 기억은 틈 하나를 두고 맞닿아 있어."

무슨 소리인지 전혀 알아들을 수가 없었다.

"있잖아. 이 세상은 할머니가 병상에 눕기 전, 마지막으로 본 영화에 대한 기억이야."

여자의 말은 우리가 누군가의 해마에, 그러니까 기억 속 잔상으로 존재한다는 이야기였다. 응대할 가치가 없는 궤변이었지만, 일단 처리할 수 있는 정보는 그게 다였다.

"원작 제목은 「허브」. 124권짜리 만화책이야. 삼십대의 다양한 우정을 다룬 인기 있는 시리즈였지. 주인공은 다섯명이고 우린 그중 한명의 친구들로 나와. 원작이 애니메이션과 게임으로 만들어진 건 오십삼년 뒤, 영화로 만들어진 건 칠십년 뒤. 그 과정에서 우리 이야기는 거의, 아니 전부라고 해도 좋을 정도로 사라졌어."

안내 부스 쪽으로 걸어가는데도 여자는 계속 따라왔다.

"영화 시나리오팀은 백권이 넘는 만화를 두시간도 안

되는 영상물에 구겨 넣었지. 돈과 시간을 들이부으면서도 이야기는 더 앙상해졌어. 이 할머니는 영화만 궁금했나 봐. 애니메이션을 안 보고 게임도 하지 않았어. 그런 게 나왔다는 사실만 알고 있더라."

나는 걸음을 멈췄다. 인파 때문에 발을 뗄 수 없었다. 여자는 나보다 훨씬 염세적이었다. 삶이 아무리 덧없대도 이런 망상을 만들어 버텨야 할 정도일까. 그래야만 살아갈 수 있나.

"도대체 어떤 트라우마에 짓눌리고 있는지는 모르겠지만, 이러지 말고 상담부터 받아봐요."

"이 영화에 우리 이름이나 개성 같은 건 없어. 존재하지만 존재감이 없는 거지."

나는 여자에게 두 손바닥을 펼쳐 보여줬다.

"자, 저는 여기 살아 있어요."

"살아만 있는데? 여기서 우린 덩어리고 기능만 있어."

"처음 보는 사람을 이렇게 대해도 돼요? 아니다. 무슨 방송국이나 이벤트 회사에서 나온 거예요? 이러다 자칫 잘못하면 고소당할 텐데."

여자가 내 눈을 들여다보며 말했다.

"매일 붕 뜬 기분이 들지? 어제도, 그제도 돌아보면 흐리멍덩하고. 뭔가 갑갑해도 제대로 말할 수 없고. 일터에서도 집에서도 깊이 대화할 사람이 없어. 아무것도 하기 싫은데, 몸을 억지로 움직여야 해. 언제 웃었는지, 울었는지 떠오르지 않아."

"저기, 그만 무례할 수 없어요?"

"전부 네 탓이 아니야. 그런 역할을 줬는데 뭘 할 수 있겠어."

나는 입술을 깨물었다. 휘말리면 흥분만 하게 된다. 들숨과 날숨을 가만히 의식하면서 차분해질 필요가 있었다. 바로 답하지 말자. 여자가 늘어놓은 이야기를 휘젓지 말고 있는 그대로 두자. 판단을 늦추고 심호흡을 해야 해. 나는 눈을 감고 여자의 말을 곰곰이 곱씹었다. 결론은 쉽게 나왔다.

여기가 세트라고 해도 놀랄 건 없었다. 세상을 본뜬 세상이 특별히 더 나쁠까. 주인공들 곁에서 자리를 채워주는 게, 이 세계를 그럴듯하게 만들어주는 게 왜 못 견딜 일인가. 꼭 중심에 서서 관심과 애정을 받을 필요가 있나. 나는 피해의식에 시달리는 여자와 애써 싸울 필요가 없었다.

"그런 역할이 어때서요? 내가 이 배역에 불만이 없다면요? 지금 논리라면 여기도 거기도 전부 허상인데요."

"우리 이야기가 여기 없다고. 너와 내 서사는 만화에만 있어. 그 기억 속으로 가야 해."

"저는 당신이 어떤 종교를 믿든지 전혀 관심 없어요. 하지만 교리가 참신하지는 않네요. 이 세상은 부질없는 곳이다. 그러니 가진 걸 다 내려두고 떠나자. 여기 말고 저기에 출구가 있다. 확실한 건 이게 광신도들이나 하는 소리라는 거예요. 당신 말대로라면 저는 여기서 사는 걸 관둬야 해요. 대체 이따위 강요가, 이런 폭력이 어디 있어요?"

여자가 앞으로 한걸음 다가왔다. 나는 뒤로 한걸음 물러났다.

"더 설득하려고 하지 마세요. 하나도 안 믿기니까."

여자는 유니폼 안주머니에서 뭔가를 움켜잡았다. 나는 머리통을 감싸고 허리를 굽혔다. 무슨 일이냐고 묻는 관람객은 없었다. 사람들의 시선은 하나같이 숲의 빛에만 고정되어 있었다.

"멈춰요. 소리 지를 거예요."

"잠깐만. 겁내지 마. 이거까지만 보고 결정해. 거기서 가져온 거야."

여자가 내민 건 낡은 만화책이었다. 「허브」 38권. 표지에는 흑색 곰 한마리가 있었다. 새끼 곰의 가슴에는 흉터가 있었고 오른쪽 귀는 털이 많이 빠져, 그 안에 연한 피부가 비쳐 보였다. 나는 책을 받아 들었다. 손끝이 떨리다 곧 몸통이 떨렸다. 눈물이 쏟아졌고 내가 왜 우는지 알 수 없었다. 여자는 뒤돌아서서 말했다.

"우리가 농장에서 구조한 곰이야. 너와 내가 일하던 단체에서 불법 사육장을 몰수했어. 그리고 이 곰을 임시로 보호했지. 우리는 책 속에서 이 아이와 함께 지내. 할머니가 열네살에 읽은 이 만화책에는 우리 줄거리가 있어. 거긴 여기와 달라."

내가 누군가의 기억 속에 있다면, 그저 기억 속에 있다면. 이 생각에 무슨 의미가 있을까. 나는 숨을 몰아쉬고 다시 표지 그림을 들여다봤다. 코끝이 또 한번 욱신거렸다.

호박. 세살 곰의 이름은 호박. 여자와 내가 함께 지은 이름이었다. 호박은 여자와 내가 행동 풍부화를 위해 만든 간식을 좋아했다. 호박이 호박 속을 파내 거기 들어 있던 땅콩과 사과를 깨물어 먹던 모습이 생생했다. 여자와 내가 호박 앞에 앉아 있던 장면도 또렷했다.

나는 책장을 빠르게 넘겼다. 그림체는 투박했다. 하지만 이 안에는 우거진 나무와 억새, 드넓은 강과 습지, 쨍한 하늘이 빼곡히 담겨 있었다. 접시꽃 다음 장에는 비단벌레가, 비단벌레 다음 장에는 무수히 빛나는 별이 나왔다. 황폐한 이 땅과는 완연히 다른 장소였다. 종이 안의 점, 선, 면이 어느 때보다 포근했다. 눈물을 닦아낸 나는 여자에게 물었다.

"책 속이 더 낫다는 걸 확신해요?"

"원작이 항상 나은 건 아니지. 하지만 이 만화가는 최소
한 우리를 좋아했던 것 같아. 분량이 많진 않지만, 지금 이
세계처럼 너와 나를 홀대하지는 않거든."

"제가 거기로 가면, 여기는 어떻게 되는 거죠? 나를 기
다리는 사람들은요?

"말했잖아. 아무 일도 일어나지 않아. 여긴 촘촘해 보여
도 엉성해."

그때였다. 강변 먼발치에서 누군가 손을 마구 흔들었
다. 인파를 비집고 나온 남편이었다. 나는 그쪽으로 한발
을 뗐다. 조금만 걸으면 남편을 만날 수 있었다.

"어디 있던 거야? 한참 찾았네."

내 쪽으로 오던 남편이 다른 사람에게 팔짱을 끼면서
말했다. 나는 손바닥으로 내 입을 막았다. 뒤에 있던 여자
가 내 어깨에 손을 뻗었다.

"대답해봐. 남편 이름을 알고 있니?"

나는 고개를 저었다. 이름도, 나이도 생각나지 않았다.
그와 어떻게 만났는지, 어떻게 다투고 어떻게 화해했는지
무엇도 기억나지 않았다. 몇 미터 앞, 남편의 눈빛과 입매
는 평소보다 더 둔해 보였다. 어렴풋하게라도 알고 있는

게 없었다. 내가 모르는 사람이었다.

구멍이 많은 이 추억은 남편과 그 근처의 여자를 다시 부부로 만들었다. 두 사람은 몸을 붙이고 행사장 안쪽을 향해 걸어나갔다. 공원 스피커에서는 아까 들었던 노래가 흘러나왔다.

너와 나는 수많은 걸 낭비해. 멀쩡한 걸 부수고, 부서진 걸 붙이지. 제발 움직이지 마. 제발 그만 만들어. 너와 나는 이 장면을 알아. 이 장면을 알아.

이 세상이 정말 누군가의 허술한 기억이라면, 그렇지만 내가 어느 기억 속에 있을지 고를 수 있다면. 나는 머리를 젖히고 공원 위 하늘을 올려봤다. 그럼 어디가 더 좋을지 정하는 편이 낫지 않을까.

내 뒤에는 이상한 여자가 있었다. 의심이 많고 고집이 세고 시끄럽고 포기를 모르는 여자였다. 이 여자가 조각난 기억을 헤치고 이야기를 떠돌며 여기로 건너오기까지, 나를 찾기까지 얼마나 많은 시간이 걸렸을지 가늠하기 어려웠다. 나는 몸을 돌려 여자를 마주 봤다. 나처럼 눈이 붉어진 여자는 내가 입을 열길 기다리고 있었다.

"할머니가 만화를 기억하는 곳으로 어떻게 갈 수 있어요?"

"저 숲 끄트머리로 가면 돼. 회양목 사이로. 틈은 거기 있어."

"건너가면 우리는 선이 되겠죠? 그 기억은 흑백의 이차 원이니까."

"아쉬워?"

"지금 몸이 사라진다고 생각하면 약간."

"다른 몸이 되는 것뿐이야. 대신 거기서 우리 눈은 지금 보다 작아지고 살집은 부풀 거야. 아, 키도 작아져."

나는 코를 찡그리며 웃었다. 여자가 내 손을 잡았다.

"내 이름은 거기서 알려줄게. 아마 네가 먼저 날 부르겠 지만."

여자와 나는 숲의 끝을 향해 걸어갔다. 회양목 앞에 선 우리는 아무 말도 하지 않았다. 조명을 받은 잎사귀가 반 짝였다. 빛이 밖에서 오는지, 안에서 오는지 잘 알아볼 수 없었다.

천검 관광

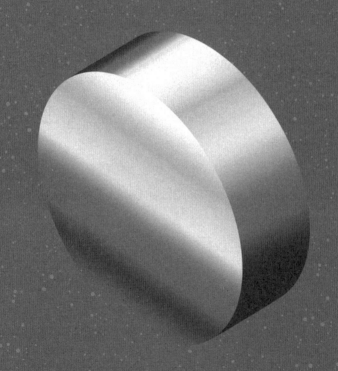

투어 차량은 생각보다 낡고 투박했다. 차의 후면부에는 진흙 여러점이 말라붙어 있었다. 해설사는 적당히 경솔하고 적당히 낙관적인 사람인 듯했다. 나는 길게 하품을 하고 차에 올라탔다. 좌석이 차가워 놀란 것도 잠시, 금방 졸음이 몰려왔다.

—아침 일곱시, 경부고속도로 하행선 사중추돌 사고로 인해 현재 인근 교통상황이 정체되고 있는데요. 이 구간 나들목을 이용하실 분들은⋯⋯

잠결에 라디오 소리가 점점 멀어졌다. 이런 말을 듣고는 사고로 다치거나 죽은 사람을 걱정하던 시절은 지났다. 어렸던 그때는 도로를 지날 때 마주치는 '오늘의 사망자' 숫자를 오래 쳐다봤다. 안내판이 시야에서 사라질 때까지 몸이 울렁거렸다. 사고 소식을 전하는 음성은 이상하게 다급하면서도 쾌적했다. 그래서 안내가 다 끝나고 나서야 전체 의미를 파악할 수 있었다. 그러니까 사람이 다치거나 죽어서 차가 막힌다는 뜻을. 문장과 문장이 유려하게 이어지면 기이하다는 생각을 할 틈조차 없었다. 피해 그 자체가 아니라 여파를 말하는데 주변을 돌아보면 놀라는 어른은 없었다. 그건 옛날이고 지금은? 나도 사람이 언제 어디서나 황당하게 죽을 수 있다는 사실을 안다. 길에서든 집에서든 바로 발견되지 않는 시신도 드물지 않다. 이십대 중반이란 모든 사건에 유연해질 수도, 민감해질 수도 없는 애매한 시기일까. 별다른 수는 없다. 일은 쏟아지고 인간의 신경은 자극에 단련될 수밖에. 나 역시 누군가의 불운이 내게 번질지, 번진다면 얼마나 번질지만 생각한다. 사람들을 비난할 것도 없다. 나도 그 일원이니까.

몸이 좌우로 심하게 흔들렸다. 눈을 뜨고 두리번거리니 해설사가 운전석 거울을 통해 나를 쳐다보고 있었다.

"제 뒤에 젊은 선생님부터 시작해봐요. 마이크가 없으니 큰 소리로."

무슨 상황인지 바로 깨달을 수 있었다. 나는 그대로 고개를 숙이고 잠에 계속 취한 척했다. 말도 안 돼. 돌아가며 자기소개를 하자고?

"저희가 먼저 할까요? 괜찮으시면 뒷자리부터 가죠."

말을 시작한 여자는 자신을 두더지로 불러달라고 했다. 그 옆의 여자는 자신을 재, 잿더미의 재라고 부르면 된다고 했다. 나는 관자놀이를 세게 눌렀다. 별명치고는 의미 과잉이잖아. 그들은 역사에 관심이 많아 이번 투어에 동참했다고 말했다.

"에이, 실명을 밝혀야죠. 직업도 좀 알려주시고."

황주임이 너스레를 떨며 끼어들었다. 부득불 정확한 신상을 묻는 게 그다웠다.

"그런 문화에서 탈피해보는 것도 재밌잖아요. 차차 알아가는 게 좋죠. 알지 못해도 좋고."

"그러지 말고 선생님들 명함 있으면 주세요."

"아, 따로 없어요."

나는 물샐틈없는 답변을 하는 두더지에게도 넌더리가 났다. 내 한숨 때문에 유리창 한가운데가 잠시 불투명해졌다.

"근데 왜 두더지예요? 하고 많은 이름 중에."

황주임이 피식 웃으며 물었다. 그는 딱히 궁금하지 않은 것들을 잘 물었다. 일종의 간편한 처세술이었다. 대화를 쉼 없이 이어가기 위한 보편적인 화법. 이해하지 못하는 바는 아니다. 하지만 특별할 것 없는 이 사회적 언어망이 매일 우리 모두를 조금씩 좀먹기도 하지 않나.

"제가 예전에 한 왕릉에 간 적이 있거든요. 무슨 무덤이 그렇게 큰지. 장식이며 석상이며 그게 다 백성들 고혈로 지은 거잖아요. 근데 가까이 가보니까요. 왕릉 위에 조그만 왕릉 수십개가 있는 거예요. 정체가 뭐냐면요. 바로 두더지가 헤쳐놓은 둔덕! 왕릉 위의 왕릉들이라니, 너무 웃기지 않아요? 그래, 인간이든 역사든 얘들한텐 아무 의미가 없지. 정말 알 게 뭐예요? 그 순간 그 사실이 그렇게 유쾌하더라고요. 그래서 제 이름도 그렇게 지었죠."

두더지가 짧은 질문에 열의를 다해 답했다. 목덜미에서부터 한기가 느껴졌다. 어떤 진심은 너무 장황하고 뜨거워 마음이 졸아든다. 두더지는 아마도 저 말을 십일만 이천번 정도 하지 않았을까. 어떻게 지치지 않을 수 있지. 나는 찬 손을 허벅지 아래로 밀어 넣었다. 실눈을 뜨고 바라보는 바깥 풍경만이 편안했다. 그들은 말이 없고, 자신 앞을 스쳐 지나가는 모든 것들에 초연하다. 황주임이 뒷좌석을 향해 몸을 반쯤 틀었다.

"아, 이제 제 차례인가. 제가 무슨 일할 것 같아요?"

이번에는 그가 대화의 중심에 섰다. 나는 차창에 머리를 바짝 붙였다. 고개를 왼쪽으로 내내 돌리고 있다보니 상체가 경직되었다.

"힌트. 무언가를 살려냅니다."

뭐라는 거지. 무슨 게임이라도 해? 가만보니 두더지나 황주임이나 기질은 비슷했다. 이 외향적인 인간들은 언젠가 웃으면서 서로의 등판과 허벅지를 마구 때리는 짓도 서슴지 않을 것이다. 상대를 싫어해도 문제없다. 각자의 이야기에 무심할수록 좋다. 두더지는 황주임을, 황주임은 두더지를 그저 말의 창구로 써야 하기 때문이다. 나는 다시 눈을 감았다. 겨울 햇빛이 눈꺼풀 위를 비췄다가 사라졌다.

"아이고, 의사이신가. 주변에 아는 의사 있는 게 소원이었는데."

해설사가 눈을 크게 뜨며 반색했다.

"땡. 아닙니다."

황주임이 큰 소리로 답했다. 나는 그의 뒤통수를 힐끗 쳐다봤다. 정신 차리고 지금이라도 사람들 표정을 한번 봐. 아무도 궁금해하지 않잖아. 황주임이 단독으로 진행하는 퀴즈쇼가 몇분 더 이어졌다.

"허허. 이름부터 말씀드려야 했는데. 반갑습니다. 저는 황정건이라고 하고요. 수호기념재단 IT홍보팀에 있습니다. 이번에 개발하는 영상 덕에 콧바람 좀 쐬러 나왔죠. 저희가 그, 복원 프로젝트를 진행하고 있거든요. 왜 그런 공연 다들 보셨을 거예요. 유행이 지나긴 했지만, 죽은 가수가 살아 있는 것처럼 나오는 콘서트. 유명인들 얼굴이 움직이는 딥페이크 기술도 기억하실 거고. 이게 그런 거랑 비슷하면서도 꽤 다르거든요. 페이크라니, 그게 언제 적이에요."

38세가 될 때까지 조금도 저지를 받은 적이 없나. 그만 좀 하라고, 시끄럽다고 누구도 주의를 주지 않았나. 황주임은 거리낌이 없었다. 방지턱을 통과하며 차가 세게 덜컹대는 순간에도 그는 명함을 돌렸다. 매사에 적극적인 게 그의 단점이자 장점이다. 그래. 오지랖을 부려도 일은 열심이지. 그 자리에 그냥 있는 건 아닐 테고. 그는 나보다 십삼년을 더 산 사람이며 배울 점도 있었다. 공연히 주절대면서 허술한 척해도 치밀하고 합리적인 데가 많았다. 황주임은 침통한 얼굴로 책상에 앉아 소리만 지르면 일이 되는 줄 아는 이들과는 차이가 있었다.

"자기 차례야. 얼른 말해. 뭐야, 주인공이야? 마지막까지 이렇게 끌 거야?"

그래도 이런 태도는 납득할 수 없었다. 나는 짧게 대꾸했다.

"그냥 파견직이에요. 수호재단 파견직."

"에이, 그렇게 말하면 어떡해. 여기 우리가 왜 왔는데. 저, 이분 증조부님이 이 지역 전쟁 영웅이세요. 그러니까 여기 디자이너 선생님이 수호재단에 온 건 뭐 운명이지. 그야말로 천직!"

나는 황주임의 머리통을 유심히 쳐다봤다. 차에서 내릴 때 팔꿈치로 세게 치고 싶은 곳이었다. 실수인 척만 제대로 할 수 있다면.

회사 홈페이지 첫 화면은 그곳의 정문과 같다. 반면 구인 사이트에 등재된 채용 공고 화면은 회사의 후문과 같다. 빛이 드나들지 않는 진짜 통로. '협의 후 결정'이라는 말은 내가 회사와 실제로 뭔가를 조율할 수 있다는 뜻이 아니다. 그건 그들이 정한 연봉과 내규와 복지 수준을 남들에게 차마 밝힐 수 없다는 의미다.

"이분 증조부님이 이 지역 전쟁 영웅이세요."

황주임의 말이 머릿속을 맴돌았다. 나는 진작 없어져야 마땅한 회사들에 발도 들이지 못했다. 두세달 경력만 쌓고 탈출하기로 각오한 곳들도 나 같은 이는 받아주지 않았다. 내 조건에 수호재단에 들어가게 된 건 순전히 증조할아버지 덕이 맞다. 그가 전쟁 영웅이었다는 이야기를 들으며 자랐지만, 솔직히 거기에 대해 별다른 생각은 없었다. 아버지의 아버지의 아버지. 까마득한 거리였다. 십자가와 태극기로 가득 찬 그의 방도 사진과 짧은 영상으로만 접했다. 그러니까 그의 사연은 나의 취업을 위해 쓰였을 뿐이다. 고작 디자인팀 단기 파견 자리에.

"갑자기 발발한 전쟁. 이웃과 마을을 지키기 위해 대열의 일원이 된 주민들. 눈에 잘 띄는 평상복을 입은 채로 앞줄에 섰다가 군인보다 일찍 전사한 이들. 저의 증조할아버지 우대환님도 이런 분들과 함께 있었습니다. 그러나 천검부대에서 활약했던 이들이 전쟁에 참전했다는 사실을 입증해줄 공식적인 자료는 대부분 소실된 상태입니다. 군인과 다를 바 없던 이력을 국가로부터 인정받는 일역시 상당한 어려움이 따릅니다. 그래서 천검부대 앞에는 '숨겨진' 호국 영웅이라는 호칭이 자주 붙습니다. 기록되지 않은 그들을 기억해야 할 이유, 민간인 참전자 천검부대를 떠올려야 할 이유는 이렇게 뚜렷합니다."

입사 첫날, 황주임은 나의 지원서 앞머리를 소리 내어 읽었다. 내용은 막힘없이 번듯해 더 빈말 같았다. 그 문서에는 증조할아버지에 대한 나의 관심이 거의 담기지 않았다. 하지만 모니터와 내 얼굴을 번갈아 쳐다보던 황주임의 표정은 밝았다.

"제작에 직접 투입되는 건 아니더라도 사업 맥락을 파악해야 협업이 수월할 테니까. 아시죠? 저희가 이번에 착수하는 일은 기존의 AI 딥러닝 기술을 보완하려는 게 아닙니다. 사진이나 그림 몇 장 돌려서 속이는 게 아니라고요. 그건 소스 조작이고 우린 진짜예요. 리본, 정말 다시 태어나는 거죠."

주요 개념은 나도 알고 있었다. 수호재단 입구와 로비에 세운 X자 배너에서도 그 단어를 봤다. '리본 Re Born, 그때 그 사람이 다시 살아난다. 차원이 다른 복원, 2040 버츄얼 리얼리티 기술로 구현한 환생'. 긴 리본 그림에 더해 글꼴과 색상 모두 진부하기 그지없었다. 로열블루고딕체는 칙칙해 보였고 영어 자간도 일정하지 않았다. 다짜고짜 음울한 청색을 쓰면 내용이 더 전문적으로 바뀌나.

"그래도 진짜는 아니고, 진짜에 가까운 것 아닌가요? 엄밀히는 추측이니까요."

내 질문을 들은 황주임은 다리를 반대편으로 꼬았다. 너처럼 일침을 놓기라도 하듯 까부는 학부생을 정말 많이 봤지. 그는 나의 옛 지도 교수들처럼 서글픈 표정으로 답했다.

"아이고, 꼼꼼하셔라. 허를 찌른 질문이라고 생각했겠지만 아니에요."

"활성화 기술의 일종으로 생각했는데요."

"대상이 달라요. AI 딥러닝은 보는 사람 감정 하나만 변하죠. 이건 보는 사람, 프로그램 속 사람까지 감정 둘이 변하는 겁니다. 재생된 인격체가 스스로 움직이는 거니까요. 그래서 저희는 조건에 대한 반응을 구십초로 제한하고 있어요. 구십초를 반복해서 살고, 그때마다 화면은 새롭게 구성됩니다. 이 복원에는 가장 명징한 반응이 담기죠. 짧고 정확한 재생, 거기 불순물이 낄 가능성은 별로 없어요."

황주임이 내 어깨를 톡톡 치고는 물었다.
"그만 졸지?"
해설사 옆자리의 여자가 종이컵을 내밀고 있었다. 신호를 기다리던 해설사가 말했다.
"피곤하신 것 같은데 좀 마셔요. 여기 집사람이 아침에 준비하더라고."
나는 고개를 숙이고 컵을 받아 들었다. 고맙습니다,라는 인사는 내 귀에도 잘 들리지 않았다. 해설사의 아내야말로 나보다 훨씬 피곤해 보였다. 뒷자리의 여자들은 커피를 거절했다. 두더지가 황주임을 보며 말을 건넸다.
"우리나라 사람들이 커피만 마시지 홍차를 잘 안 마시죠. 저는 차가 참 좋던데."
"전 차 맛이 거기서 거기던데. 그리고 한국 사람은 커피를 때려 마셔야 정신을 차려요. 하하."

"선생님이 말초신경을 짓누르는 고자극에 적응되신 게 아닐까요? 너무 앞만 보며 정신없이 지내시죠? 가끔은 차의 향과 색을 충분히 음미하면서 그 시간에 집중해보세요."

황주임이 내게 곁눈질을 했다. 거참, 어지간히 꼬장꼬장한 양반이네. 나는 황주임의 속엣말을 바로 알아들을 수 있었다. 그는 이렇게 우회로를 통해 나와 교집합을 늘려가는 방식을 즐겼다. 성숙하지 않은 의사 표현이었다.

투어 장소가 가까워지는지 창밖으로 드넓은 밭이 나타났다. 드문드문 보이던 큰 건물은 점차 줄어들고 있었다. 해설사가 큰 목소리로 말했다.

"저기는 인삼밭이에요. 여기 특산품이죠. 삼년근도 육년근처럼 맛이 아주 진해요. 기온 차가 크니까 웬만한 열매들이 다 실하고 여물어. 아, 저 밭은 뭘 기르는지 아세요?"

"아무것도 없는데요. 콩밭도 고추밭도 아니고."

황주임이 빠르게 대꾸했다.

"여기 특산품을 잘 아시네. 근데 다 틀렸어요."

모두 입을 다물었다. 오랜만에 찾아온 침묵이었다. 나는 활주로 크기의 밭을 바라봤다. 해가 지면 거대한 호수와 구별할 수 없을 것 같았다.

"저건 잔디를 길러내는 잔디밭이에요. 조경에 쓰는데 환금성이 좋아요."

잔디를 따로 기른다는 이야기는 처음 들었다. 자라고 있는 잔디를 보는 것도 처음이었다. 꼭 새끼 비둘기들의 외딴 둥지를 발견한 기분이었다. 하지만 어디서든 마구 자라는 잔디가 거래 상품이라니. 밭은 어쩐지 유전자 조작이 이뤄지는 현장 같기도 했다. 이곳 잔디가 새로운 이주 공간에서 잘 자랄 수 있을지도 의문이었다.

폐가 위로 재두루미 떼가 높이 날았다. 차량이 북한 접경지로 들어섰다. 마을 풍경은 짐작보다 더 스산했다. 주민들은 두집에 한집 꼴로 개를 기르는 모양이었다. 기른다기보다 세워둔 거겠지. 나는 나와 눈이 마주친 늙은 개에게 무책임한 연민을 느꼈다. 개들은 땅에 붙들린 것처럼 보였다. 눈가에 진갈색 눈곱이 가득한 개들은 낯선 차를 보고도 짖지 않았다. 마을은 세상 끝에 자리한 것 같았다. 나는 이 인상이 여행지 초행자 특유의 얕은 판단이길 바랐다. 시가지로 들어서면, 골목으로 더 붙으면 따듯한 음료를 파는 공간이 나올 것이다. 밝은 색상 의자에는 부드러운 표정으로 서로의 안부를 나누는 주민들이 앉아 있을 것이다. 카페 창밖으로는 도서관 책 반납일을 지키기 위해 잰걸음으로 걷는 학생이 있을지도 모른다.

제법 큰 창고 앞에 작은 허수아비가 보였다. 마네킹을 갖다둔 걸까. 차량이 창고와 가까워지고 나서야 나는 그

형상을 똑똑히 볼 수 있었다. 인형이 아니라 눈을 쓸고 있
는 남자였다. 빗자루를 든 그는 경직된 자세로 조금씩 움
직였다. 남자가 차 쪽을 물끄러미 바라봤다. 눈빛이 퀭했
다. 바람이 이는지 그의 얇은 바지가 마구 펄럭였다. 남자
의 뼈에는 구멍이 가득할 것 같았다. 더 강한 바람이 불면
그가 재두루미처럼 공중에 뜰지도 몰랐다.

차 문은 잘 열리지 않았다. 몸이 너무 굳었나. 차에서
먼저 내린 재가 내 쪽으로 다가와 말했다.

"손목 말고 허리로요. 한번에 확 연다는 생각으로."

재의 말대로 완력을 쓰자 문이 열렸다. 나는 방금 태어
난 송아지같이 땅에 떨어졌다. 다행히 재 말고는 본 사람
이 없었다. 인도에 두 발을 디디고 고개를 든 뒤에야 동승
객들의 모습을 자세히 볼 수 있었다. 황주임과 해설사가
차 옆에서 담배를 태우고 있어 남은 넷이 서로를 마주하
는 꼴로 서 있을 수밖에 없었기 때문이다. 두더지, 재, 해
설사의 아내, 나. 넷의 키는 비슷했다. 해설사의 아내와 두
더지는 오십대 정도의 여성으로, 재는 나의 또래로 보였
다. 나는 시선을 떨구고 외투에 달린 모자를 뒤집어썼다.
북부의 추위는 짙은 청회색이었다. 속눈썹에 눈물이 다
맺혔다. 천검군에 휘몰아치는 바람은 말 그대로 천개의
칼날이었다. 졸음은 전부 찢겨 날아가고 없었다. 두더지

가 나를 골똘히 응시했다.

"반가워요. 이제 얼굴을 보네."

이 혹한과 어울리지 않는 포근한 미소였다. 기온에 전혀 영향받지 않는 두더지가 묘하게 갑갑하게 느껴졌다. 홍차 이야기도 그랬다. 그런 식으로 차를 권하면 누구라도 절대 잔에 손을 뻗지 않을 것이다. 나는 고개를 숙였다. 언제 어디서든 진지하고 강인한 성격을 과시하는 두더지에게서 눈을 돌리고 싶었다.

"추운데 먼저 들어가지. 왜 다들 기다려요. 부담스럽게."

황주임이 짤따란 꽁초를 허공에 튕겼다. 담배를 태우기 전에 말해도 좋았을 텐데.

국숫집 식탁은 전부 사인용이었다. 황주임은 해설사와 그의 아내를 이끌고 자리에 앉았다. 쭈뼛거리던 나는 두더지와 재 앞에 앉았다. 그나마 맞은편에 대형 티브이가 있어 다행이었다. 소리도 작지 않았다. 한 종편 프로그램에서 음식을 한층 맛있게 먹는 방법을 소개하고 있었다. 게딱지 안에 밥을 넣어서 내장과 함께 비벼라. 삶은 달걀을 으깨서 떡볶이 국물과 섞어라. 고구마에는 김치를 돌돌 말아라.

나는 요란한 화면을 보다 한숨을 지었다. 구성 작가들

은 이 방법을 인류 음식문화의 자산으로 여기는 게 틀림없었다. 우리가 잊지 않도록 매번 주입식 교육을 강행하는 걸 보면. 외주 제작사들이 영상물을 얼마나 숨 가쁘게 납품하는지는 알고 있었다. 하지만 이 정도의 반복은 심하지 않나. 저 소리를 대체 얼마나 더 들어야 하지. 이런 표현은 사실 숱하다. 땅값 들썩들썩. 민심 요동쳐. 내장산을 수놓은 단풍 치맛자락. 때 이른 동장군…… 소신 투표나 연기파 배우처럼 불필요한 수식, 잠룡이나 역린같이 부끄러운 비유도 넘친다. 이토록 끝없이 소소한 공격이 무서운 이유는 통증이 딱히 심각하지 않기 때문이다. 이 말들은 내가 덮은 이불 위에 매일 비비탄처럼 쏘아진다. 나는 이 양상의 원인이 새삼 궁금했다. 대중이 저런 정보를 정말 원해서일까. 저런 정보를 피할 수 없는 이들이 바로 대중인 걸까.

"저런 거 싫죠? 사람들을 바보로 아는 거. 우리가 종일 먹는 것만 생각할 거라고 여기는 거."

두더지가 명함을 건네며 말했다. 직사각형이 아닌 원형이었다.

"재생지라 좀 까끌까끌해요. 견과류 껍데기들이 골고루 섞였거든요. 이 업체가 숲에 떨어진 도토리나 개암 부스러기를 모아 만들었대요."

아니, 그보다 황주임이 명함을 달라고 했을 때는 없다고 하지 않았나.

"저희는 둥근자리라는 반전단체에 있어요. 저는 운영위원 겸 비폭력 프로그램 진행 강사 두더지입니다."

"저는 진행 보조강사 재예요."

"재도 같은 운영위원이에요. 그 말은 자꾸 빼더라."

식당 주인이 우리 쪽으로 걸어왔다. 재가 자리에서 불쑥 일어나더니 국수 세그릇이 담긴 쟁반을 통째로 받아 들었다. 주인은 난감해하며 말했다.

"아니, 그냥 앉아 있어요."

쟁반을 돌려준 재는 반찬 그릇들을 집어 식탁에 분주히 올렸다.

"그것도 두세요. 제가 정해둔 순서가 있어서."

식사가 점점 고된 업무로 바뀌고 있었다. 주인이 주방으로 들어가자마자 재가 미간을 찌푸렸다.

"국물이 짜네요. 어휴, 도저히 못 먹겠다."

재는 숟가락을 바로 내려두었다. 두더지가 국물을 몇번 휘젓다 말했다.

"초면에 이런 말씀 드려도 될까요? 죄송한 이야기이지만 저는 페이크 기술이 아직도 싫어요. 너무 옛날 사람 같죠? 그래도요. 아무리 오래되었다 해도, 피해자들이 있었잖아요."

나는 물을 마시며 적절한 답을 떠올렸다.

"저도 그래요. 동종 업계 일이라 더. 익숙해진 거랑 좋아하는 거랑은 다르니까."

"그럴 줄 알았어요. 저희가 선생님과는 뭔가 통할 것 같았다니까요."

나는 국수 국물을 내려다봤다. 멸치를 너무 우렸는지 색이 탁했다.

"모모캠페인 아시죠? 모두 우리이며 모두 우리가 아니다. 몇년 전에 그 시위도 참여했지만, 결과를 보면 참담해요. 여자들이 왜 자기 얼굴 사진을 올렸겠어요. 오죽하면 전신사진 피켓을 들고 나갔겠어요. 그래, 너희 마음대로 조작해라. 그게 어떤 마음이었는데."

나도 그 시위를 기억했다. 페이크 기술의 피해자들을 위해 여성들이 자신의 사진을 온라인에 올리거나 거리에 들고 나간 캠페인. 가해자들의 의도대로 움츠러들지 말자는 취지. 심정적으로는 납득할 수 있었지만, 그 집회는 과도하고 비효율적인 대응이기도 했다. 소극적인 공감과 적극적인 참여는 엄연히 다른 영역이었는데도, 주최 측은 그 두 집합이 섞일 수 있다고 파악했다. 달리 말해 대규모 시위를 예상한 것이다. 나는 참여자 개개인에게 크나큰

피해가 돌아갈 수 있는 방식을 권유한 그들을 회의적으로 여겼다. 대의를 위해 기꺼이 너의 안전을 내놓으라고 말한 그들에게 호의적일 수 없었다. 아무리 참여자 본인이 동의했다 해도 말이다. 두더지가 나의 다음 말을 기다리고 있었다. 나는 국물을 들이켠 후 말했다.

"그런데 페이크 기술이 100퍼센트 나쁘진 않아요. 볼 수 없는 애인, 친구, 가족들 모습을 복원해 만나기도 하고요. 피해자가 없을 때도 있죠. 가상으로 미성년자를 만들고 그 이미지에 성적으로 접근하려는 사람들을 잡는 건……"

"잡으면 뭐 해요. 실형은 해외에서나 주는데. 여긴 아직 멀었어요. 아시잖아요."

황주임이 배를 두드리며 다가왔다. 그를 보고 반가운 심정이 든다니 놀라웠다.

"여기는 완전히 사랑방이네. 무슨 얘기를 그렇게들 해요? 재밌어 보이던데."

두더지와 재가 말없이 외투를 입기 시작했다. 차에 다시 오르고 얼마 뒤, 재가 입을 열었다.

"정건님. 아까 말씀하신 기술이 정확히 뭔가요? 페이크와 뭐가 달라요?"

황주임이 환하게 웃었다. 그는 신난 기색을 감추지 못했다.

"이게요. 과거의 한 구간을 생생히 재생할 수 있어요. 고증이나 재현은 지금 사람들이 옛날을 추측해 흉내를 내는 거잖아요. 저희가 개발한 리본 기술은 말 그대로 환생에 가까운 복원입니다. 제 옆의 이 디자이너 선생님 증조부님이 첫 케이스예요. 유품에 남아 있는 DNA와 고인의 사진들로 가상의 인격체를 만들 수 있거든요. 그 아바타, 아니 인격체에 특정한 조건을 넣으면 실제 반응과 감정이 도출되는 거죠. 바디시그널로 다 드러나요. 예를 들어 마인드업로딩과 사이코다이브는……"

재가 그의 말을 끊고 물었다.

"특정한 조건이라면."

"전쟁 당시 상황이요."

"네? 그 현장을 만드는 게 가능해요?"

"전투니까 조건을 극단으로 조정하는 게 더 쉽죠. 애매하거나 복잡할 게 없는데요. 씬들이 정말 어마어마해요. 포탄 쾅쾅 터지는 소리도 엄청나고 연기도 치솟고. 장관이지."

두더지가 눈을 지그시 감고 말했다.

"선생님, 타인의 생생한 고통을 눈요기로 만든다뇨. 전투를 볼거리로 여기시는 거예요?"

잠시 머뭇거리던 황주임이 자신감을 되찾고 말했다.

"아, 볼거리가 아니죠. 그렇게 처절한 전투 안에서 드러나는 희생정신. 그게 저희 시범사업의 주요 취지예요."

나는 가방 속을 뒤졌다. 휘말려들지 않기 위해 뭐라도 읽어야 했다. 소책자 하나가 손에 잡혔다. 투어 메인 지점인 전투지 홍보관을 소개하는 책자였다. 책자에 인쇄된 홍보관은 멀끔했다. 건물 뒤에는 떠오르는 태양이, 주변으로는 소나무들이 즐비했다. 합성된 이미지였다. 차가 멈추고 홍보관이 시야에 들어오자, 주위에 소나무는 한그루도 없다는 사실을 알 수 있었다.

"밥도 먹었으니 이제 돌아볼까요."

차 문을 세게 닫은 해설사가 박수를 네번 쳤다. 목소리도 박수 소리도 초라했다. 걸음을 뗄수록 길고 흉측한 건물 윤곽이 제대로 보였다. 입구 데스크에는 어린 아르바이트생 세명이 모여 있었다. 셋 다 감자칩을 씹느라 입을 벌리지 못했다. 그들은 황급히 허리를 숙인 채 입가와 옷깃의 과자 가루를 털어냈다. 우리가 이런 곳을 떼로 방문하는 게 잘못인 것만 같았다. 아르바이트생들 뒤편에는 작고 뾰족해 보이는 의자가 딱 하나 있었다. 그들이 이렇게 을씨년스러운 홍보관에서 시간을 보내는 것도 잘못된 일 같았다. 나는 동승객 다섯명의 뒤를 천천히 따랐다. 문화재와 유적 쪽으로 시선이 잘 가지 않았다. 행렬 끝자리에 서서 엉성해 보이는 가벽을 몇번 두드렸다. 값싼 합판 소리가 났다. 한눈을 팔면 사람들이 금세 멀어졌다. 마을 조감도 앞에 선 해설사가 사진을 가리키며 말했다.

"여기가 주요 격전지가 될 줄은 아무도 몰랐다는 거예요. 앞으로 어떤 비극이 찾아올지 누가 알았겠어. 전쟁 전에는 교역이 활발한 곳이었으니까. 주민들 사진을 보시면 표정이 참 평화롭죠. 여기 보세요. 장터에 모여 노는 아이들, 악기를 들고 뿌듯하게 웃는 음악부원, 아주 멋을 부린 젊은이들까지."

이 일대를 재현한 모형 공간은 골반 부근 높이의 큼직한 아크릴 상자 안에 들어 있었다. 우시장, 국밥집, 양장점, 우체국, 여관. 전쟁 이전 천검군의 동력은 여느 도시처럼 강했다. 나는 강 하류에 오밀조밀 붙은 가게와 인가를 내려보았다. 몇초간 무정한 신이 된 것 같았다.

아크릴 상자를 쭉 따라가자 그 끝단에 포탄 조각과 군모가 있었다. 나는 이끼 색 군모를 한참 쳐다봤다. 두세개의 구멍을 봐도 전쟁이 잘 믿기지 않았다. 복도를 몇분 정도 걸었을까. 조명이 갑자기 밝아졌다. 눈앞에 이상한 광경이 들어왔다.

사격 체험장, 낙하 체험장, 전투 체험장. 조악한 VR 프로그램으로 구동되는 온갖 체험장이 나타난 것이다. 홍보관 후미 공간은 어린이집, 식당에 딸린 놀이방, 주민센터와 분간이 되지 않았다. 체험장 진입로 앞에는 100센티미터 높이 정도의 폼보드 하나가 있었다. 총을 들고 웃는 남자아이 캐릭터였다. 두더지와 재의 안색은 이미 어두워져 있었다. 누군가 내 옷깃을 잡아끌었다. 황주임이었다.

"이거 빈 벽 보여? 여기에 우리 재단 공간을 만들 거야. 앞에는 단 설치하고. 눈에 확 띄게. 잘 봐둬. 이번 리본이 잘돼야 다른 사업으로 이어지지."

나는 흰 가벽을 쳐다봤다. 증조할아버지의 일부가 이 공간에 남는다고? 이렇게 잡다한 곳에? 나는 그에 대해 아는 바가 거의 없었다. 낯선 마을, 오래된 가옥, 좁은 방, 몇 점의 유품과 사진. 떠올릴수록 잔상이 더 흐려졌다. 아버지는 그의 성격을 매번 다르게 묘사했다. 도무지 한 사람 같지가 않았다.

"어렸을 때 정말 같이 산 거 맞아?"

내가 물으면 아버지는 고개를 끄덕였다. 아버지 말에 따르면 그는 활동적이었지만 과묵했고, 괴팍하지만 다정했다. 이웃과 하루가 멀게 다투다가도 집에서는 온순했다. 매사에 무심한 편이었는데 눈물은 많았다. 남의 물음에 답하는 법이 없었고 조심스러웠다. 하루는 아버지를 무릎에 앉히고 머리를 쓰다듬어준 적이 있는데, 가만 보니 장롱 안을 보며 혼잣말을 하고 있었다고 했다. 나는 조각난 이야기를 들을 때마다 가볍게 웃었다. 행동과 성격에 일관성이 없는 노인은 많았다. 그저 그 세대의 성격이라고 생각했다.

"여기 선생님 증조할아버지가 전시되는 게 맞아요?"

두더지가 내게 물었다. 작은 두 눈이 매섭게 빛났다.

"네. 그렇게 됐다네요."

두더지는 곧장 황주임에게 다가갔다.

"저기요. 이런 곳에 전쟁 피해자를 모신다고요?"

황주임이 두더지의 스카프를 내려다보며 답했다. 입가에는 여유 있는 웃음이 남아 있었다.

"두더지 선생님. 호국영웅이란 뜻을 모르세요? 나라를 지킨 분이라고요. 피해자가 아니라."

두더지가 크게 한숨을 쉬었다. 귓가는 흑자주색으로 달아올라 있었다.

"정건님, 결국은 전쟁 속에서 덧없게 희생된 분이죠. 이데올로기가 살아 있는 사람을 죽인 거라고요."

황주임이 나를 쳐다봤다. 이 여자 뭐 하는 사람이야, 대체. 이번에도 그의 속엣말을 정확히 알아들을 수 있었다. 황주임이 정수리를 신경질적으로 긁고 말했다.

"자, 진정하시고요. 전쟁 다큐멘터리나 인터뷰 같은 거 안 보셨어요? 시간을 되돌릴 수 있다면 다시 참전하고 싶다는 분들이 있어요. 동료들과 꼭 만나고 싶다는 분들도 있고요. 그런 분들에 대해선 어떻게 생각하시는데요? 우리 영웅들은 그 안에서 나름대로 희로애락을 경험했어요. 덧없다는 말은 좀 심하시네요."

"아뇨, 참상을 그렇게 미화하면 안 되죠. 참전자분들은 사실 거기서 한번 죽었어요. 선생님은 전쟁을 겪은 사람과 얘기를 나눠본 적 있어요? 그분들이 매일 뭘 보고 뭘 느끼는지 아세요? 실상을 제대로 아시냐고요. 전부 외상후증후군 환자들이에요. 공포와 혼돈 속에서 풍화된 그 얼굴은 정말……"

"그래서요. 하고 싶은 말씀이 뭐예요. 희생이 무의미했다? 용맹하게 싸웠다는 말을 믿을 수 없다? 알겠어요. 진실을 폭로한다는 기분에 취해 있는 건 알겠는데요. 그게 정말 진실이기나 합니까? 폭력 아니에요? 지금 하신 말씀을 유가족협회 앞에서 그대로 하실 수 있어요?"

순간 정적이 흘렀다. 황주임과 두더지가 동시에 나를 쳐다봤다. 나머지 동승객들의 시선도 일제히 내게 쏠렸다. 나는 휴대폰을 귀에 대고 출구로 나갔다. 누가 봐도 도망친다는 걸 알 수 있을 만큼 급한 걸음이었다. 햇빛이 드는 곳을 찾아갔지만 추웠다.

재단의 리본 사업으로 지나간 역사를 다시 드러낼 수 있다 치자. 그럼 어디까지? 가상의 인격체들이 어떤 반응을 내보일 줄 알고. 뒤늦은 질문이 질문을 불러들였다. 피해 사실이 명백한 영상물이 재판 증거로 채택될 수 있다면, 사후에도 판결을 받는 이들이 생기나. 그런 사례는 얼마나 많을까. 국가 단위의 보상이 이뤄질 사건들도 있겠지. 그럼 이 기술을 환영해야 하는 쪽은 재단이 아니라 반전단체 아닌가. 나는 차갑게 식은 얼굴을 손으로 마구 비볐다. 햇빛이 사라진 자리로 호된 돌풍이 불어 왔다. 멍청해. 멍청해. 멍청해. 바람에도 목소리가 있는 것 같았다. 가장 중요한 질문이 남아 있었다. 증조할아버지가 어떤 모습으로 나타날까. 나는 홍보관을 나온 일행과 되도록 눈을 맞추지 않았다. 눈을 내리깐 건 나뿐이 아니었다. 사람들 사이에는 이미 합판보다 두껍고 단단한 벽이 세워져 있었다. 이후에 전망대와 역사박물관 그리고 무슨 장군의 묘를 돌았지만, 설명이 귀에 들어오지 않았다. 투어 차량에 오른 나는 완전히 곯아떨어졌다.

리본 시범사업 결과물이 나온 건 투어 후 오주 정도가 지난 날이었다. 그래픽이 전부 완성된 뒤에는 임원진만을 대상으로 한 시사가 있었다. 나는 진행 과정을 단편적으로만 접했다. 증조할아버지가 입었던 옷, 사용했던 포탄 궤짝만 만들었지 모든 소스파일이 통합된 최종본은 본 적이 없었다. 디지털아카이브팀 직원 둘이 내게 손짓했다. 모니터 앞 의자에는 황주임이 앉아 있었다. 그는 양손으로 턱을 괸 채 연신 탄식했다.

"보라고. 얼마나 대단해. 이거 증손녀로서 어떻게 생각해?"

화면 안에 조그만 그가 보였다. 십대로 보이는 소년병의 모습이었지만 분명히 증조할아버지였다. 그는 바위틈에 쭈그려 있었다. 포탄을 피하고 있는 것 같았다.

"동작이 되게 섬세해요."

"지금 이게 실제 반응이라는 소리잖아."

몇몇이 신기하다는 듯이 말했다. 그때 뭔가 연속적으로 터지는 소리가 났다. 총성이었다. 산새들이 푸드덕대며 가지를 떠났다. 화면 속 그는 바짓단을 꽉 잡고 있었다. 입은 벌어져 있었다. 숨을 쉬기 어려운 듯했다. 인중에 땀이 맺혀갔다. 나는 소년의 표정을 더 읽을 수 없었다. 이마에 열이 올라 어지러웠다.

"참전자분들은 사실 거기서 한번 죽었어요."

흘려들었던 두더지의 말이 생각났다. 산비탈, 바위 사

이에 웅크려 앉은 증조할아버지는 정말 죽은 사람 같았다. 저 안에 있기나 한 건가. 증조할아버지는 전쟁에서 실제로 살아남았다. 하지만 프로그램 안의 몸은 거죽으로 느껴졌다. 텅 빈 사람. 피부 안에 장기도 근육도 뼈도 없어 보이는 인간. 나는 눈을 돌리지 않고 화면을 쳐다봤다. 그가 내보이는 반응과 감정은 전혀 풍부하지 않았다. 따로 해석할 것도 없었다. 공포와 마비. 다른 신호를 찾기는 어려웠다. 총성과 고함이 다시 귓가를 울렸다. 바위 앞 쇠비름 잎사귀에 불똥이 떨어졌다.

"어? 이거 래그인가?"

"아니에요. 프로그램은 정상이에요. 자세히 보세요. 몸이 움직이는 거지."

나는 눈을 비볐다. 소년병의 눈도 점점 빨개졌다. 화면 속 증조할아버지는 가상의 인격체 따위가 아니라 정말 그였다. 나는 황주임의 등을 향해 말했다.

"쓰지 못할 것 같아요."

그가 의자를 반쯤 돌렸다.

"왜. 잘 구현됐잖아. 배경 그래픽 좀 봐봐. 아, 사운드가 별로야?"

"떨고 있잖아요. 사람이 그냥 덜덜 떨고 있잖아요."

"지금은 적군을 피하고 있는 거지, 이따 장전도 하고."

"장전을 왜 해요? 총을 든 적이 없다고 했는데."

"이 수풀 뒤에 추가해뒀어. 전장에 총이 없으면 어떡해. 눈에 띄면 들어올리게 될 거야. 이 구간만 돌리니까."

내가 조용히 있자 황주임이 의자를 완전히 돌리고 나를 올려봤다.

"이걸 보여줘야 사람들이 알지. 전쟁의 참상이라는 말로 얼마나 짐작을 하겠어? 이렇게 열악한 격전지에서 나라를 구하기 위해 애썼다. 이분이 전쟁 영웅이다. 널리 알려야 할 거 아냐. 그러려고 이때껏 같이 왔잖아."

아니, 영웅 같은 건 없었다. 누구도 이런 곳에서 사명감을 느끼지 않는다. 설사 애국에 대한 열망이 일었다 해도 착각에 가까울 것이다. 그런 의지는 누군가 욱여넣은 개념이니까.

"이런 모습을 전시할 수는 없어요. 사람이 여기서 영원히 고통받잖아요. 상황이 계속 반복되잖아요."

"뭔가 오해가 있는데……"

나는 황주임의 설명을 더 듣지 않고 나왔다. 재단 건물 밖에서 일단 걸어야 했다.

"할아버지가 남이 웃을 때 안 웃고, 남이 울 때 웃더라. 자다가 소리도 지르고 헛것도 보고. 전쟁 영웅인 걸 알아

도 어렸을 때는 좀 소름 끼쳤지. 그 소리도 지겨웠어. 귀신
부르는 할아버지, 귀신 부르는 할아버지. 동네 외곽에 대
나무숲이 있었는데 사람들 말이, 할아버지가 새벽마다 나
무를 그렇게 흔든다는 거야. 뭐, 본 적은 없으니까 헛소문
이라 쳐도 다들 놀리니까……"

희미했던 말들이 왜 이제 또렷하게 떠오를까.

"그렇게 집을 자주 나갔어. 새벽마다 취한 사람한테 쥐
어터지고 들어오고 주먹이 벌게져서 들어오고. 물어보면
그냥 담벼락을 쳤대요."

두더지의 말대로 그는 외상후증후군 환자였다. 치유가
필요한 인간이었다. 나는 눈을 감았다. 그는 누군가를 원
망하고 싶을 때마다, 울분이 치솟을 때마다 집을 나선 것
이다. 이유를 쉽게 짐작할 수 있었다. 가족에게 고함을 지
르지 않으려고, 분노의 물꼬를 그쪽으로 틀지 않으려고.
그런데 그게 뭐. 그렇게 참았으니 훌륭한 건가. 감탄할 건
없다. 그건 그가 성인으로서 내려야 할 온당한 판단이었
으니까.

한시간쯤 걸었을까. 발바닥이 따끔따끔했다. 나는 문
닫은 안경집 계단에 걸터앉았다. 부재중전화 한통. 재단
이 나를 얼마만큼 필요로 하는지 알 수 있었다. 나는 휴대
폰 검색창에 종영된 프로그램 이름을 쓰다 지우고 증조할

아버지의 이름을 썼다. 그가 나오는 방송을 내 의지로 찾아본 건 처음이었다. 재생 버튼을 누르자 후진 음악과 더 후진 스튜디오가 나타났다. 패널들이 한국전쟁에 대해 저마다 말을 보태느라 시끄러웠다. 스튜디오 화면이 사라지자 한 마을의 전경과 함께 성우의 목소리가 흘러나왔다.

—6·25 전쟁 때 험준한 산길을 오르내리며 포탄과 부상자를 나르던 사람들이 있습니다. 군복 없는 민간인 수송단의 이름은 천검부대. 이들은 차가 다닐 수 없는 산악지대를 걸어 전투에 쓰일 물자와 보급품을 날랐죠. 그뿐이 아닙니다. 이들에게는 진지 공사, 환자 후송, 도로와 다리의 보수까지 주어진 임무가 숱했는데요.

카메라가 먼 산등성이를 대충 비췄다.

—캐나다의 참전용사 빈스 코트니는 이렇게 말했죠. 그들은 무장하지 않았지만, 우리와 함께 싸웠다. 미국의 제임스 밴 플리트 장군은 천검부대를 이렇게 회상하기도 했습니다. 당시 한국인들은 미국인보다 평균 신장이 작았지만 매일 6킬로미터 떨어진 지점에 있는 고지로 45킬로그램의 보급품을 운반했다. 만일 이들이 없었다면 최소 십만명 정도의 미군 병력을 더 파병했어야 했을 것이다. 우리는 위대한 영웅들의 작은 몸을 보았다.

16세 소년 병사 우대환. 타이틀이 뜨고 얼마 뒤 그가 살던 집이 앵글 전체에 잡혔다.

─이곳 천검에서 나고 자란 우대환님도 부대원 중 한명이었습니다. 사단 대원들의 나이는 보통 30세에서 40세였지만 그는 16세부터 소년 병사가 되었습니다. 치열하기 그지없던 전선에는 수많은 부상자가 매일같이 쏟아졌으니까요. 피난길, 국군의 재북진에 맞춰 다시 천검으로 가던 우대환님은 미군을 만나 바로 전장에 투입되었습니다.

태극기로 가득 찬 그의 방도 소개되었다. 창문은 액자와 오려낸 잡지로 가려져 있었다. 나는 화면을 중지시켰다. 창문의 빈틈을 따라 무궁화 조화가 주렁주렁 걸려 있었다. 그는 창으로 들어오는 빛을 모조리 막았던 것이다. 창틀에는 먼지가 빼곡했다.

─쉽게 말하면 아무 준비도 무기도 없이 나간 거지, 천검부대가. 포탄이 떨어지면 무덤 안에 들어가 있기도 했어. 그저 살아야하니까.

피디가 고개를 끄덕이며 답했다.

─어르신, 고생이 정말 많으셨겠어요.

하나 마나 한 말이었다.

─우리가 병사들 먹을 물이랑 주먹밥을 이고 산을 넘어. 고무신이든 뭐든 발에 꿰고 주야장천 걸어. 군화 같은 게 있을 리 없잖아.

카메라가 그의 발바닥을 비췄다. 폭이 좁고 누런 발은

차디차 보였다. 그건 인간보다는 조류의 발과 비슷한 형
태였다. 무리에서 떨어져 나온 말똥가리. 늙고 지쳐 들쥐
한마리도 잡을 수 없는 새. 잡기는커녕 무서워할지도 모
르는.

─노상 죽어나갔지. 포가 펑펑 터지면 같이 서 있던 사람 머
리가 순식간에 없어져. 기차 밖으로, 땅 밑으로 아무 데고 시체가
쌓였어.

그의 증언 뒤로 성우의 목소리가 곧장 깔렸다.

─부대원들은 부상자들이 의무대의 응급치료를 받을 수 있도
록, 헬리콥터가 다친 병사들을 싣고 야전병원에 도착할 수 있도록
쉬지 않고 숲을 헤쳤습니다. 가시 철망을 넘어 물과 주먹밥을 날랐
습니다. 박격포가 떨어지면 앞에 있던 사람, 뒤에 있던 사람이 그대
로 숨을 거뒀습니다.

성우의 음성은 따스했지만, 그래서 더 타성에 젖은 것
같았다. 음가가 너무 일정했다. 제작진은 증조할아버지의
기억을 감당할 수 없는 듯했다. 그럼 왜 이 이야기를 세상
에 내보냈을까. 세상에는 언제나 이야기가 필요하니까?
피디가 다시 물었다.

─저런, 그럼 어떤 점이 가장 힘드셨어요?

─뭐? 힘든 거?

─평소에 환청을 듣거나 악몽을 꾸진 않으시고요?

피디의 질문을 받은 그가 목을 벅벅 긁었다.

──매일 굶었어. 어쩌다 썩은 파랑 배추가 생기면 먹었지. 자려고 하면 이가 득실득실했어. 굶다보면 악몽 같은 건 꾸지도 않아.

──기록을 보면 약 삼십만명의 천검부대원이 국군과 유엔군에 배치되었고 이들 중 구천여명이 전사했다고 나와 있어요.

증조할아버지가 자리에서 천천히 일어났다. 그는 십자가와 벽시계 사이를 계속 서성였다. 그의 어깨 옆에 '통제 불가'라는 자막이 붙었다.

──비군인 신분이었던 민간인 참전자가 무려 백삼만명 정도로 추산되는데요. 집계되지 않은 전투원들의 숫자는 아마 더 많겠죠?

그는 피디 쪽으로 얼굴을 돌렸다. 찰나였지만 냉혹하기 짝이 없는 표정이었다.

──한날은 임진강을 건너는데 쪽배가 다 뒤집혔어. 돌아보면 다 죽고 아무도 없어. 정신을 못 차리지. 근데 그런 걸 왜 물어? 감찰 나왔나?

그의 머리 옆으로 '극도 예민'이라는 자막이 달렸다. 나는 영상을 껐다. 아무리 오래된 방송이라 해도 연출이 잔인했다. 이럴까봐 찾아보지 않았던 것이다. 사람을 이렇게 다룰까봐.

활자는 나을지 몰랐다. 나는 바로 한 신문기사를 찾아

냈다. 사진 속 증조할아버지는 야외 의자에 꼿꼿한 자세로 앉아 있었다. 천막이 만든 그늘 때문에 표정은 드러나지 않았고 의자는 몹시 딱딱해 보였다. 거기 몸을 붙인 그의 모습은 벌을 받는 학생 같기도, 피곤한 의사의 말을 귀담아듣는 환자 같기도 했다.

▲육군 2군단이 숨은 영웅을 기리기 위해 마련한 초청 행사에는 86세의 우대환씨가 있었다. 그는 우리를 잊지 않고 자리에 불러주셔서 감사하다는 인사로 운을 뗐다. 이어 비록 총탄과 대포를 쏘지는 않았지만, 나라를 지켜야 한다는 충정 하나로 군수물자를 지고 날랐다고 말했다.

나는 사진 아래 설명구를 다시 읽었다. 아까 본 영상과 지금 기사는 아무래도 앞뒤가 맞지 않았다. 다른 문서들도 마찬가지였다. 어쩌다 끌려갔다. 기꺼이 참전했다. 증조할아버지는 곳곳에서 다른 말을 하는 인물이 되어 있었다.

보도자료를 통해 봤던 우대환은 결국 허구의 인물이었다. 그는 애국심에 휩싸인 군인도, 한국사의 거점을 지나온 위인도, 풍랑을 겪은 뒤 지혜로워진 노인도 아니었다. 그럼 그를 어떻게 불러야 할까. 나는 증조할아버지를 확실히 정의할 수 없었다. 피해자가 맞대도 피해자라고만 부르는 건 싫었다. 영웅이라 해도 영웅은 아니었다.

반전단체 둥근자리의 홈페이지 디자인은 소박했다. 조직도 대신 '꾸리는 사람들', 연혁 대신 '함께한 나날'. 단체의 성격이 금세 드러났다. 회원들의 소개 글 역시 지나치게 다감하고 개인적이었다. 나는 명함 지갑을 열었다. 연락처는 거기 나와 있었다.

사무실 구조는 생각보다 엉성했다. 둥근자리라는 말 그대로 실내에는 구획된 공간이 따로 없었다. 칸막이를 설치하면 숨이 막힐 듯한 크기이기도 했다. 공용으로 쓰는 듯한 중앙 탁자에는 노트북 몇대가 어지럽게 놓여 있었다. 나무문에는 포스터가 여러장 붙어 있었는데 폰트와 이미지가 썩 어울리지 않았다. 집중할 만한 요소도 방점도 없어 조형적으로 실패한 디자인에 가까웠다. 벽 한구석은 널브러진 현수막 더미들, 거꾸로 처박힌 팻말들, 겹겹이 쌓인 자료집 차지였다.

홈페이지 사진은 이렇지 않았다. '우리들의 꼴' 코너에서는 원탁에 모인 회원들이 미색 찻잔을 손에 쥐고 있었다. 다들 마 소재로 만든 옷을 입고 있었기 때문일까. 엇비슷한 미소를 지었기 때문일까. 실내 공기가 온기 있게 느껴졌다. 아담한 방, 창가에 매달린 풍경은 조촐하고 아름다웠다. 하지만 직접 와 보니 그런 기운은 온데간데없었다. 모두가 별수 없이 임시로 머무는 곳 같았다.

"어떻게, 차 한잔 드릴까요? 콩차가 고소한데."

두더지가 실내를 바삐 돌아다니며 물었다. 나는 거절하지 않았다. 갑자기 쳐들어온 건 아니니까. 미리 약속을 잡았으니까. 쟤는 언짢은 일이 있는지 한숨을 계속 내뿜었다. 인사에도 별 답이 없었다. 어쩌면 사람 얼굴을 잘 기억하지 못할지도 몰랐다.

"수호재단에서 마음고생 많이 하시죠? 이렇게 찾아와주실 정도면 정말……"

나는 두더지 쪽으로 다시 고개를 돌렸다. 전기포트 근처에는 티백과 커피믹스가 가득했다. 두더지가 수납함 안에서 차가 담긴 원통을 꺼내 들었다. 허리를 깊이 숙였는지 얼굴이 붉었다.

"아, 뭐. 저희 영상이 나왔는데. 말씀드린 대로 재단에서 제 증조할아버지를 만들어냈는데요."

정돈되지 않은 말이 튀어나왔다. 나는 잘못 나온 표현을 가다듬었다.

"그, 가상의 인격체죠. 제가 그걸요. 좀 어떻게 해석해야 할지 몰라서."

자리에 선 두더지가 나를 지그시 쳐다봤다.

"글쎄요. 선생님께서 그분이 진짜라는 걸 믿고 싶지 않으신 거겠죠. 실제로 보고 불편하셨으니까 연락하신 거고요. 저는 그 복잡한 심경 이해해요. 짐작이랑 현실이랑 같으면 세상이 얼마나 쉬워요? 그런 분열은 선생님만 겪는 게 아니거든요. 유난한 것도 아니고 당연한 심리예요."

나는 입을 다물었다. 물 끓는 소리가 점점 커졌다. 두더지가 성큼성큼 다가와 노트북을 내 쪽으로 틀었다. 얼핏 보니 전쟁 트라우마에 대한 자료들이었다. 어쩌라는 거지. 이걸 지금 읽어보라는 건가. 두더지는 생각할 겨를을 주지 않았다.

"결과물 보시니까 참혹하셨죠? 전쟁을 어떻게 기념하고 홍보해요. 끔찍한 개념이지. 저기, 그 가족분은……"

"증조할아버지요."

두더지의 두 눈썹이 한껏 올라갔다. 사무실 전화가 울렸다. 재가 미간을 찌푸리자 두더지가 전화를 받았다.

"잠깐만. 손님 와 계셔서. 아니, 거기는 또 왜."

나는 티 나지 않게 재를 쳐다봤다. 아마도 나보다 훨씬 큰 문제가 있겠지. 창피했다. 혼자 해결하지 못하는 숙제. 너무 추상적인 질문. 공허한 고민. 여기 왜 온 거지.

나는 찻잔 안에서 퉁퉁 불어난 작두콩들을 내려봤다. 콩에서 분리된 희뿌연 껍질이 물속을 둥둥 떠다녔다. 잔 속 콩 두알은 왕릉에서 출토된 유물처럼 보였다. 사람들은 흙더미 속 귀걸이 한쌍을 구더기와 어떻게 구분한 걸까. 나는 아껴 마시던 차를 들이켰다. 포트에 남은 물로 커피를 마시는 게 나을 것 같았다.

"정산을 누가 그렇게 해. 자꾸 주먹구구로 처리하면 큰일 나."

두더지가 혼자 말하는 동안 나는 의자에서 천천히 일어났다. 설탕이 섞인 커피라도 간절했다. 전화를 끝낸 두더지가 바로 말을 이었다.

"그러니까요. 그분은 전쟁 영웅이 아니라 전쟁 피해자세요."

나는 눈을 깜빡였다. 그러니까요,라니. 이야기가 도중에 끊겼는데. 통화를 한참 할 것 같았는데.

"그것도 인정하기가 힘드신 거예요? 그렇게 명백한 사실을?"

나는 의자를 다시 당겨 앉았다. 두더지의 말대로 입장을 명백하게 밝혀야 할 것 같았다.

"영웅, 피해자. 저는 둘 다 맞고 둘 다 아닌 것 같아요."

두더지가 미소를 지으며 나를 쳐다봤다.

"선생님, 애매한 윤리는 없느니만 못해요. 아니요. 사실 최악이죠."

"고민이 된다는 것 자체가 문제라는 건가요?"

"어중간한 결정, 어중간한 선택. 흐지부지 엎고 나면 거기 무슨 책임이 따라요? 결국 행동으로 이어지지 않는 사유는 쓸모가 없죠. 선생님 가족분이 피해자라는 사실을 받아들이셔야 세상을 보는 관점이 달라지실 거예요. 관점이 달라지면 할 일이 보이실 거고요."

두더지가 내게 분풀이를 하고 있다는 생각을 지울 수 없었다. 만약 통화 상대에게 다 전하지 못한 화가 내게 옮겨 붙었다면 지금 대답은 부당한 것이다.

"할 일이요?"

"재단 같은 데서 시간 낭비하지 마시고 의미 있는 곳에 참여하시면."

"의미 있는 곳."

나는 두더지가 한 말을 따라 했다.

"근데 제 증조할아버지 성함은 아세요?"

두더지가 입을 굳게 다물고 원탁에 두 손을 올렸다.

"생각보다 유명하신 분인데. 천검부대요."

나는 노트북을 두더지 쪽으로 밀었다. 모르면 찾아보라는 뜻이었다.

"아, 알죠. 미디어에도 자주 나오시고. 우리 투어 때도 얘기 나눴고."

달라진 관점으로 해야 할 일. 의미 있는 행동. 그게 투어 프로그램 조사였나. 뜻깊은 일을 위해서라면 무방비한 사람들을 마음껏 관찰해도 되는 건가. 나는 어지럽게 꼬인 노트북 전선을 보며 말했다.

"천검부대, 김현우님이요."

"맞다. 기억나요, 현우님."

"……우대환님인데요."

두더지는 오랫동안 말이 없었다. 나는 사무실 문밖으로 나서려다 물었다.

"입장을 정하면 다 해결이 돼요? 그러면 판단이 끝나는데, 뭘 봐도 같은 결론이 나오는데."

두더지와 재는 내 인사에 대꾸하지 않았다.

언덕을 내려오자 타이어공장과 기사식당이 보였다. 사무실로 올라가는 길에는 보이지 않던 가게들이었다. 오토바이가 내 앞을 빠르게 지나갔다. 교복을 입은 아이가 타고 있었다. 웃음소리가 컸다. 나는 그가 다치거나 죽지 않길 바랐다. 혹시 신이 있다면 오늘 같은 평일 낮의 기도를 더 귀담아듣지 않을까. 일요일의 기도들보다.

나는 텅 빈 골목에서 소년병 우대환을 생각했다. 고독하고 불쌍하고 자유롭고 폐쇄적인 인간. 그러니까 그는 내가 안다고 할 수 있는 존재가 아니었다. 다만 우대환은 자신에게서도, 남에게서도 다독임을 받지 않은 사람에 가까웠다.

　건너편에서 흰 개 한마리가 터벅터벅 걸어왔다. 내 쪽
으로 방향을 트느라 개의 동선은 긴 대각선이 되어갔다.
목줄이 없는 개였다. 외진 골목은 한가로웠고 개의 얼굴
도 맑았다. 흰 개는 나를 올려다보며 고개를 갸웃거렸다.
나는 긴장한 기색을 숨기고 개를 바라봤다. 사람들과는
달리 두 눈을 오래 볼 수 있을 것 같았다.

　"어디 가는 길이니? 집이 어디야?"

　개가 고개를 반대편으로 기울였다. 그는 나의 운동화와
바지 밑단에 코를 대고 킁킁거렸다. 몇초뿐이었다. 개는
다시 앞으로 나아갔다. 네 발이 툭툭 가볍게 움직였다. 나
는 내게서 멀어진 개가 휴지 뭉치처럼 보일 때까지 자리
에 서 있었다.

• 이 소설은 지게부대에 관한 자료에서 출발했다. 지면을 빌려 전쟁으로 목
　숨을 잃은 분들의 명복을 다시 한번 빈다.

방 안의 호랑이

사람들에게 IT 계열 종사자의 이미지란 어떤 걸까. 보편적이며 총체적인 인상 말이다. 눈을 감고 프로그램과 씨름 중인 삼십대 개발자의 모습을 한번 떠올려보자. 그를 그저 A라 불러도 무방하겠다. 우선 A의 골격을 그려보자. 근육이라고는 없는 팔다리, 굽은 등, 거북목. A의 행색은 어떨까. 칠년 된 남청색 체크무늬 남방 위에 걸친 팔년 된 검정색 후드 집업, 덥수룩한 머리카락 아래에는 제작 연도를 알 수 없는 안경테. 그렇다고 A가 유행에 무심한 건 아니다. A의 SNS 팔로워는 이만 이천명이 넘고 그가 쓰는 전자기기와 운동화만큼은 최신 경향에 부합한다. 이제 A 뒤에 서보자. 각종 초콜릿과 에너지바 껍질이 차지한 책상. 숫자와 영어가 가득한 여러개의 모니터. 주스를 마시던 A가 갑자기 동작을 멈춘다. A는 입을 틀어막고 엄청난 기세로 키보드를 두드린다.

"찾았다! 버그 원인을 찾았어!"

찾긴 뭘 찾아? 나는 A의 형상을 부수고 의자를 당겨 앉았다.

"스트레스가 심할 땐 자신을 전지적 관찰자 시점으로 바라보세요. 처음 보는 사람인 듯 멀리서 가만히 지켜보는 거예요."

404번쯤 들은 말. 어차피 깊이나 전문성은 떨어진다. 휴게실의 상담용 AI, 딥휴먼 니키는 매번 엇비슷한 조언을 하면서도 매번 사려 깊은 표정을 짓는다. 니키의 말대로 나를 멀찍이서 쳐다봐도 별 도움이 된 적은 없다. 단 한번을 빼고.

A는 가상의 인물도 익명도 아니다. A는 애슐리, 내 이름의 앞머리다. 내가 떠올린 IT 계열 종사자의 이미지는 세상의 편견이라고 할 수 있겠지만, 내 모습은 그 편견과 똑같다. 안타깝지만 우리 개발3팀의 과반수도 그렇다. 다섯명 중 세명의 꼴을 구분하기 어려울 정도다.

"도대체 국립 민족문화 복원 개발팀에서 왜 영어 이름을 쓰는 거예요? 이런 문화 사라진 지가 언젠데. 명함을 보세요. 너무 기괴해요."

내 푸념에 개발1팀 팀장은 무덤덤하게 답했다.

"팀도 영어인데요. 총괄 개발팀장님인 스텔라가 쓰라

면 써야죠."

"쓰라고 하면 쓰는 게 수평적인 조직 문화예요?"

"여기는 국가 기관이잖아요. 복고로 돌아가라면 돌아가야지 수가 있나요."

케케묵은 영어 호명 운동은 우리 팀 내에서 줄곧 떠밀리다 지난해에 결국 받아들여졌다. 찬성 세표, 반대 두표. 나는 나와 달리 마지막까지 거부 의사를 밝힌 두명의 팀원을, 그들이 꼿꼿이 들어올린 손을 기억했다. 하지만 호칭 변경에 동의한 이도 동의하지 않은 이도 명함은 사용하지 않았다. 개발자들은 생각보다 미학에 진심이니까. 우리는 내재율 그리고 일관성에 늘 민감하니까.

"비타민D 섭취 외에도 규칙적인 수면 시간을 확보하시면 좋겠어요."

이번 주에도 니키는 내게 불가능한 임무를 추가한다. 프로그래머의 생활은 사람들의 짐작과 달리 경이와 영감으로 이뤄져 있지 않다. 그러니 미디어에서 우리 업계 사람들을 천재 해커나 못 말리는 괴짜로 그만 찍어내면 좋겠다. 이 일에는 무수한 시간과 지독한 근성이 필요할 뿐이다. 개발에 들인 노력과 결과가 비례하는 일도 드물다. 그저 업무가 고단한 문화재청 공무원 A. 니키가 알아야 할 나의 정보는 여기까지다.

국립 민족문화 작자 복원 개발3팀 팀장. 장호연. 36세. 중도 좌파. 레즈비언. 무교. 총괄 개발팀장 스텔라와 오개월째 교제 중. 51세의 스텔라는 남편과 별거하며 1남 양육 중. 안 만들어지는 게 나았을 영화들의 도입부에는 대체로 이런 식의 무지막지한 자기소개가 나온다. 상황 속에서 자연스럽게 드러나야 할 정보가 우격다짐으로 쏟아지는 것이다. 어쩌라는 거지. 이러면 보는 사람은 방어적인 자세를 취하게 될 뿐이다. 작법의 캐논, 말하지 말고 보여주라,는 유구한 격언이 언제나 옳은 건 아니지만 많은 경우 옳다. 나 역시 니키에게 이따위 사생활을 털어놓을 생각은 없다. AI 니키는 AI 니키의 편향을 유지하며 나를 대하는 게 맞다.

휴게실을 나선 나는 아무도 없는 복도 소파에 앉아본다. 바뀐 쿠션의 재질이 나쁘지 않다. 맞은편 새 그림도 마음에 든다. 어깨가 넓고 턱이 다부진 여성의 초상화다. 몸을 일으켜 액자 가까이 가니 사인이 없다. 액자 아래 제목, 재료, 크기, 작가 이름도 붙어 있지 않다. 나는 웃고 있는 여자에게 조용히 중얼거린다.

"격주로 스텔라의 집에 들러, 식사를 준비하고 그의 어린 아들 드레이크에게 코딩의 기초원리를 가르쳐주고 있어요. 혼자 사는 우리 엄마가 알면 속이 뒤집히겠죠?"

그림 속 여자의 입술이 움직이는 것 같다.

'조심스럽지만, 나이 많은 고위직 여성에게 끌린다는 것은 일종의 콤플렉스일 수 있어요. 발현의 이면에는 언제나 내핵이 있고요. 괜찮으시다면 관람자님의 인생에서 인상적인 일화를 몇개 들려주실래요?'

"왜요? 저는 나이 많은 여자들을 좋아하는 게 아니라, 좋아하고 나서 나이를 알게 되는 건데요."

'네네, 보통 그렇게 말씀하시죠.'

나는 고개를 젖힌 채 복도 천장을 보았다. 똑똑하고 젊은 여자가 제 팔자를 꼬는 이야기는 널리고 널렸다. 나 역시 그 사례에 속한다. 그러니 그림 속 여자에게라도 내 신세를 늘어놓을 순 없는 노릇이다. 나도 그 고행의 대열에 들어간다고, 시간이 갈수록 내게 함부로 구는 상사와 사귀고 있다고, 위계가 있는 연애의 전형성과 그 기승전결에서 한치도 벗어나지 않는다고. 복도를 빠져나온 나는 1층 카페에 들러 당근주스를 주문한다.

"매장 밖에서 마시려고요. 이 텀블러에 담아주세요."

점원이 미소를 짓는다. 점원을 따라 웃는 나는 유순하고 무해한 여자로 보일 것이다. 무슨 생각을 하고 있는지, 무슨 일을 하고 돌아다니는지 알 길이 없다. 밖으로 드러나지 않은 사고와 언어는 중요하지 않다. 그 사람이 실제로 움직인 경로가 그를 말해줄 뿐이다.

방사선 탄소연대 측정은 1949년 미국 시카고에서 시작됐다. 구십년 전에 탄생한, 나이 든 기술이다. 감마선, 적외선, 엑스선 등을 활용한 기존의 측정 기법으로는 그림의 위작 여부와 제작연대를 추정할 수 있었다. 그림 시료 일부에서 탄소14의 비율을 알아내면 가능했다. 탄소14는 다른 탄소와 달리 일정한 속도로 천천히 붕괴하기 때문이다. 방사선실에 들어간 그림의 향방에 관심을 기울이는 이들은 관련 종사자나 학계 사람들 외에 많지 않았다. 이 당시에는 말이다.

2030년대 후반, 인도 구르가온에서 양자 컴퓨터가 만들어지고 나서는 상황이 달라졌다. 양자 컴퓨터는 여전히 억만장자 CEO나 IT 혁명을 선도한 기업가를 제외하고는 개인이 보유하기도, 통제하기도 어려운 초대형 기기다. 양자 컴퓨터 기반의 AI는 국가 기관 중에서도 국방부나 기재부같이 큰 조직부터 사용하기 시작했지만, 늦게나마 내가 속한 문체부에도 도입되었다. AI 활용을 두고 문화예술 관련 각 부처에서 내놓는 아이디어는 비슷했다.

"민간 기업과 산업체들이 AR, VR 기술을 선점하기 전에 국가 차원에서 먼저 나서야 합니다."

그들은 모든 콘텐츠를 게임으로 만들자고 제안했다. 증강현실 쥐불놀이, 가상현실 택견. 짐작했지만 정말 게임이 전부일까. 게다가 투호나 활쏘기는 연결 장비 없이 직접 하는 편이 더 수월하지 않나. 내가 알기로 아이디어 제안자 중에 게임을 좋아하는 이는 없다. 아, 고전 게임이 하나 있지. 효과적인 쌍방향 소통. 혁신적인 생산성. 눈부신 도약. 양자역학의 새 문이 열려도 공무원들이 좋아하는 전통놀이는 이런 어구 배치다.

나는 그림이 그려진 시기와 지역을 밝혀내던 개발3팀 업무에 변화가 필요하다고 생각했다. 우리가 갖고 있던 도구가 손가락만 한 핀셋이었다면 이제 집채만 한 포클레인을 얻게 된 셈이니까. 부서에 들어온 원통형 양자 스캐너는 MRI 이천대를 압축한 기구라고 할 수 있었다. 과장을 좀 보태면 세포 하나하나까지 식별이 되는 수준이다. 사백년 넘게 걸릴 연산이 사분 안에 끝난다. 탄소, 물감, 붓털 등의 잔존 재료, 그러니까 그림에 희뿌옇게 남은 흔적을 힘겹게 채집하던 시기는 지났다. 묘하게 나른했던 그림과의 추격전이 끝났다는 소리다. 이제 우리 팀은 그림이 지닌 이야기에 짓눌릴 수 있었다. 무섭게 쌓일 자료를 구경만 한다면 곤란했다.

"1897년 충남 공주, 제작 기간 삼개월. 베타테스트에서 출처가 이 정도까지 나오는데요."

장갑 낀 손으로 황톳빛 그림 귀퉁이를 조심히 집은 팀원이 말했다. 하지만 뭔가가 빠져 있었다. 정확한 제작연대, 정확한 제작 장소. 여기에 더할 수 있는 것들이 분명 있었다. 유추가 제대로 된다면 유추한 사실들을 하나로 엮어봐야 한다. 촬영한 단층을 쌓아 그 형상을 조망해야 한다. 테스트로 얻어낸 활자는 건조하고 밋밋했다. 결정적으로 방향과 서사가 없었다.

"자신을 전지적 관찰자 시점으로 바라보세요. 처음 보는 사람인 듯 멀리서 가만히 지켜보는 거예요."

니키가 몇해째, 누구에게나 권하고 있는 정신 건강 지키기 요령은 뜻밖에도 업무를 위한 조언이 되었다. 나는 그림에서 몇걸음 물러나 누군가를 떠올렸다. 그림이 처음으로 본 사람, 태어나 자랄 때까지 가장 많이 만난 사람. 즉 그림의 첫 관객인 화가를.

스캐너가 추적한 방대한 결과 중에서 우선 붓질의 특징만 분석해본다고 하자. 붓질을 분석하면 습관이 도출되고, 습관이 도출되면 자세가 도출되고, 자세가 도출되면 근골격과 체형이 도출된다. 그걸 텍스트가 아닌 이미지, 움직이는 이미지로 드러내면 어떨까. 나는 그림의 작자를 홀로그램으로 구현하는 프로그램을 떠올렸다. 그림 뒤편에 설치한 막 위로 원작자가 나타나는 모습은 활자보다 인상적일 것이다. 화가를 불러낼 수 있다면 전연령층을 대상으로 한 교육 콘텐츠를 확장할 수도, 일반교양이든 전공심화든 전문가 연계 프로그램을 구상할 수도 있다. 어쨌든 양자 컴퓨터로 모두가 게임을 만드는 것보다는 낫지 않을까.

"접근 방법을 바꿔보면 어때요? 작품이 아닌 작가를 복원하는 거예요. 화폭이 어떻게 채워졌는지 묻기보다 화폭을 누가 어떻게 채워나갔는지 묻는 거죠."

팀원들이 일제히 입을 벌렸다. 하품을 하느라 벌어진 입이었다.

"좀 들어봐요. 양자 스캐너를 사용하면 작품들의 출처를 전보다 정확히 찾아낼 수 있잖아요. 붓질의 평균 횟수, 강도, 속도, 각도, 궤적 길이와 폭 같은 정보가 낱낱이 드러날 테니까. 그렇다면 스캔한 데이터로 화가도 그릴 수 있을 거예요."

"서울에서 김서방 찾기, 런던에서 월리 찾기가 훨씬 빨라지니까요?"

팀원 중 가장 나이가 많은 레이첼이 되물었다. 두 비유를 이해하지 못한 막내 팀원 앤디가 어깨를 들어올리고 물었다.

"그림 말고 그림의 엄마를 찾자는 건가요?"

"김서방도 월리도 엄마도 다 마음에 안 들긴 하지만 맞아요. 이제 그림을 보면, 그림을 그린 사람까지 드러낼 수 있다는 뜻이니까. 결론은 우리가 스캔한 데이터로 홀로그램을 만들자는 얘기죠."

큰 타이틀은 FA(Find Author), 정확한 프로그램 이름은 WDI(Who Drew It). 개발3팀은 구개월 전부터 그림의 기원을 상세히 밝히는 기술을 보완해나갔다. 홀로그램 빌더는 양자 스캐너보다 에너지를 덜 잡아먹었고 외부 인력 없이 우리 팀 기술로도 개발할 수 있었다. 나와 팀원들은 스캐너와 빌더 사이를 잇는 세부 프로그램을 계속해서 고안해나갔다.

"스캐너가 그림을 읽는 것만으로는 부족해요. 읽은 걸 이야기로 재구성할 수 있어야 해요."

"데이터를 인터넷 정보망과 챗GPT에 연동시키죠. 자동 검색 후 기점이 될 만한 내용을 축출해 재배치하는 거예요. 최대한 오염되지 않은 경로로, 신뢰도가 높은 순서로."

"검색 결과를 연속 검증하는 프로그램도 추가하기로 해요. 스캐너가 그림의 뿌리를 무작정 파헤쳐나갔다면 우리는 그걸 추리고 솎아야죠."

"홀로그램 자막과 수어 화면 비율을 정하고 실시간 음성 출력 기능도 없어야 해요."

"스피커 목소리는 니키 어때요?"

그림에 입을 만들고 거기서 나온 말을 사람들에게 들려주는 일, 개발3팀의 새 업무는 차츰 촘촘한 시스템을 갖춰갔다. 얼마 후 우리가 공개한 프로그램으로 부서 이름이 바뀌었다. 국립 민족문화 복원 개발팀에서 국립 민족문화 작자 복원 개발팀으로. 두 글자를 더 끼워 넣자고 말한 건 스텔라였다.

스텔라는 FA 최종 버전 발표일에도 늦게 도착했다. 나는 공식적으로든, 비공식적으로든 총괄 개발팀장을 스텔라로 불렀다. 계속 부르다보니 본명 서정보다 어울리는 이름이었다. 스텔라를 스텔라라고 부르면 투피스 위의 얼굴이 지워지고 그 자리에 정말 거대한 항성이 보였다. 스텔라는 어원 그대로 별, 아름다운 별 같았다. 하지만 가까이 다가설수록 숨을 쉴 수 없었다. 다른 존재야 어떨지 모르겠지만, 적어도 내가 생존하기는 어려웠다. 너무 뜨겁고, 너무 추웠다. 밤낮으로 자외선과 방사능이 뿜어져 나와 정신을 차릴 수 없었다. 둘이 우주를 공전할 수 있을 줄 알았는데, 두어달 만에 나 홀로 같은 자리를 돌고 있었다. 별은 멀리서 봤을 때만 좋았다.

스텔라의 입에서는 신기할 정도로 뻔한 말이 이어졌다. 자칫하면 아들이 눈치챌 것 같다는 소리, 시간과 장소를 선택하는 일이 늘 신중해야 한다는 훈계, 매사 조심해서 나쁠 게 없다는 이야기까지. 나는 스텔라의 턱을 잡고 눈을 응시했다.

"나랑 살자는 거야, 말자는 거야?"

"점점 버릇이 없어지네. 다그치지 말고 생각할 시간을 줘야지."

스텔라가 지난 구개월 동안 개발3팀에 방문한 건 손에 꼽을 정도였다. 스텔라는 이미 통과된 기획서를 알기 쉽게 수정해 제출하라고 요구했지만, 나는 그가 최종 기획서를 한 글자도 읽지 않았다는 사실을 알고 있었다. 다섯 번째로 내민 마지막 기획서와 네번째 기획서의 차이는 편집 방식뿐이었으니까. 나를 밀어내고 피하는 이유도 초라했다. 스텔라는 전남편과 재결합을 준비하는 중이었다.

"누나, 아빠가 집에 올 거래요. 출장이 끝났대요."

드레이크에게 이런 말을 듣지 않아도 단서는 많았다. 자동차 내비게이션 기록, 인터넷 검색 내역, 마트 전자 영수증. 스텔라는 업무에도, 누군가와 작별하는 일에도 도통 성의가 없었다.

"준비한 프로그램을 보여주세요. 시간이 없으니 중요한 구간만."

이십분 넘게 기다린 팀원들 앞에서 스텔라는 태평히 말했다. 나는 눈썹을 한번 들어올린 뒤 리모컨을 눌렀다. 스캐너의 녹색 광선이 그림을 찬찬히 훑어내렸다. 레이저가 비추는 그림은 호젓한 강가 풍경이었다. 잠시 후 그림 뒤에 놓인 세로 97센티미터, 가로 103.3센티미터 천에 한 남자가 나타났다. 해상도는 아주 뛰어나지 않았지만, 남자의 몸과 동세는 잘 드러났다. 담배를 문 그는 키가 매우 크고 척추가 왼편으로 약간 쏠려 있었다. 스피커로 니키의 목소리가 흘러나왔다.

"이 그림은 1983년 경기 연천구 연천읍 고문리 부근에서 그려졌습니다. 화폭에 남은 주재료에서 위치를 찾아냈어요. 주상절리에서 떨어져나온 현무암, 쏘가리 뼛가루가 든 물로요. 천에 배인 미량의 유전자 성분으로는 원작자의 골격과 체형을 구현했습니다. 이 사람은 채석장에서 일했고 몸에는 급성 폐렴을 앓았던 흔적이 있습니다. 남자가 그림을 그린 시기는 44세의 봄입니다."

"잠깐. 그러니까 그림에 섞인 돌, 흙, 물, 유전자 성분 분석으로 이게 가능하다고? 애슐리, 좀 쉽게 말해봐요."

"여기서 더 쉽게요? 최종본 대상층은 15세 이상으로 설정했는데요."

스텔라는 대답 없이, 담배를 태우는 남자를 골똘히 지켜봤다. 그리고 이어지는 내 설명을 다 듣지 않은 채 손을 휘저었다.

"그림 뒤의 천을 더 크게 만들어야겠어요. 싸구려 스피커도 좀 바꾸고."

이튿날 스텔라는 내게 그림 한장을 내밀었다. 색연필로 대충 그린 듯 뿌옇고 맥이 없는 자화상이었다. 스캔이 끝나갈 즈음, 그림 뒤의 천에는 드레이크와 닮은 아이가 나타났다. 아이는 엎드린 자세로 색연필을 쥐고 있었다. 그림을 그리는 둥 마는 둥, 종이를 좀처럼 쳐다보지 않았다. 프로그램이 설계해낸 공간은 그의 실제 거실과 흡사했다. 홀로그램을 보던 스텔라가 나를 세게 안았다. 투피스에서 남자 향수 냄새가 훅 끼쳤다. 나는 아무것도 묻지 않았다.

"전 세계에서 최초로 개발된 우리의 FA 복원 기법, 이른바 작자 증명 기술은 실로 대단한 잠재력을 지닙니다. 이는 양자 컴퓨터 시대의 포문을 열고 목격하는 우리 고고학의 괄목할 만한 성과이기도 합니다. 91.2퍼센트의 정확도를 자랑하는 작자 증명 기술은 인류 문명의 족적을 톺아볼 수 있는 귀중한 디딤돌과 다름없습니다. 이 위대한 발견은 우리 국민이 문화 패권주의에서 벗어날 수 있는 첨단의 시선을 제공할 것입니다. 나아가 세계 각지에 흩어진 한국의 유산을 확인할 뜻깊은 계기가 될 것입니다."

나는 얼마 뒤 티브이에서 축원문을 읽는 대통령을 보았다. 단상 옆 원형 테이블에는 대통령을 바라보며 웃는 스텔라가 있었다. 영빈관 조찬 초청 자리에는 지각하지 않은 모양이었다.

"2040년을 앞둔 우리는 다문화시대에서 민족문화 정체성을 단단히 뿌리내려……"

스텔라의 상반신은 공중파 채널 몇군데마다 오초 정도 나왔다. 스텔라는 영상 속 자신의 말이 거의 다 편집되었다고 했다. 획일화한 세계 문화, 서구 열강 제국주의에 대한 비판은 어느 매체에도 소개되지 않았다고 하소연했다.

"우리 팀 얘기도 편집된 거야?"

나는 스텔라 앞에 과학 잡지 세권을 내밀었다.

"개발3팀 기획서 앞머리가 통째로 들어갔던데? 내가 만든 인포그래픽도."

스텔라가 소파에 누워 눈을 감았다. 나는 포스트잇을 붙여둔 장을 열어 빠르게 읽기 시작했다.

"초반에는 그림 실소유주들의 항의가 빗발쳤다. 그림들이 암시장에 대거로 풀리는 부작용도 있었다. 하지만 세계 최초 복원 기술에 대한 대중의 관심은 미술시장의 흑막을 걷어냈다. 이제 첫걸음을 뗀 거죠. 저는 제자리에 놓이지 않은 걸 제자리에 둘 뿐이에요. 기술 개발에 따른 숱한 역경을 딛고 일어선 건 국립 민족문화 작자 복원 개발팀의 총괄팀장 서정씨다. 이 사명감의 원천은 무엇일까. 남편과 아들의 든든한 지지로 버틸 수 있었다는 그는……"

소파에서 일어난 스텔라가 잡지를 낚아챈 뒤 말했다.

"책임자로서 역할이 강조된 것뿐이야. 인터뷰 상의 내 러티브라는 게 있잖아. 범용적인 형식과 구조, 몰라?"

"네가 다 만든 것처럼 읽히는데? 스캔한 데이터가 어떻게 홀로그램으로 나오는지 이해는 해?"

"애슐리, 개발3팀의 성과는 개발팀 전체의 성과지."

나는 내 머리통을 쓰다듬으려는 스텔라를 피해 몸을 뒤로 뺐다.

울고 싶을 때는 본업에 더 충실해야 한다. 스캔할 그림은 많았다. 대부분 유명한 화가의 작품들이었다. 나는 방대한 데이터베이스를 어떤 카테고리로 엮을지, 어떤 맵으로 짤지 궁리해나갔다. 국립중앙박물관 기획전시실에서는 생각보다 일찍 연락을 해 왔다. 예상한 메일이었다. 전시실 수석학예사는 특별전을 통해 복원 기술을 더 널리 알리자고 했다. 나쁘지 않은 콘텐츠였다. 한국인이라면 열에 아홉이 아는, 근대의 대화가 김부영을 다루는 전시였으니까. 내가 그를 그다지 좋아하지 않는다는 사실은 부차적인 문제였다. 장쾌하고 괴팍했던 천재 화가. 이건 남의 눈치를 안 보고 평생 무례하게 살았다는 소리. 어디에도 귀속되지 않았던 자유로운 영혼. 이건 여성 편력이 심했다는 소리. 성과주의 사회에서는 단점이 장점으로 쉽게 둔갑한다. 모든 과오가 매끄럽게 윤색된다.

김부영은 1902년 한성부의 대부호 가정에서 태어났다. 어린 시절부터 다채로운 교육을 통해 일찍 미술에 입문한 김부영은 주변 동식물을 질릴 정도로 관찰했다. 김부영이 집 안에 잠자코 머무른 날은 없었다. 동네의 떠돌이 개를 그리기 위해 화구를 챙겨나온 아홉살의 김부영은 개가 쉼없이 움직이자 호통을 쳤다고 한다.

"네까짓 게 무언데 나를 거북하게 하느냐."

그는 모든 사물과 현상에 왕성한 호기심을 표했다. 그가 멧돼지를 그리겠다며 동네 친구들과 북악산을 헤집고 다닌 일화는 유명하다. 청년기의 김부영은 서양화에 강한 영향을 받았지만, 시간이 흐르면서 독자적인 기법을 연구한 흔적이 짙다.

문서를 전부 읽은 나는 학예사가 첨부한 영상 링크를

누를지 말지 망설였다. 섬네일 속 평론가가 거의 울 듯한 표정이었기 때문이다.

"외국 화가에게 사사받았다는 말은 근거 없는 소문일 뿐입니다. 김부영의 그림은 어떤 미술사조로 규정할 수 없을 만큼 고유한 개성과 활기가 감돌죠. 압도적인 필력과 대담한 구도 그리고 탁월한 표현력은 세계적인 거장들과 어깨를 견줄 만합니다."

김부영은 활동 초중반기, 그림 하단에 도장을 찍거나 별호를 적었으나 어느 시일부터 아무 글자도 남기지 않았다. 호방하고 전투적인 성격답게 서명도 그날 기분 내키는 대로 했다는 풍문이 있다. 그의 그림 중 가장 대중적인 연작은 역시 맹수들이다. 김부영은 자신의 큰 풍채만큼이나 큰 동물들을 즐겨 그렸다. 사람들은 그의 그림 앞에 서면, 맹수가 코앞에 다가온 듯 숨이 막힌다고 했다. 평론가가 결국 안경을 벗고 눈물을 훔친 뒤 말했다.

"추정컨대 맹수를 직접 보고 그렸다고밖에 말할 수 없어요. 사료와 문헌을 보면 그림을 시작할 때마다 만취한 채 거적과 넝쿨을 두르고 밖에 나갔다고 하니, 분명 숲에 잠복해 산짐승들을 관찰했을 겁니다. 집념 어린 탐구심, 섬광 같은 통찰로 휘어잡은 짐승들의 광폭한 영혼. 김부영이 목숨을 걸고 그린 이 작품들에 어떻게 탄복하지 않을 수 있나요."

삼엄한 보안 절차를 거쳐 개발3팀 앞으로 온 그림도 맹수 연작의 하나였다. 북악맹호도의 일부로 예상되나 잘 알려지진 않은 그림이었다. 후기 작업인지 사인은 없었다. 학예사는 그 때문에 노출 효과가 더 클 거라고, 이 맹호도는 김부영의 그림 중에서도 특유의 화풍이 가장 잘 간직된 그림이라고 말했다. 김부영의 원화를 직접 본 건 처음이었고 그림의 힘이 정말 압도적인지 그날 꿈에는 호랑이가 나왔다.

호랑이 한마리는 가파른 절벽 위에서 나를 내려다보고 있었다. 근육과 관절이 강철 같아 보였다. 하지만 눈앞의 맹수는 난폭해 보이지만은 않았다. 그 안에는 여러 힘이 공존했다. 단단하고 부드러운, 고독하고 정다운 눈빛. 나를 바라보는 호랑이의 눈동자는 흔들리는 촛불처럼 황홀했다. 호랑이가 절벽 아래로 내려오자 나는 입을 꾹 다물게 되었다. 내 앞을 유유히 지난 호랑이는 갈대밭을 향해 달려나갔다. 갈대 속을 파내 애벌레를 먹던 붉은머리오목눈이들이 후드득 날아갔다. 오목눈이떼를 보다가 고개를 내렸을 때 호랑이는 멀어져 있었다. 얼굴이 아주 조그마했다.

개발3팀에는 그날도 스텔라 없이 우리뿐이었다. 스텔라는 매일 카메라와 기자 앞에 섰다.

"인정하긴 싫지만, 좋은 그림이에요. 솔직히 말하면 마음에 꼭 들 정도로. 김부영이 이걸 어떻게 그렸는지 한번 보죠."

나는 리모컨을 눌렀다. 양자 스캐너가 그림을 읽어나갔다. 곧 홀로그램 빌더가 그림 뒤편의 막으로 공간을 쌓기 시작했다. 팀원 하나가 의자에서 엉거주춤 일어났다.

"어, 산이 아닌데요. 강가도 아니고."

그림이 그려진 곳은 야외가 아니었다. 홀로그램은 움막인지 토굴인지 모를 작은 별채의 흙벽을 만들어냈다. 방 안에는 먼지가 가득했다. 쪽창은 작디작았다. 곧 붓을 쥔 손이 생겨났다. 메마른 손등에는 정맥이 울퉁불퉁했고 손마디마다 굳은살이 가득했다. 손목에서 이어지는 팔은 짧았다. 하지만 붓질은 난폭하고 과격했다. 우리는 허공과 싸우듯이 휘두르는 그의 팔을 말없이 쳐다봤다.

그림을 그리고 있는 사람은 젊고 왜소한 여자였다. 여자는 밭은기침을 해가며 그림 앞에 머물렀다. 나는 뒤늦게 홀로그램 옆 스피커를 켰다. 니키가 말했다.

"144센티미터, 35.3킬로그램, 22세. 이 여성은 외출을 거의 하지 않고 지냈습니다. 어린 시절부터 영양실조와 기관지염을 앓았기에 주로 실내에 머물렀으리라 짐작됩니다. 관절 마모 상태와 골밀도를 보아 여성은 그림을 그리는 일 외에도 여러 노동을 했을 것입니다."

스캐너가 그림 속의 밑그림을 다시 읽어나갔다. 호랑이의 눈동자 안에 무언가 더 남아 있었다. 숯 부스러기로 그린 얼굴, 아주 작은 얼굴. 그림을 칠하기 전에 그려 넣은 자화상일까. 여자가 얼굴 아래 써둔 이름이 해독되자 분석 결과는 금세 나왔다.

"생몰 연도 1899~1923. 평생 무직이었고 결혼과 출산 경험은 없습니다. 사인은 청산가리 중독으로 추정됩니다. 사용된 물감에 소량의 독성 성분이 함유되어 있습니다. 이 여성은 김부영의 세번째 연인, 여홍옥입니다."

나는 여자가 별채에서 상상만으로 그린 맹수를 물끄러미 바라봤다. 그리고 다시 홀로그램의 여자를 올려다봤다. 단단하고 부드러운, 고독하고 정다운 눈빛. 홍옥은 꿈에서 본 호랑이와 닮은 인상이었다.

다른 그림을 요청해야 특별전을 열 수 있을 거라고 말하는 팀원은 두명, 밝혀진 사실을 그대로 전해야 한다는 팀원도 두명이었다. 레이첼과 앤디, 영어 이름을 거부하던 그때 그 둘이 공개를 주장했다. 나는 우선 내용을 공유하고 기다려보자는, 의견 아닌 의견을 냈다. 학예사는 내 메일을 읽고 다음 날 전화를 걸어왔다.

"타이틀은 그대로 유지할 겁니다. 맹수, 김부영 특별전. 대신 이름을 덮을 새 현수막과 배너를 준비할 생각이에요. 시연회 이후 모든 휘장을 바꿀 겁니다. 맹수, 여홍옥 특별전. 이건 역사적인 위장 전시가 될 거예요. 이름 없던 그림, 이름을 뺏겼던 그림이 현장에서 일거에 재조명을 받는 거죠."

"김부영 스스로 그린 그림도 제법 많을 텐데요."

"주요작 상당수는 여홍옥이 그렸을 거예요. 물기 없이 거칠고 성마른 털은 김부영의 인장인 갈필법이거든요."

"갈필법 자체가 고유한 건 아니잖아요."

"보내신 파일에도 나오지만, 이 필치는 털을 아래위로 쳐내며 속도를 올리는 기법으로 그려졌어요. 남이 흉내 내기 힘듭니다. 갈필법도 화가에 따라 천차만별인데 이건 한 사람의 것이에요. 그나마 여홍옥이 밑그림에 얼굴과 이름을 남겨서, 김부영에 대한 기록이 숱해서 밝혀진 사실이라고 해야겠죠."

"김부영 일가에서 대응할 텐데요. 명예훼손 소송부터 진행하지 않겠어요?"

"참나, 명예는 누가 훼손했는데요."

"학예사님은 김부영 좋아하지 않으셨어요?"

"어제까지는 좋아했죠."

특별전 시연회를 앞두고 보도가 쏟아졌다. 주로 가격에 대한 말이었다. 예상 추정가 50억 뛰어넘나. 옥션 최고가 낙찰 기대. 서울 성북구 석관동 생가 보존하기로. 시연 후에는 흩어질 말이었다. 나는 박물관 로비에 들어선 스텔라에게 뛰어갔다. 가족과 캄보디아 여행을 마치고 온 스텔라는 몹시 피곤해 보였다.

"오늘 전시 설명은 내가 할게. 너 없는 동안 박물관 쪽과 협의 마쳤어."

"애슐리, 존칭어를 써야죠. 그리고 김부영 생애는 저도 잘 압니다."

나는 주변을 살핀 후 속삭였다.

"혹시 내가 보낸 홀로그램 편집 영상 안 봤어? 일단 저기 가서 내 말을……"

"우리가 반말 나눌 사이는 아닐 것 같은데. 여행 전에 얘기 끝냈잖아."

주춤주춤 박물관을 나온 나는 주차장을 두바퀴 돌았다. 떠나기도 남기도 힘들었다. 스텔라도 학예사도 전화를 받지 않았다. 박물관으로 돌아온 나는 문 옆 돌계단에 쭈그려 앉아 눈을 꼭 감았다. 엄마에게 꺼낼 말을 연습해야 했다.

"미안해. 나 일 잘릴지도 몰라. 어쩌면 멀리 갈 수도 있고. 아니, 아직은 안 잘렸지."

그때 무릎에 뭔가가 놓였다. 나는 초콜릿과 에너지바를 보고 고개를 들었다. 레이첼과 앤디였다.

"애슐리가 잘리기는 왜 잘려요."

"맞아요. 업무 태만, 근속 불량 스텔라가 잘려야지."

이제 스텔라가 시연회를 어떻게 진행할지 내 알 바는 아니었다. 나머지 팀원들과 니키와 학예사가 있는 한 전시는 망하지 않을 것이다. 레이첼이 초콜릿을 집어 건네며 말했다.

"애슐리가 잘리면 우리도 같이 나올 거예요. 그래서 이 세상 모든 작자 미상 그림들의 출처를 찾아내는 거죠. 우리가 이름이 없지, 기술이 없어요?"

나는 힘 빠진 미소를 짓다가 박물관 기둥을 쳐다봤다. 그리고 돌을 옮기는 사람들의 모습을 머릿속에 천천히 그려갔다.

패나

청소년문화제는 예상대로 지루했다. 걸그룹 커버 안무를 추는 중학생들은 무대에서도 옷깃과 앞머리를 쉴 새 없이 매만졌다. 그들은 관중을 보는 대신 바닥을 봤다. 재능이나 잠재력을 찾아볼 수 없었다. 나는 마지막 곡이 끝나자마자 무대에 올라 앰프와 전선 뭉치를 챙겼다. 장비가 놓일 자리는 차 트렁크, 오래된 기타 가방 옆이었다.

다음 행선지는 서해에서 열리는 치유캠프. 강사들은 어제 이미 도착해 있었다. 운전대를 잡기 전에 양쪽 귀를 세게 문질렀다. 이것도 운동인가 싶었지만 이렇게라도 몸을 만지지 않으면 몸이 있다는 사실이 느껴지지 않았다. 전국을 밤낮으로 정처 없이 떠도는 나날이었다. 나는 보조석의 노트북에서 시선을 뗐다. 일정은 가서 확인해도 될 것 같았다.

"저 이제 출발해요. 애들은 내일 만나겠네요."

십대 아이들이 고립될수록 삼십대인 내 수입은 늘어났다. 각종 증강현실 체험기기에 중독된 아이들 때문에 디지털디톡스를 테마로 한 일거리가 줄을 이었다. 체험기기시장이 커지자 체험학습시장이 덩달아 커진 꼴이었다. 경험주의에 대한 낙관과 낭만을 떨쳐내지 않은 양육자들은 여전히 실내보다 실외에서 이뤄지는 수업을 선호했고 그 수가 적지 않았다. 시류에 휩쓸린 나는 몇해째 아마추어 음악 강사와 음향 스태프 사이를 오갔다. 실용음악학을 전공으로 둔 덕이었다. 명칭도 기억할 수 없는 대안교육 프로그램과 프로젝트에 끼인 뒤로는 정작 작곡에서 멀어졌지만.

귀에서 손을 뗀 나는 시동을 걸고 라디오를 켰다. 즐겨 듣는 음악 프로그램에는 패널로 문화비평가 한 사람이 나와 있었다.

"비평가님 말씀대로 실감기기 시장이 커지면서 여기 관련한 부작용이 사회문제로 꾸준히 불거지고 있는데요."

"그렇죠. 아티스트의 인권과 사생활 침해 논란부터 기기에서 종일 벗어나지 못하는 아이들까지. 이제 이런 말은 농담으로도 쓰기 힘들게 됐어요. 걔가 죽으면 너도 따라 죽겠다."

"요 몇달 업계 1위는 여전히 패나죠. 다른 기기들이 그 사람 옆에 있는 감각을 느끼게 해준다면 패나는 그 사람 자체가 되는 감각을 느끼게 합니다. 이게 패나의 성공 요인일까요?"

"글쎄요. 저는 그 사람 옆에 있는 게 좋은데요."

"아, 비평가님은 패나 말고 다른 걸 쓰시는군요?"

"그건 노코멘트 하겠습니다."

"그 사람 옆에 있고 싶은가, 그 사람이 되어보고 싶은가. 제게는 무척 어려운 질문이네요. 노래가 끝날 때까지 한번 생각해보죠."

도입부의 드럼 소리는 너무 컸다. 제작진이 고른 곡은 패나에 가장 먼저 생체 정보를 등록해 유명해진 아이돌의 노래였다. 업체를 홍보하는 거야, 애들을 걱정하는 거야. 나는 주파수를 바꿨다.

찾아가는 청소년 치유캠프, 진짜 나와 만나기. 전조등이 폐교 앞 현수막 글귀를 비췄다. 차에서 내린 나는 강사들 옆의 주민 둘과 아이 하나를 발견했다. 캠프 활동이 다 끝난 저녁인데 뭐지. 연극 강사가 다가와 내 팔을 잡았다.

"일단 인사해요. 이따 말해줄게."

나는 티 나지 않게 고개를 끄덕였다.

"처음 뵙겠습니다. 저희 애, 잘 좀 부탁드려요."

젊고 단정한 인상의 두 사람이 내게 허리를 굽혀 인사했다. 함께 허리를 굽히려던 나는 동작을 멈췄다. 조명 위치 때문일까. 눈이 커서일까. 두 사람 가운데 선 아이가 나를 쏘아보는 듯했다. 아이의 머리통은 너무 조그맣고 팔다리는 유난히 길었다. 그래서 꼭 거미 같았다. 사람을 마주하고도 허둥대지 않는 새끼 거미.

강사들과의 저녁 식사 자리에서 나는 아까 본 아이, 수이에 대해 많은 걸 알게 됐다. 수이는 패나에 중독된 십대로 브루나이에서 이년을 살다 어머니의 사업이 쇠락하면서 한국에 왔다고 했다. 그래서 중학교 1학년이지만 또래보다 두살이 많은 열여섯살이었다. 보이그룹 웨이크의 팬인 수이는 패나를 통해 멤버 장유성에게 빠져들었다가 공연 중인 그가 무대에서 기절하는 순간 본인도 기절해버렸다고 했다. 아까 만난 부부는 패나를 과도하게 사용하는 수이를 두고 다투다 여름방학을 맞은 딸을 치유캠프에 보낸 상황이었다.

테이블에는 그 부부가 가져왔다는 스페인산 와인 두병이 있었다. 막걸리나 발효주가 아닌 술은 오랜만이었다. 컵을 더 찾아온 강사들이 잡담을 이어나갔다.

"저도 비안 좋아해서 패나로 접속해봤어요. 한 이주 하

니까 두통이 와. 마지막으로 본 게 걔 이삿짐 푸는 자리였
나. 인기가 느니까 반년도 안 돼 홍대 앞으로 이사 가더라
고요."

"팬들 늘어나면 다들 수도권으로 가죠. 자리 굳히고 몇
년 더 버티면 서울 강변."

"난 비안이 사투리 써서 좋아했는데, 인지도 좀 올라가
자마자 바로 고치는 거 있죠. 그래서 지금은 먹방 유튜버,
아니 콘텐츠 크리에이터들한테만 패나를 써요. 그게 제일
낫지."

누군가 콘텐츠 크리에이터라는 말을 두번 따라 하고
한숨을 쉬었다.

"그래도 계속 응원해줘요. 지방 출신 아이돌들이 착해.
보면 다들 소상공인 걱정하고 노인 공경하고 세상 효녀,
효자야. 어린데도 집안 가장인 애들은 애잔하고."

"진짜 착한 애들이면 패나를 거부했지. 초등학생 팬들
부터 자기 감각을 느끼겠다고 코 묻은 돈을 갖다 바치는
데. 아니, 감각수용기가 자기들한테만 있나. 혀 돌기에 무
슨 금이라도 발랐대?"

"소속사가 시켰겠죠. 패나에 생체 정보를 억지로 등록
하는 애들도 있을 거고. 가만 보면 좀 가여워요. 아플 때
꾀병 아니냐고 패나 켜달라는 팬까지 있다잖아요. 트로

피클버블이었나. 멤버 다리 골절됐는데 못 믿겠다고 난리
쳐서 입원 중에도 켰다는데."

"근데 패나에 일반인 정보도 등록할 수 있게 되면 무섭
겠다. 공인 말고 가까운 사람 감각을 궁금해하는 건 섬뜩
한데. 잘못하다간 범죄가 되잖아요."

"아, 누가 우릴 궁금해하겠어. 거기다 패나에서 내보내
는 신호가 가짜라는 얘기도 있고."

"남의 감각도 사실 가짜인데, 신호도 가짜면 뭐죠?
180도 더하기 180도는 360도. 그럼 제자리네."

강사 하나가 와인이 든 컵을 잡아 돌리자 나머지 강사
들이 손뼉을 치며 웃었다. 나는 테이블의 식기를 옆으로
치우면서 몰래 하품을 했다. 그리고 노트북을 열어 포털
사이트 검색창에 패나를 쳐보았다. 패나에 대해서는 깊숙
이 아는 게 없었다. 초기 열풍 때 접한 정보가 다였다.

패나는 셀럽들과의 교감을 단계별로 늘릴 수 있는 유
료 접속기기로 셀럽이 느끼는 실제 감각을 간접 체험할
수 있었다. 발신자의 뉴런 시냅스에서 분비한 신경전달물
질을 파악해 수신자에게 그 신호 일부를 재전송하는 원리
였다. 테스트 이벤트 기간인 한달간 감각의 2퍼센트까지
는 무료, 최대 가격을 냈을 때는 감각의 50퍼센트까지 공
유할 수 있었다. 시스템 보안과 안전상의 이유로 그 이상

의 수치는 불허했다.

셀럽이 접속 수락 시간을 공지하면, 팬들은 그 시간에 맞춰 패나를 켰다. 패나에 등록한 셀럽은 팬들의 수 외에 그들 각각이 누구인지는 알 수 없었다. 두상 교정용 헬멧 처럼 생긴 패나의 가격은 투박한 모양과 달리 저렴하지 않았다. 개발자는 패나의 어원이 피난처 그리고 은신처라 고 했다. 자아를 잊고 신과 합일한다는 의미를 내포한다 고도 했다.

나는 최근 기사 하나를 눌렀다. '패나, 감각의 외주화' 라는 제목이었다. '누군가는 과도하게 풍요로운 삶을 산 다. 누군가는 그 삶을 그저 구경한다. 하루의 열두시간 패 나를 쓰는 십대 A양은'. 탭을 서둘러 내렸다. 문제를 흑백 논리로 풀어가는 기사는 읽고 싶지 않았다. 다른 기사들 에서는 몇구절이 눈에 들어왔다. '준비 없이 맞는 초감각 시대의 병폐' '유명인들의 사생활을 샅샅이 궁금해하고 반성하지 않은 탓'. 장거리 운전 탓인지 하품이 연달아 나 왔다. '보고 듣고 먹는 것까지 남에게 맡기는 아이들' '극 단적인 대리만족의 그늘'. 노트북을 덮은 나는 1층 침대로 걸어갔다.

캠프 사흘 차, 나만의 아이콘 만들기 수업은 강사와 아이 전원이 참여할 수 있도록 꾸려졌다. 나는 늦은 오후가 되어서야 캠프에 참가한 아이들을 전부 볼 수 있었다. 멀리서 온 아이들은 없었고 모두 폐교 근방에 사는 아이들이었다. 오후 두시부터 여섯시까지 캠프에 있는 동안 전자기기를 일체 사용할 수 없게 된 아이들은 어쩐지 이런 시간을 기다린 듯 들떠 보였다. 여름방학 중 보름이면 짧지 않은 날이니 아이들이 여기 완전히 끌려왔다고 볼 순 없었다.

적적한 도로, 깎다 만 산, 유행을 따라 지어진 펜션형 주택들. 오늘 아침 토스트를 물고 폐교 주변을 한바퀴 돌면서 나는 마을에 진득하게 고인 권태와 회피의 기운을 감지할 수 있었다. 그런 판단이 외지인의 섣부른 오해라는 걸 알아도 어쩔 수 없었다.

수업 초반에는 시계 방향 순으로 자신이 좋아하는 걸 세개씩 말하기로 했다. 아이들은 질문을 받으면 저요?라고 되물었다. 저요? 아, 저요? 자신의 차례가 된 걸 뻔히 아는데도. 나는 아이들이 자신에게 관심이 쏠리는 순간을 벅차한다는 걸 알고 있었다. 그래서 기회가 오면 그 구간을 되도록 길게 늘어뜨렸다. 저요?라는 말을 한번도 하지 않은 아이는 수이뿐이었다.

"아이콘이니 내 브랜드 만들기니 이런 거 안 하면 안

돼요? 쓸데없이 왜 나를 봐야 하는데요."

수이의 말에 아이들이 조용해졌다. 적당히 포근했던 꿈에서 깬 듯한 표정이었다. 담당 강사가 눈을 지그시 감았다 떴다. 평온한 기색은 되찾았지만, 인중에는 땀이 맺혔다. 나는 그가 손부채질을 하지 않길, 아이의 얕은 패에 휘말리지 않길 잠자코 빌었다.

"어렵더라도 진짜 자신을 들여다봐야죠. 화면 속 사람들만 보면 정작 나를 볼 수 없게 되잖아요."

수이는 강사 대신 옆의 아이를 보며 되물었다.

"너는 진짜 나 같은 거에 관심 있어? 설마 그래서 온 거야?"

"아니. 난 나보다 코스믹스 안나가 좋은데. 안나가 더 낫지. 아직 콘서트는 못 갔는데……"

나는 옆자리의 수이를 슬쩍 훑어봤다. 다리를 꼬고 따분한 표정을 짓는 수이는 자신에게 쏟아지는 시선을 의식하지 않는 듯했다.

수이는 뭐라도 해낼 아이였다. 내가 만난 중고등학생 중에서 수이와 같이 말끝을 흐트러뜨리지 않고 완성된 문장을 말하는 아이는 드물었다. 이런 유형은 최대한 이기적인 성장기를 보낸다. 방황도 유난하게 한다. 그러다 나중에는 안정적인 직장에서 착실한 나날을 보낸다. 청소년기로 돌아갈 수 있다면 시간 낭비를 하지 않겠지만, 그래도 그렇게 헤맸던 날들이 지금의 자신을 만들어줬다고 너스레를 떤다.

나의 제자 몇도 그런 말을 했다. 그들은 일요일마다 가족과 함께 교회나 성당에 나갔다. 전부 안전한 거처가 있던 이들이었다. 무슨 짓을 해도 애정과 관심을 끊지 않은 보호자들이 있었다. 그래서 나는 기적이나 극복 같은 가치를 믿지 않았다. 미성년에게 중요한 건 단 두가지, 유전자와 환경이었다. 수이는 삶의 어느 시기부터 해외 유학 경험을 분명히 되살려낼 것이다. 지금은 세상 모든 게 싫다고 떠들어도, 언젠간 부모에게 감사하다는 말을 할 것이다.

"왜 진짜로 살아야 하는데요? 10퍼센트, 20퍼센트, 50퍼센트만 살아도 되잖아요."

나는 수업 분위기를 계속 장악하려는 수이를 보며 말했다.

"그 얘기는 중요하니까 따로 할까요? 저는 장유성 좋아해요. 웨이크의 장유성."

수이가 옆자리의 나를 흘깃 쳐다봤다. 나는 일순 달라진 기류에 아랑곳하지 않고 좋아하는 것들을 이어 말했다. 수업이 끝난 후 짐작대로 수이가 다가섰다.

"장유성 진짜 좋아해요?"

"네, 패나로는 2퍼센트밖에 못 만났지만."

나는 주워들은 말과 대충 읽은 글귀를 섞어 거짓말을 했다.

"뭐야, 3퍼센트부터 유료인데요. 돈 한푼도 안 쓰고 웨이크 팬이라고 할 수 있어요? 전 장유성 감각을 50퍼센트까지 느껴봤어요."

그래서 기절까지 한 거냐고 물을 순 없었다.

"좋다고 했지, 팬이라고 한 적은 없는데요."

입을 내민 수이가 나와 내 발치의 노트북을 번갈아 쳐다봤다.

"선생님은 캠프에서 뭐 해요?"

나는 노트북을 열어 바탕화면의 곡을 틀었다.

"전 작곡 가르쳐. 근데 수업 때는 기타로 가르칠 거예요. 여기서는 아날로그 감성을 지켜야 하니까."

수이의 또래라도 된 듯 나는 이런 룰이 우습다는 표정을 지었다. 일종의 라포 형성법으로, 아이와 암묵적인 교집합을 만들려는 의도였다. 수이가 가까이 붙자 나는 재생 중인 음악을 껐다. 파일명에 적힌 연도는 이년 전 것이었다.

"그거 배우면 장유성이 내 노래를 불러줄 수도 있는

건가?"

나는 뜸 들이지 않고 고개를 끄덕였다. 그리고 수이에게 무료 샘플 사운드를 하나씩 눌러보라고 권했다. 수이는 심벌즈 소리가 마음에 든다고 했다. 쾅쾅쾅쾅쾅, 파열음이 귓가를 울렸다. 이곳에서 유일하게 시끄럽고 흥미로운 아이였다.

이튿날부터 수이는 캠프 활동이 끝나도 집에 가지 않았다. 여섯시 이십분부터 폐교 강당에서 내게 작곡을 배웠다. 노트북을 사용하는 수업을 캠프 활동에 넣을 순 없었고 수이 말고 작곡을 배우려는 아이도 없었다. 수이는 템포, 세션, 믹싱의 개념을 금세 익혔다.

"선생님이 쓰는 프로그램, 저도 컴퓨터에 깔았어요. 집에서 피아노랑 기타 연습까지 하니까 가족들이 다들 놀라더라고요."

수이가 처음 만든 38초짜리 곡은 의외로 구성이 정교했다. 아이돌 음악을 많이 들어서일까. 쉽고 대중적인 코드로 구성된 몇마디인데도 진행이 뻔하지 않았고 샘플 소스와 이펙트까지 적재적소에 들어갔다.

"엄마랑 아빠가 직접 만들었어요. 선생님이랑 같이 먹으라고. 남기면 서운해할 텐데."

수이는 매번 강당에서만 먹을 걸 꺼냈다. 스콘, 쿠키, 샌드위치. 처음에는 거절했지만, 세 사람의 성의를 거절하는 것도 예의가 아닐 듯했다. 수이와 헤어진 나는 강당에서 혼자 작곡을 이어갔다. 애쓰지 않아도 코드가 떠올랐다. 이상한 일이었다. 숙소 불을 끄고 자리에 눕자 2층 침대에 있던 연극 강사가 말을 걸었다.

"순리대로 가요. 그러다 체하는데. 수이 만나고 너무 바쁘게 지내신다."

나는 베개를 세게 털고 답했다.

"수이가 작곡 배우더니 패나 얘기를 안 해요. 저 천재 만났나봐요."

"그래서 막 보람차요? 성취감이 끓어올라요?"

선선한 바람이 부는 여름밤, 기분을 망치려는 그의 질문이 껄끄러웠다. 이 마을에서는 뭐라도 연소할 것이 필요했다. 캠프를 방해할 게 뻔했던 수이를 누가 챙기는데. 그 아이를 누가 상대하는데.

"아이들에게는 무조건 격려와 지지가 필요한 시기가 있어요. 그래야 마음을 열죠."

연극 강사는 대답이 없었다. 2층에 누운 그가 어떤 표정을 짓고 있는지 알 수 없었다. 알 필요도 없었다.

일대일 수업이 시작된 지 열흘째 되던 날에는 수이가 내게 팔짱을 꼈다. 수이가 만든 곡이 이분을 넘긴 날이었다. 딥하우스 계열의 곡은 만듦새가 성겼지만, 기타 루프가 매력적이었다. 또 생각날 만한 멜로디였다.

"우리 산책해요. 아까 빵 먹었으니까 소화시켜야죠. 저 숲에서 몇분만 걸어가면 바다예요. 엄마, 아빠가 선생님이랑은 더 있다 와도 된다고 했어요."

캠프 총괄 강사에게 어렵사리 동의를 얻은 나는 가방을 멨다. 메마른 소나무 군락을 지나 해안 가까이 다다르자 입이 벌어졌다. 발광 플랑크톤이 떠다니는 바닷가는 내한한 밴드를 위한 대규모 공연장처럼 보였다. 야광 또 야광, 푸른빛들이 끝없이 넘실댔다. 모래 위에 주저앉자 수이도 내 옆에 앉았다. 내 발등을 한참 들여다보던 수이가 말했다.

"저는 장유성 옆에 있기 싫었어요. 그냥 장유성이 되고 싶었어요. 패나를 쓰면 장유성이 맡는 손세정제 냄새, 장유성이 먹는 피자 맛, 장유성이 만지는 햄스터 털 감촉이 반쯤 전해졌어요."

"공감각 최대치가 50퍼센트니까?"

나는 처음으로 말을 놓았다. 폐교 바깥이었고 그래도 될 것 같은 저녁이었다.

"근데 걔가 순간순간 팬들한테 느끼는 경멸과 적대감도 잘 느껴지더라고요. 그걸 알면서도 패나를 켰어요. 알면 알수록 괴로운데도. 제가 다치는데도. 패나에서 멀어진 건 선생님 덕분이에요."

입을 다문 나는 가방을 열었다. 그리고 파우치 속에서 펄이 들어간 화장품을 전부 꺼냈다. 산 줄도 몰랐던 아이새도는 뚜껑이 잘 열리지 않았다. 나는 수이의 얼굴에 화장품을 바르며 말했다.

"수이야, 지금 느끼는 감각이 진짜야. 100퍼센트, 이게 100퍼센트지."

"이거 바다 오염시키는데요. 이런 화장품에는 미세 플라스틱이 들어 있다고 했어요."

"알아. 그래도 지금은 이 느낌에 집중해봐. 나중에도 생생히 기억날 수 있게."

수이는 더 대꾸하지 않고 화장품을 잡아챘다. 그리고 내 볼에 글리터를 듬뿍 펴 발랐다. 우리 둘의 얼굴은 점점 반짝이로 범벅이 되어갔다. 손거울을 가져간 수이가 크게 외쳤다.

"선생님, 저 아바타잖아요. 그 원주민 나비족."

"아닌데. 아이돌 메이크업인데."

웃음소리에도 반짝이가 묻어날 것 같았다. 수이와 나는

맨발로 눈부신 해안가를 거닐었다. 내가 허밍을 시작하자 수이가 뒷부분을 이어 불렀다. 어디에도 녹음되지 않은 선율이 포말과 함께 사라졌다. 우리는 처음에 앉았던 곳으로 가 젖은 발을 모래 속에 파묻었다. 술병과 나무젓가락이 즐비한 백사장은 평범해서 애틋했다. 발등에 모래를 더 붙여나가자 파도 앞에는 네개의 작은 언덕이 생겼다. 몇분이 흘렀을까. 수이가 나를 지그시 바라보는 게 느껴졌다. 나는 정면만을 주시했다.

"선생님이랑 이렇게 있으니까 좋다. 진짜 좋다."

"그래?"

나도 좋다고 대답할 수는 없었다. 말이 가볍게 흩어질 것 같지 않았다.

"바다 그만 보고 저 좀 보세요."

나는 숨을 천천히 들이마셨다.

"저 지금 장유성이랑 닮았어요? 장유성 같아요?"

갑자기 오른쪽 입꼬리가 들려 올라갔다.

"내 남자친구랑 비슷한데?"

패나에 접속해 본 척, 장유성을 좋아하는 척 한 뒤로 다시 튀어나온 거짓말이었다. 입 밖으로 나온 말은 방어적이기도, 공격적이기도 했다. 이 상황에서 가장 나은 말 같기도, 가장 나쁜 말 같기도 했다. 물티슈로 얼굴을 닦아낸 나는 수이에게도 티슈 팩을 건넸다.

　두번째 휴게소가 보였을 때 나는 차를 세웠다. 커피를 사서 나오자 천천히 떠오르는 해가 보였다. 어제 수이에게 하지 못한 말이 있었다. 일정 때문에 보름을 못 채우고 먼저 떠나게 됐다고, 이제 여섯시 이십분에 강당으로 오지 않아도 된다고.

　나는 캠프에 나온 수이가 맞닥뜨릴 기분을 상상하곤 두 팔을 번갈아 쓸어내렸다. 혹시 몰라 강당에 들어설 수이를 떠올리니 코끝이 시렸다. 문을 닫고 돌아서면 폐교 복도가 더 컴컴해 보일 것이다. 혼자 걷는 운동장이 막막할 것이다. 동네가 더 시시하고 비좁고 하찮게 여겨질 것이다. 지금이라도 총괄 강사에게 연락해 수이의 전화번호를 알아낼까. 미안하다고 할까. 하지만 그렇게까지 하기는 꺼려졌다. 너무 과도한 노력이었다. 사정은 다른 강사들이 충분히 설명할 수 있었다.

　차 문을 열기 전, 나는 지난 저녁 바다에서 수이의 호감을 외면했다는 걸 인정할 수 있었다. 컴컴하고 복잡한 눈빛. 그래서 길을 잃은 기분이 들던 몇초. 정신을 차리고 보니 수이가 공들여 짠 거미줄이 해변 전체를 촘촘히 메우고 있었다. 꺼질 게 분명한 빛에 휩싸이면, 그 빛에 이끌리면 곤란했다. 나는 어깨에 머리를 기대려는 수이를 다시 못 본 척하고 자리에서 일어나야만 했다.

서울에 막 들어섰을 때는 서해에 대한 감상이 반쯤 지워진 상태였다. 나는 늘 그랬듯 다음 행선지에 대해서만 생각했다. 반년 뒤 국도 주변 낚시터에 차를 세우기 전까지.

"오늘 이 자리에는 마릴의 작곡돌 백서해님이 나와주셨어요. 본명인 줄 알았는데, 본명이 아니라면서요?"

"네, 제가 음악을 만들 수 있게 해준 사람을 떠올리며 직접 지었어요. 소속사에서도 어감이 괜찮다고 좋아하시더라고요. 제 이름은 100퍼센트와 서해를 합친 말이에요."

라디오에서 수이의 목소리를 들은 나는 길가의 꽝꽝나무를 들이받을 뻔했다.

"어? 뭐예요. 그분이 누구시죠?"

"말하자면 긴데. 평생 생각날 수밖에 없는 애증의 관계랄까."

"자, 여기서 잠깐 노래 듣고 올게요. 팬분들은 서해님 사연 끝까지 기다려주셔야 해요. 마릴의 「컷 앤 런」!"

낚시터에 대충 차를 세운 나는 휴대폰을 쥐어 들었다. 부재중전화 목록에는 모르는 번호가 없었다. 스팸함에는 광고 메일뿐이었다. 갑자기 울린 벨 소리에 어깨가 한껏

말렸다. 캠프 총괄 강사의 전화였다.

"언제쯤 도착하세요?"

"가고 있어요. 이따 다시 통화해요."

"앞으로 일정을 최대한 맞춰주시면 좋을 것 같아요. 지금까진 많이 배려해드렸으니까."

이어지는 그의 말이 성가시게 들렸다. 컷 앤 런, 런 앤 컷. 두번째 후렴구가 나오는 중이었다. 노래는 곧 끝날 것이다.

"배려하지 마세요. 안 그래도 지역 행사는 좀 줄이려고 했어요."

"이건 경우가 아니죠. 저희와 일한 게 몇년인데. 그래서 지금 안 나오신다는 거예요?"

진행자의 목소리가 들리자마자 나는 전화를 끊었다.

"너무 궁금했잖아요. 음악을 만들게 해준 애증의 그분이 누구예요?"

"사실 두명이에요. 제가 세상에서 제일 사랑하는 엄마, 아빠."

"아하. 이 자리를 빌려 두분께 하고 싶은 말이 있다면요?"

"저도 두분을 본받아 매사에 성의 있는 사람이 되고 싶어요. 문제 앞에서 무책임하게 도망치긴 싫거든요."

패나는 그날 주문했다. 택배가 도착한 뒤에는 접속할 수 있는 매 순간 접속했다. 접속을 할 수 없는 날은 내게 몸이 있다는 사실이 느껴지지 않았다. 나는 백서해의 감각을 매달 50퍼센트까지 느꼈다.

파경

4번 출구로 나온 경은 앞 편의 경제신문사 건물을 물끄러미 바라보았다. 증권이며 주식 따위 하등의 관심이 없었지만, 저 튼튼한 건물에 자리 잡은 후배를 상상하니 어딘가 든든한 기분이 드는 것도 사실이었다. 언론사. 경은 조용히 세 음절을 발음해보았다. 단어는 잘 지어진 단독주택처럼 견실하고 우람한 맛이 있었다.

　"미안합니다, 선배. 업무가 늦어지니 한시간만 기다려줘요."

　회사 안이라 존댓말을 쓴 거겠지. 그런데 한시간 '만'이라니. 장장 육십분이 '만'과 어울리는 표현인가. 입술을 내민 경은 휴대폰을 손에 켠 채 시간 때울 장소를 찾아 걸었다. 날이 쌀쌀했다. 검푸른 저녁과 불이 환히 켜진 사무실 사이의 대비는 뚜렷했다. 경은 건물 모퉁이 흡연구역에서 담배를 한개비 꺼내 물었다가 외진 정원 쪽으로 몸을 숨겼다. 신문사 입구에서 직원들이 쏟아져 나오고 있었다. 경은 수십명 앞에서 담배를 문 모습을 드러내 좋을 게 없다고 생각했다. 누군가 여성 흡연자에 대해 험담을 하기 시작하면 직원들은 그 화두에 맞장구를 쳐댈 것이다. 경은 일없이 화제 선상에 오르기 싫었다.

각자 애인이 있는 경과 후배는 월말정산을 하듯 매월 마지막 주 평일 중에 만남을 가졌다. 경은 휴대폰 화면 속 후배의 이름을 손으로 쓸어보았다. 여성스럽고 흔해 빠진 가짜 이름이 오늘따라 처연해 보였다. 곧 후배에게 자신의 결혼 소식을 알려야 했기 때문이다. 식을 올릴 상대는 같이 만화를 그리는 진겸이었다. 어리숙하고 밋밋한 남자였지만 다감한 구석이 많았다. 경은 단정하고 낡은 단화 같은 진겸을 버릴 수 없었다. 그를 도려낸 자신의 삶은 이기와 고독, 그 자체일 것만 같았다.

후배는 스물여섯으로 경보다 다섯살이 어렸다. 얼굴이 희고 가슴팍이 넓었다. 전도가 유망한 만큼 자존심이 세고 어느 방면에서나 자신만만한 남자였다. 취업난을 뚫고 보수 계열 신문사 기자 직함을 단 게 두달 전이었다. 경은 얼마 전부터 후배의 목소리가 훨씬 커졌다는 사실을 알고 있었다. 휴대폰 속 그의 웃음소리는 따가웠고 음성 너머로는 메마르고 날카로운 도로의 소음이 늘 끼어들어왔다.

경은 요사이 그와 통화할 때마다 자신의 얼굴이 얼마나 일그러지는지 깨닫지 못했다. 대학 때 만화 동아리 활동을 함께했다는 사실이 믿기지 않을 만큼 후배는 그 시절의 습기를 깔끔하게 없앴다. 눅눅하고 말수가 적은 남학생 딱지가 후배에게서 자취를 감춘 지 오래였다. 학부 졸업 시기에 이르렀을 때 만화에 대해 사소한 비판을 받은 후배는 돌연 동아리를 탈퇴해버리고 말았다. 경은 몇년이나 보았던 후배의 그림체가 지금은 조금도 기억나지 않았다. 그에 반해 졸업 후 애니메이션 센터에서 처음 봤던 진겸의 그림은 눈을 감아도 생생하게 그려졌다. 담담하고 애틋한 산마을 풍경이었다. 칸 속의 버드나무 잎은 정말로 가만가만 흔들릴 것 같았다. 경은 그 정경이 자신의 건조한 성미와는 너무 다르다고 생각했다. 어촌에서 자라난 진겸은 수줍음이 많고 감수성이 뛰어났다. 경은 그의 칸 안으로 쉽게 미끄러져 들어갔다.

카페에 자리를 잡고 찬 손을 녹이던 경은 종소리가 날 때마다 입구를 쳐다봤다. 바깥바람이 쉬지 않고 들어오는 테이블이었지만 경은 그 자리에 그대로 머물렀다. 후배와 진겸. 경은 자신보다 다섯살 적은 비공식적 연인과 다섯살 많은 공식적 애인을 번갈아 떠올리는 데 흥미를 느꼈다. 태생부터 환경까지 아무런 교집합이 없는 두 남자는 서로의 차이 때문에 경에게 더 각별했다. 후배가 주지 못하는 것은 진겸이 건넸고 진겸이 주지 못하는 것은 후배가 꺼냈다. 경은 저울질을 마쳐야 하는 순간을 언제까지고 미루고 싶었다. 커피를 한모금 마신 경은 후배와 재회한 지난해 연말을 곱씹어보았다. 오늘처럼 추운 저녁이었다.

"왜 그런 말을 해. 헤어지자니. 내가 잘할게."
"진겸아. 우리 권태기야."
"나는 아니야."

언쟁 끝에 한숨을 쉬던 진겸이 가게를 나섰다. 혼자 남은 경은 해물파전을 주문했다. 진겸의 빈자리는 별로 적막하지 않았다. 경은 다만 허기가 질뿐이었다. 인파가 붐비는 명동의 한 민속주점이었다. 실내의 끈끈한 통나무 기둥은 먼지 때 가득한 크리스마스 장식에 휘감겨 있었다. 음식이 나올 동안 경은 두꺼운 메뉴판을 펼치고 요리명 아래 첨부된 일본어를 구경했다. 왼쪽으로 고개를 돌리자 벽에 붙은 거울을 통해 자신의 얼굴이 보였다. 경은 순간 자신의 얼굴이 꽤 예쁜 편이라고, 피부가 부드럽고 눈망울이 크다고, 선량한 낯이 꼭 죄가 없는 사람처럼 보인다고 생각했다.

경은 학부 시절, 자신에게 관심 있는 것이 분명해 보였던 후배에게 전화를 걸었다. 진겸이 눈앞에서 사라지자 희고 미려한 후배의 얼굴이 금세 떠오른 것이다. 얼마 전 제대했다는 소식을 주워들은 참이었다. 별다른 용기는 필요하지 않았다. 후배가 두말없이 오겠다고 답했다. 경은 술자리가 파한 옆 테이블의 술병들을 그러모았다. 빈 소주병 세개를 상 위에 올려둔 뒤, 경은 잠자코 파전을 뜯어 삼켰다. 혹시 진겸이 다시 온대도 움찔할 건 없었다. 아무 약속이든 쉽게 생기는 연말이었다.

"선배. 왜 이렇게 많이 마셨어?"

"나 너무 힘들어서."

경과 후배는 상투적으로 팔짱을 끼고 입을 맞추고 방을 잡았다. 명동 거리를 한참 걷다 주점으로 돌아온 진겸은 텅 빈 테이블을 맞닥뜨렸다. 경의 휴대폰은 꺼져 있었다.

내가 헤어지자는 말을 하면 후배는 어떻게 나올까. 결혼한다는 말에 웃음을 터뜨리진 않을까. 예비 남편에게 연락하겠다고 협박을 하진 않을까. 사진과 동영상을 갖고 있진 않을까. 경은 눈을 질끈 감았다. 후배의 상냥한 인상 이면의 잔인성을 경은 직감적으로 파악하고 있었다. 앞길이 트이기 시작한 후배가 제아무리 고액 연봉을 받는다 해도 경에게 배우자로서 후배는 적절치 않았다. 성교 때

268

경은 욕설을 듣기 일쑤였고 목이 졸린 적도 있었다. 무엇보다 그의 성마른 기질은 경이 추구하는 안전 무사한 일상과 완전한 대척점에 있었다. 어린 데다 완강하기까지한 후배는 경의 눈에 꼭 불을 기다리는 마른 낙엽처럼 보였다.

　일방적인 통보는 위험해. 최악의 마무리가 되고 말 거야. 그런데 벌써 알릴 필요가 있을까. 결혼은 내일이 아닌 석달 후의 일인데. 아무래도 신중해야 해. 긁어 부스럼이지. 경은 서투르게 입을 놀리는 짓을 하지 않기로 했다. 자신의 신조인 안전을 되새겨야 했다. 그건 번복될 말이기에 달콤했다. 사태의 심각성은 외면할수록 짜릿한 법이었다. 게다가 지금은 자신이 벌이는 경솔한 행위가 어느 때보다 흥미진진했다. 놀이동산에서 회오리감자를 받아든 중학생처럼 경의 눈이 빛났다. 저녁나절, 후배와 만나면 술을 마실 게 분명하다는 계산으로 핸드백 속에 콘돔도 챙겨 왔다. 지난번 그 싸구려 모텔 근방에는 편의점 하나도 없지 않나. 철두철미해야 했다. 결혼이 가까워지고 있었다. 가방 속 콘돔의 사각 면을 차례대로 만져가며 경은 잔잔한 표정을 지어냈다. 예정된 결혼을 파탄 낼 생각따위는 눈곱만큼도 가지지 않았고 눈앞의 연인을 당장 물리칠 의지도 없었다. 모든 일은 자신의 통제 아래에서 서서히 계획되어야 했다.

"선배, 저 결혼합니다."

카페에 들어 온 후배는 주문을 마치자마자 경에게 본론을 말했다. 사무적이고 경쾌한 어조였다. 경은 환하게 미소 지었다. 후배가 이름 대신 선배라는 호칭을, 반말 대신 존댓말을 꼬박꼬박 쓸 때마다 왼쪽 오금이 심하게 저렸다. 무릎 뒤에 은박지가 붙은 것만 같았다. 경은 시큰거리는 종아리를 손으로 여러번 쓸었다. 커피를 반도 마시지 않은 후배가 청첩장을 건넸다. 봉투와 함께 무언가가 떨어지자 경은 그 물건을 주워 후배에게 내밀었다. 조그만 치실통이었다.

"잘 지내고 있었네. 치실도 쓰고."

후배의 귓불이 빨개진 것을 보지 못한 채 경이 청첩장을 열었다. '이제 저희 두 사람은 함께 같은 길을 걷고자 합니다'. 경은 후배의 눈빛을 보고 그가 하지 않은 말을 들을 수 있었다. 그러니까 알아들었냐고. 방해되니까 입 다물고 있으라고.

결혼식 당일부터 낙뢰를 동반한 비가 쏟아졌다. 하객들의 어깨가 축축했다. 식사와 예식이 동시에 치러지는 홀은 부산하기 짝이 없었다. 후배 아내의 건성 피부는 겹겹의 화장을 완강히 밀어내고 있었다. 신부의 얼굴이 결혼식 인파 중에서 가장 피로해 보일 지경이었다. 경은 진겸에게 음식이 형편없다고 투덜거렸다.

"갈비탕에서 누린내가 나. 핏물을 충분히 빼지 않았나봐."

경은 아까 화장실을 나온 뒤 길을 잘못 들었다가 통로 뒷문에서 더이상 권태로울 수 없는 자세로 담배를 태우던 요리사들을 보았다.

후배의 얼굴은 기묘한 자신감으로 번들거렸다. 그는 짐짓 너스레를 떨며 하객들의 어깨를 툭툭 쳤다. 하지만 경의 눈에 후배와 조금이라도 가까운 이는 없는 것 같았다. 비가 오고 난리야, 저 새끼는 추울 때 날을 잡아서는. 후배의 상사들로 보이는 남자들이 홀 가장자리에서 구시렁댔다. 경은 후배의 불안을 똑똑히 목격할 수 있었다. 그러나 그 영역에 결코 상관하고 싶지는 않았다. 후배는 스스로 해결해나갈 것이다. 경은 그와 눈이 마주치려고 할 때마다 식장의 파르테논식 기둥을 구경하는 척했다. 내부 인테리어는 잊힌 코미디 프로그램의 무대와 흡사했다.

예식이 시작되자 후배는 빠른 속도로 입장했다. 의자에서 일어난 경은 하객들 사이로 걸어가 까치발을 세웠다. 원탁 테이블에 혼자 남겨진 진겸이 경을 불렀지만 경은 듣지 못했다.

얄팍한 인삼 몇가닥이 둥둥 뜬 갈비탕이 차갑게 식어 갔다. 아까보다 하얘진 신부의 얼굴은 찹쌀떡 같았다. 누가 화장을 저렇게 해준 거냐고 수근대던 몇몇이 목소리가 커지는 걸 모르고 떠들었다. 신부가 신랑보다 여덟살 많다지, 돈이 많다나봐, 한의원장이래, 선보고 두달 만에 식을 올린다는데, 여간 빠른 게 아니야, 하기사 요새는 조건만 맞으면야. 하객들의 흰소리를 귀담아들은 경은 조금씩 여유를 되찾았다. 경은 진겸의 손목을 잡아끌고 지하로 내려갔다.

"후배님, 축하합니다. 나도 곧 결혼하니까 이렇게 미리 예습해야지."

경은 폐백실에서 한복 차림으로 나온 후배에게 선뜻 다가가 악수를 청했다. 후배는 경에게 완연하게 팽창된 미소를 보여주었다. 파운데이션과 펄과 땀이 뒤섞인 후배의 얼굴이 초현실적으로 보였다. 콧대를 괴상하게 강조한 분장은 90년대에 출시된 사이버 가수를 연상시키는 데가 있었다. 하지만 후배의 손을 잡은 경은 웃을 수 없었다. 우스갯소리가 나올 수 없을 만큼 형광등 아래 그의 모습은 흉물스러웠다.

"애인 되시나보네요. 처음 뵙겠습니다. 안 그래도 비행기 시간 때문에 따로 인사 못 드릴 뻔했는데 다행이네요."

후배가 진겸에게 손을 내밀었다. 너무 차갑고 축축한 손이라고 진겸은 생각했다.

화장실에 다녀온 진겸은 식장을 다시 찾는 데 애를 먹었다. 건물 자체가 산만한 구조였다. 홀 아르바이트생 몇 몇은 핏기가 싹 가신 몰골로 인파에 갇혀 있었다. 웨딩카 주변에 서 있던 사람이 후배를 향해 손사래 쳤다. 입구 쪽으로 걸어가던 후배와 경에게 돌아가려던 진겸이 다른 식장 하객들에게 밀려 몸이 바짝 붙었다. 덥고 어지러운 실내였다. 후배가 진겸에게 낮은 목소리로 물었다.

"근데 형님. 경이 배 아래 점 있는 거 알아요? 아주 흐린 점?"

그는 부드러운 바닥을 딛고 나아갔다. 차 문이 닫히자마자 검은 유리창이 솟아올랐다. 아스팔트에 빈 캔이 요란하게 부딪혔다.

경과 진겸이 들어간 일본식 선술집은 시끄럽고 매캐했다. 진겸은 예식 이후로 아무 표정이 없었다. 경은 그를 살피는 대신 메뉴판을 구경했다. 주문을 기다리던 점원이 그들 곁에서 눈살을 찌푸렸다. 진겸이 점원에게 고개를 숙인 뒤 경에게 물었다.

"왜 그렇게 오래 생각해?"

"낫또로 할까, 연어로 할까. 연어는 두배 비싸네."

경이 시킨 낫또 역시 값비싼 데다 양이 적고 맛이 납작했다. 발효되지 않은 날콩이 태반이었다. 진겸은 정종을 비우고 경에게 다시 물었다.

"말해줘. 너는 왜 그렇게 오래 생각해?"

경이 그를 멀뚱히 쳐다보았다.

"그리고 왜 그렇게 늘 선택을 못해?"

경은 진겸의 눈동자를 자세히 보려다가 정종 잔으로 시선을 옮겼다. 진겸은 경의 작은 머리통, 숱이 적은 정수리, 뭉친 마스카라, 충혈된 눈, 누런 목, 조악한 진주 목걸이, 갈라진 손톱 끝을 차례차례 바라보았다. 술집을 나오자 경이 비틀대며 혼자 걸어나갔다. 진겸은 경의 뒷모습을 가만히 눈에 담다가 담배를 비벼 끄고 경에게 달려갔다. 가로수 앞에서 경의 몸이 출렁였다. 경은 토악질을 하려고 했지만 먹은 게 잘 나오지 않았다. 진겸은 경을 뒤에서 안고 오랫동안 길에 서 있었다. 경의 등이 점차 따뜻해졌다. 그들은 도로 쪽을 보며 눈물을 흘렸다. 서로의 얼굴은 차마 바라보지 못했다.

경의 모친인 안은 화술이 뛰어난 초등학교 교감이자

대형교회 권사로 자신 직책과 가풍에 대한 자부심이 대쪽 같았다. 남편과 사별한 뒤로 딸을 올곧게 키워왔다는 데 본인 쪽에서 누구보다도 큰 의의를 두었다.

"난 싫다. 걔가 유전자 조작으로 태어났다니. 그 소리를 왜 이제 해? 혹시라도 돌연변이가 생기면 어쩌려고?"

"조작이 아니라 편집. 형질을 개선한 거라니까. 디자인 베이비, 크리스퍼베이비라고 못 들어봤어? 진겸이 집안이 대대로 고혈압과 당뇨가 있어서 그 인자만 뺀 거야. 진겸이 부모님이 아들한테 유전병을 물려주지 않으려고. 엄마 생각처럼 이상한 수술이 아니야."

그해 유전자 편집을 통해 태어난 아기는 전국에 구백 명 정도였다. 가족력 및 유전병 발병 확률을 면밀하게 조사한 뒤 인정된 건수였다. 하지만 바로 이듬해부터 사업은 잠정 중단되었다. 브로커를 동원한 불법 문서 조작이 횡행해졌기 때문이다.

안은 맞은편에 앉은 세 사람을 샅샅이 훑어보았다. 예비 사위 진겸과의 약속을 차일피일 미루다 처음으로 나선 것이 이번 상견례였다. 진겸이 거둔 사업상의 작지 않은 성공이 혼사의 시발점이었다. 정년퇴임을 앞두고 안은 급작스럽게 마음을 다잡았다. 재직 중에 식을 치르는 게 당연지사 이해타산에 맞다는 판단이었다. 안은 구개월 안에

교감 자리를 내놓아야 했다. 질질 끈다고 승산이 나는 것
도 아니었다. 시간을 끌수록 자신의 셈이 더 들여다보일
거라고 안은 짐작했다. 얼마간 몇명의 혼처를 혼자 구해
보았으나 상대 쪽 벌이와 학력이 시원치 않았다. 애초에
애니메이터라는 딸의 직업도 사회적으로 입지가 약했다.
하지만 안의 직책도 안을 관대한 교육자로 보이게 하지는
못했다. 안을 아는 사람들은 그를 강퍅하고 깐깐한 사감
선생으로 여겼고, 혼담에서 반드시 뒷말이 나올 것을 예
상해 가만히 안을 밀어냈다. 안과 경 주변 사람들은 묘하
게 교만한 이 모녀에게 좀처럼 호감을 품지 않았다.

　안은 진겸의 오른쪽 뺨을 뚫어지게 보면서 조바심을
잊고 잇속을 부리기 시작했다. 경에게 여러번 말을 들은
터였고 실제로는 자두만 한 크기였으나 안의 눈에는 진겸
의 화상 자국이 짓무른 복숭아처럼 몹시 크고 붉어 보였
다. 안은 진겸의 부모에게 밝은 어조로 입을 뗐다.

　"먼 길 오느라 고생하셨네요. 두분이 생각보다 연로하
신데 그동안 아드님 얼굴 때문에 걱정을 이만저만 하신
게 아닌가봅니다. 그 조작까지 결심하셨는데, 볼의 흉터
는 왜⋯⋯"

　"엄마, 왜 그래. 내가 설명했잖아."

　안이 경의 팔뚝을 꽉 잡았다.

"이건 중학교 때 제 실수로 생긴 거예요. 이렇게 태어난 게 아니라요."

진겸이 대구하자 여든에 가까운 두 사람이 예순 줄의 안에게 허리를 굽히고 고개를 주억거렸다. 진겸의 어머니는 아들의 오른쪽 뺨을 조심스레 쳐다보았다. 오늘따라 흉이 더 커 보였다.

"자제분이 애니 무슨 감독이라고 들었는데 만화라니 수입이 아무래도 일정치 않겠습니다. 뭐, 저희 딸도 그쪽 계통이라 만난 모양이지만 잘 아시다시피 남자 직업과 여자 직업 의미가 다르다보니."

"엄마. 남자 직업, 여자 직업이 다 무슨 소리야. 그리고 진겸이 입봉한 작품 성공한 거 알잖아. 곧 뮤지컬로도 들어갈 거야."

안이 경의 발등을 슬며시 밟았다. 경은 어머니가 조작이라는 단어를 일부러 썼다는 생각을 지울 수 없었다. 자신과 진겸의 직업을 풍문으로 들은 것처럼 꾸며대는 짓도 얄궂었다. 식당에 이십분이나 늦게 도착하고도 태만한 기색을 풀지 않은 어머니의 경거망동이 오늘따라 괴롭게만 느껴졌다. 안은 진겸의 화상 자리에 시선을 고정한 뒤부터 눈에 띄게 거동이 느려졌다. 진겸의 아버지가 활어회를 집다가 상에 떨어뜨리자 안이 말했다.

"나이도 많으신데 날것은 좋지 않아요. 이로 씹으실 수
나 있으실지."

진겸의 아버지는 고개를 들지 못한 채 마른침을 삼켰
다. 진겸의 어머니가 황급히 휴지 여러장을 뜯어 횟점을
감싼 뒤 오른손에 꼭 품었다. 상견례가 끝나자 진겸의 부
모는 네시간 거리의 고향으로 되돌아가기 위해 기차에 올
라야 했다. 식당 밖으로 나온 안은 경을 잡아끌고 택시를
잡았다. 경은 추위 속에 각자 서 있는 진겸과 그의 부모를
뒷 유리창으로 쳐다보았다. 인사도 제대로 건네지 못하고
오른 차였다. 도로 턱에 서 있는 세 사람의 모습은 엄청난
속도로 작아져갔다.

안은 경의 결혼 날짜와 식장을 잡은 뒤부터 진겸을 자
신이 재직하는 학교 근처로 뻔질나게 불러댔다. 다만 교
감실까지 불러들이지는 않았다. 아직까지는 교사들에게
얼굴에 흉이 있는 저 후줄근한 남자가 예비 사위라고 말
할 수 없기 때문이었다. 안은 늘 허리를 구부리고 다니는
진겸이 비굴해 보였다. 늠름한 청년들을 볼 때마다 진겸
의 오른쪽 뺨이 더욱 선명히 떠올랐다. 지역구 신도들에
게도 같은 이유로 진겸을 한번도 내보인 적이 없었다. 교
회에는 온갖 가십거리를 물고 다니는 교인들이 즐비했다.

또한 학교 쪽으로 부르는 편이 자신의 권위를 세우는 데 유리하다고 안은 믿고 있었다. 경은 일부러 부르지 않을 때가 많았다.

학교 후문에서 두개의 언덕배기를 올라가야 보이는 작은 찻집에 진겸이 미리 자리를 잡았다. 그는 앞으로 한참 동안 담배를 참아야 했다.

"내가 자네에게서 바라는 게 뭐가 있겠나. 우리 딸이 좋다니까 눈 감았지. 하나 원하는 게, 내 딸 하나 원하는 것이 신앙일세. 그게 이 결혼의 유일한 조건이야."

진겸은 예비 장모에게 묻지 않았다. 유일한 조건이 왜 수없이 늘어나는지에 대해. 찻잔을 내려놓은 안은 입가를 오래 매만졌다. 할 말을 정리한 듯한 안이 더 망설이지 않고 입을 열었다.

"자네는 주님의 섭리를 어기고 세상에 나왔으니, 앞으로 주일 성수는 신심으로 지켜야지. 안 그런가?"

진겸이 말없이 안을 쳐다봤다.

"잘못했다고 탓하는 게 아니야. 이제부터라도 바로잡는 게 중요하지. 다 용서받을 수 있어."

작업실 라이트박스 앞에 멍하니 앉은 진겸은 처음으로 자신의 그림이 덧없고 쓸쓸하게 느껴졌다. 진겸은 펜을 내려두고 그리다 만 그림을 쳐다보았다. 눈동자와 머리털이 텅 비어 있는 아이들이 기괴해 보였다. 정류장에 서 있는 십대의 중학생 두 사람은 이제 서로를 좋아하게 될 테지만, 얼마 지나지 않아 여러 관문을 통과해야 했다. 진겸은 교복을 입은 이 아이들이 노을과 별무리를 보며 각자 고독해지는 장면을 그려 넣기 꺼려졌다. 자전거를 탄 소년이 울면서 언덕을 올라가게 하기도 싫었다. 소년 혼자 빗속을 걷게 하는 짓도, 소녀가 다른 남학생을 더 좋아하게 만드는 일도 진부하게 느껴졌다. 그들에게 영원토록 교복을 입히고 싶었다. 섬마을 입구를 폐쇄하고 싶었다. 둘의 손을 떨어지게 하고 싶지 않았다. 그저 가만히 동네를 거닐게만 하고 싶었다.

아름답지 않은 것은 충분했다. 그런 것으로만 이루어진 것이 칸 밖의 이 세상이었다. 진겸은 머리를 위로 젖히고 눈을 깜빡였다. 컴컴한 창밖으로 눈발이 성성했다. 청신했던 눈 알갱이들이 지면에 닿자마자 늙어가는 것을 진겸은 오랫동안 바라보았다. 밖으로 나가기에는 몸이 으슬으슬했지만 진겸에게는 남은 담배가 없었다. 그는 진창 같은 땅에 발을 들이고 밖으로 걸어 나갔다.

"진겸아. 우리 자전거 이제 버리자. 녹이 너무 심해."

"아직 쓸 수 있는데. 녹이야 닦으면 되고. 이거 봐. 바퀴도 기어도 멀쩡해."

"아니. 됐어. 필요 없어."

진겸과 경의 일터는 서울 중구였지만 새집은 경기 파주로 정해졌다. 자전거로 다니기 곤란했다. 진겸은 오래된 면허를 갱신하고 새로운 승용차를 사야 했다. 안의 강력한 요구사항이었다. 안은 여러개의 욕망을 말 그대로 여러 조건이라고 부르는 대신, 유일한 조건이라고 말하기를 즐겼다. 진겸의 업체가 만든 장편 애니메이션이 지난해 국제대회에서 수상하지 않았다면, 해외수상작이라는 수식에 호들갑을 떠는 국내 방송사와 문화산업단체들의 타성이 없었다면, 진겸과 경의 결혼은 언제까지고 미뤄졌을 것이다. 판권을 처리하자 진겸에게는 얼마간의 운신 비용과 파주의 28평 전세 아파트가 남았다. 다음 작업을 위한 자금은 거의 바닥이 나고 없었다. 그와 경이 입주할 집은 19층이었다. 건물은 한창 시공 중이어서, 진겸의 집은 허공에 떠 있는 셈이었다. 몇억짜리 가상의 집. 진겸은 구름이 떠 있는 하늘 한구석을 전에는 그런 식으로 바라본 적이 한번도 없었다는 사실을 깨달았다.

아파트가 완공될 즈음 진겸 본가의 가세는 가파르게 기울어가고 있었다. 그의 부모가 가진 양식장은 상견례

때 알린 것보다 훨씬 작고 투박한 형태였다. 진겸의 부모
는 아들에게 결혼자금으로 오천만원이 안 되는 돈을 보
냈다. 진겸은 그것이 부모가 긁어모은 마지막 자산이라는
사실을 알고 있었다. 그들이 유전자 편집을 통해 아프지
않은 아이를 갖기로 결심했을 때는 양식장 사업이 호황을
누렸던, 아주 짧은 시기였다.

안은 흡사 꿔준 돈을 받는다는 기색으로 진겸이 구해
둔 신혼집을 이리저리 둘러봤다. 이번만큼은 제시간에 도
착한 안이었다. 안은 진겸이 평범한 직장생활을 하는 사
람이면 좋겠다고 투정을 부리면서도 일반 회사원의 월급
보다 몇십배 많은 불규칙한 수입원에 대해서는 입방정은
커녕 일언반구도 하지 않았다. 화장실이 좁네, 햇빛이 덜
들어오네, 마루 재질이 저급이네. 안은 빈방에 구두 자국
을 남기며 끊임없이 말을 이어갔다. 초겨울의 은행나무
거리를 지나 온 안에게서 악취가 풍겼다. 안의 구두 굽 사
이에는 으깨진 은행알이 덕지덕지했다. 진겸은 창을 열었
다. 입김이 귀신처럼 보였다. 결혼식은 3월 초로, 지금만
큼 스산할 것이다. 진겸은 남은 기간에 얼마나 다채롭고
강력한 요청을, 유일한 조건들을 접하게 될지 생각했다.
찬바람이 뺨을 할퀴고 지나갔다.

"자네, 이제 침례를 받게. 믿는 사람으로서 당연한 절차

야. 애저녁에 안 받고서, 원."

"이번 주에 하겠습니다."

진겸은 창을 닫으며 군말 없이 답변했다. 어머님, 제 생
각에는,이라는 서두로 진겸이 말을 꺼냈을 때 안이 끝까
지 들은 적은 거의 없었다. 안은 예단을 없애고 혼수를 저
렴하게 준비했으면 좋겠다는 진겸의 의견만은 경청한 후
동의를 표했다. 진겸은 말이 잘릴 때마다, 타박을 들을 때
마다 이렇게 말했다.

"어머님, 제 생각이 짧았습니다."

"짧을 생각이나 있나."

경이 말한 자신의 어머니, 안타깝고 애잔한 어머니의
모습을 진겸은 안에게서 도저히 찾아볼 수 없었다. 짧은
복도에서조차 안의 그림자는 자신의 것과 달리 접힌 데가
없고 매끈해 보였다. 내려오는 엘리베이터 안에서 진겸은
사방의 거울이 전단지로 덮인 것을 다행으로 여겼다. 자
신과 안의 얼굴이 채워진 사면의 내부를 견딜 수 없을 것
같았다.

폭설이 심했다. 진겸은 꽉 막힌 도로에서 두번째 담배
를 물었다. 교회 입구에는 경과 안이 서 있었다. 안은 진겸
을 보자마자 등을 돌린 채 거대한 건물 안으로 들어갔다.

약속 시간보다 십분이 늦었지만, 침례는 정해진 시간 없이 언제고 받을 수 있었다. 경은 진겸의 어깨를 털며 괜찮다고 말했다. 진겸은 경의 손을 떼어내고 가방에서 섬유 탈취제를 꺼내 옷에 뿌렸다. 아까 뿌렸지만 혹시 몰랐다. 금연 역시 결혼 수락의 유일한 조건 중 하나였기 때문이다. 신청서를 작성하자마자 전도사가 질문했다.

"당신은 죄인입니까?"

"예."

"당신은 이제 죄 사함을 받습니까?"

"예."

"당신은 구원받을 것을 믿습니까?"

"예."

진겸은 교회 안에 설치된 수십대의 현금인출기를 바라보았다. 엄청난 크기의 헌금수납대를 바라보았다. 예배가 중계되는 거대한 모니터들을 바라보았다.

"예."

전도사가 다른 전도사에게 말을 걸 때도 진겸은 기계적으로 예,라고 답했다.

침례는 교회 지하에서 치러졌다. 속옷만 입은 진겸에게 누군가 더러운 가운을 건넸다. 미지근한 물에 들어가자

284

몸집이 큰 목사가 반사적으로 그의 머리에 손을 올렸다. 몇가지 질문에 더 답하고 기도를 마친 진겸은 물속에 가라앉았다. 그는 눈을 뜬 채 물이끼가 잔뜩 낀 타일과 성분을 자세히 알고 싶지 않은 욕탕 내 부유 물질과 목사의 희고 통통한 허벅지를 바라보았다. 둔탁한 기포 소리가 귓가를 울렸다. 침례 의식은 오분도 채 지나지 않아 종료되었다. 평일인데도 새 신도들이 문답을 받으러 줄지어 들어왔다.

진겸은 개인 사물함에 붙어 있는 쪽거울로 자신의 얼굴을 바라보았다. 얽은 오른쪽 뺨이 유난히 붉었다. 빽빽한 철제함을 손으로 어루만지던 진겸은 경이 버리자던 녹슨 자전거를 떠올렸다. 버리자, 녹이 너무 심해, 필요 없어. 진겸은 낡은 사물함을 소리 나게 닫았다.

여벌의 속옷을 챙겨 오지 못한 진겸은 젖은 팬티 위에 양복바지를 덧입었다. 팬티의 물기를 여러번 짜냈지만 걸음을 옮길 때마다 한기가 몰려왔다. 진겸은 오줌을 싼 어린이가 된 것만 같았다. 수납대 앞 벤치에 앉아 있던 안이경과 진겸을 데리고 교회 집무실로 이동했다. 그는 모녀를 따라 복도를 계속 걸었다.

대형 복사기 옆에 금박 인증서가 켜켜이 쌓여 있었다. 진겸은 무궁화와 용이 아무렇게나 엉킨 그 문양을 보면

서, 어린 시절 사생대회에서 받곤 했던 표창장을 떠올렸
다. 어른이 된 뒤 보게 된 그 문양은 어딘지 쓸쓸하고 기
괴했다. 접수증을 내보이자 그의 이름이 인쇄된 침례수료
증서가 이초 만에 출력되어 나왔다. 집무실 직원들은 잡
담을 하느라 진겸을 보지 않았다. 서류 봉투에 담긴 수료
증을 넘겨받자 모두 끝이 났다. 그는 이 모든 양식이 지나
치게 유치하다는 생각을 지울 수 없었다.

　교회 밖으로 나온 진겸은 몸을 덜덜 떨었다. 경의 손을
잡아도 소용이 없었다. 진겸은 경의 어머니를 보내고 경
과 단둘이 뜨거운 음료를 마시고 싶었지만, 그들 모녀는
택시를 향해 손을 흔들고 있었다. 진겸은 바지 안의 젖은
속옷을 생각했다. 되는 대로 핑계를 대야 했다. 택시 시트
가 젖어드는 장면은 상상만으로도 끔찍했다. 투자 업체에
들러야 한다고 말하자 안이 고개를 끄덕였다. 택시 안에
자리 잡은 경이 진겸을 보며 손으로 전화 거는 시늉을 했
다. 전, 화, 할, 게. 경은 입 모양을 과장했다. 진겸은 멀어
져가는 모녀를 보며 당분간 누구와도 통화하고 싶지 않다
고 생각했다. 진겸의 입술이 멍든 색으로 물들어갔다. 경
은 아늑한 택시 안에서 몸을 녹인 뒤 입을 뗐다.

　"엄마. 어쩌면 말 한번을 따뜻하게 안 하고. 그 사람한
테 너무 심한 거 아니야?"

"뭐가 심해? 오늘도 뚱해가지고. 아니, 내가 대체 뭘 바라다니. 아무 조건 안 보고 신앙 하나만 본다는데?"

"안 보긴 뭘. 그 아파트가 무슨 개 이름인 줄 알아? 차는 어떻고."

"그래봤자 개인사업자잖아. 경기 안 좋으면 위험하지."

택시 기사가 백미러로 두 승객을 쳐다봤다. 안색이 안 좋은 늙은 여자가 언성을 높이고 있었다. 말 한마디 한마디가 신경을 온통 긁어대는 유형이었다. 기사는 평소보다 짙은 피로감에 시달렸다. 시끄러운 여자 옆의 젊은 여자는 뙤약볕 흙길 한가운데 놓인 지렁이처럼 점차 움직임이 줄어들었다.

"추운데 잘 들어간 거야?

휴대폰을 쥔 채 다이어리를 보던 경이 물었다. 진겸의 목소리가 희미했다. 경은 그의 작은 음성이 전에 없이 갑갑했다. 통화를 끝낸 경이 안에게 다가갔다.

"엄마. 이상해. 나 그 기간이 지났는데?"

안이 고개를 들지 않고 물었다.

"피곤해서야? 임신이야?"

"임신이면 날짜가 겹치는데 어떡해. 사실 헷갈려. 진겸인지, 다른 사람인지."

새벽 나절 거실로 나온 안은 유자차를 마시며 골똘히

생각에 잠겼다. 특별히 수심에 가득 찬 얼굴은 아니었다. 안은 교무회의 때마다 짓곤 하는 태평하고 오연한 표정으로 유자차를 내려다보았다. 안은 잘게 썰린 유자 껍질을 남기지 않고 꼭꼭 씹어 먹은 뒤 잠을 청했다.

작화실에서 한참 구름을 그리고 있던 진겸에게 전화가 왔다. 대학 시절에 사귄 성은이었다. 동기 결혼식에 유아차를 끌고 나온 성은을 본 것이 벌써 몇해 전이었다.

진겸은 휴대폰을 오른쪽 뺨과 어깨 사이에 끼운 채 실눈을 떴다. 수십장의 구름이 그려진 그림을 빠르게 넘겨보면서 진겸은 성은의 안부를 물었다. 마지막 장이 거대하고 훌륭한 먹구름으로 끝나는 것을 보고 안도한 진겸은 펜을 내려놓았다. 통화 내내 격의 없는 질문과 보편적인 답이 이어졌다. 대화를 하면서도 진겸은 구름 아래 주인공이 들어갈 자리를 가늠해보았다. 소녀가 소년이 아닌 전학생을 좋아하기 시작한 순간부터 벌어지는 장면이었다. 칸 속의 소년은 진겸이 만들어내는 그렇고 그런 성장기를 잘 이해했다.

이제 하교하는 소년의 등이 노파처럼 굽는다. 소년은 혼자 자전거를 끌고 언덕에 올라간다. 고철 덩어리는 무겁다. 요즘 전학생을 바라보는 소녀의 눈길은 소년에게

칼금처럼 따갑다. 소녀는 전학생이 빌려준 시디플레이어를 보석처럼 여긴다. 소년이 조심스레 말을 걸 때마다 소녀는 몹시 성가셔한다. 며칠 전부터 소년은 혼자 등교하고 혼자 하교한다. 소녀의 얼굴은 자꾸 빛나고 자꾸 멀어진다. 소년은 소리를 내지 않고 울기 위해 노력한다. 입술이 깍지콩 모양으로 휘어진다. 그의 이마가 잔뜩 일그러진다. 머리 위로 형성되던 구름떼가 그를 따라다닌다. 소년의 얼굴로 빗방울이 투둑투둑 떨어진다.

저녁을 먹었느냐고 전화기 저편 상대가 물었다. 진겸은 그게 성은의 목소리라는 사실이 조금 생경했다. 식사를 거른 진겸은 마른 뱃가죽을 잡아보았다. 십오분 거리에 있는 고깃집이라고 했다. 진겸이 운전대를 잡았다.

흐트러진 자세로 성은이 손을 흔들었다. 양철통 위에는 빈 소주병이, 석쇠 위에는 돼지껍데기가 올라와 있었다. 진겸은 성은이 권하는 술잔을 부드럽게 밀어냈다. 차를 가지고 왔다고 말하자 성은이 고개를 끄덕였다. 공깃밥과 사이다를 주문한 진겸이 계란찜을 퍼먹는 동안 성은은 말이 없었다. 진겸이 마주한 옛 연인의 얼굴은 마지막 기억보다 무척 상해 있었다.

"진겸아. 너 결혼한다지?"

"애들한테 들었구나. 응, 그렇게 됐어."

"너 하지 마. 그런 거 하지 마. 관둬."

진겸은 밥알을 문 채 웃다가 고개를 들었다.

"바보야. 진짜 하지 말라고."

뜻밖에 성은이 울고 있었다. 성은은 석쇠 위에 통장을 던졌다.

"너랑 팔짱을 끼래. 호텔 앞에서 사진을 찍을 거래."

진겸은 성은이 무슨 말을 하고 있는지 전혀 알아들을 수 없었다.

"내가 있잖아? 알았다고 했다? 돈 넣어주니 알았다고 했다? 대신에 제 얼굴은 안 나오게 해주세요. 호텔 문까지만 가도 되죠? 으ㅎㅎㅎ."

성은의 얼굴이 눈물로 범벅이었다. 진겸이 온수를 떠 온 사이 통장 귀퉁이가 어느새 불길에 휩싸였다. 진겸은 통장에 사이다를 부었다. 가짜 숯불이 시커멓게 변색 되었다. 성은과 진겸이 앉은 테이블 위로 탁한 연기 몇줄이 피어올랐다. 옆 좌석에 앉은 취객들이 눈을 흘기며 기침을 했다. 성은에게 마지막으로 송금한 사람은 안이었다. 진겸은 돼지기름과 그을음과 설탕물이 묻은 안의 이름 석 자를 천천히 들여다보았다.

"왜. 왜 그랬대."

진겸은 질문 같은 혼잣말을 내뱉었다.

"불안해서 그렇대. 불안하니 해달래."

진겸은 성은을 내버려둔 채 고깃집에서 나왔다. 점퍼에서 비린내가 진동했다.

"너 임신이면 이번엔 지우면 안 돼. 또 수술하면 영영 애 갖기 힘들어."

"나도 알아."

"아는 게 그래? 좌우간 결혼하니 됐어. 그런데 나중에 낳고 진겸이 애가 아니면 어쩔 거야? 혈액형은? 생김새는? 너 어쩔래?"

"어쩌면 운이 좋을 수도 있잖아."

"확률이 반반이라며. 너도 방패막이를 하나 만들어두 란 말이야."

안은 경의 고민을 들은 직후 며칠간 잠잠히 지냈다. 진 겸의 안부전화도 받지 않았다. 안이 알아본 바로 진겸이 사귄 여자는 둘이었다. 서른여섯까지 둘뿐이라니. 남자가 돼서 배짱과 포부가 고작. 안은 혀를 찼다. 아니, 철저히 숨긴 여자들도 있겠지. 마음대로 생각해버리는 안이었다. 시간이 없어. 일단 가까운 여자에게 연락할 수밖에. 아무 소리도 못하게 꽉 붙들어 매야지, 암.

안이 안전하게 처리하겠다는 말을 경은 곧이곧대로 믿

었다. 안이 진겸을 어떻게 다룰지, 어떻게 주무를지 실은 알고 싶지 않았다. 경은 이제 긴긴 기만의 나날을 일일이 문제 삼고 싶지 않아졌다. 어차피 결혼 과정이라는 건 힘겹기 마련이었다. 다만 머리가 복잡하고 고단했다. 자주 어지러웠고 한기가 들어찼으며 식욕이 없었다.

"축하드려요. 임신입니다."

경은 초음파 사진을 쥐자마자 아직 점에 불과한 아이의 얼굴을 확인해보고 싶었다. 후배의 아이와 진겸의 아이는 차이가 날 게 뻔하다고, 자신이라면 곧장 알아볼 수 있을 거라고, 그러니 얼굴을 확대해달라고 아무 간호사나 붙잡고 부탁하고 싶었다.

결국 일이 커졌다는 생각뿐이었다. 경은 느린 걸음으로 병원을 나왔다. 경은 십대와 이십대를 거치는 동안 두번의 낙태 수술을 했다. 안전을 지향하는 경은, 그러나 안전하게 있는 짓이 손해처럼 느껴지는 순간을 견딜 수 없어 했다. 무엇을 결정하는 일은 경에게 가장 어려운 행동이었다. 경은 선택이 곧 포기라는 사실을 줄곧 받아들이지 않았다.

집 근처에 다다르자 경의 다리가 풀렸다. 누군가 흘린 듯한 목도리가 인도 아래 떨어져 있었다. 경은 목도리를 줍기 위해 몸을 굽히다 비명을 질렀다. 길에 놓인 것은 차에 치인 개였다. 사체에서 김이 훅훅 퍼졌다. 경은 반대편 빌라로 뛰어가 숨을 몰아쉬었다. 검붉은 핏물이 아직도 뜨겁게 느껴졌다. 사고 지역과 멀어졌는데도 경의 시야에는 죽은 개의 모습이 어른거렸다. 그 광경은 경의 눈에 띄자마자 망막에 붙어버린 듯했다. 아무도 치우고 싶어하지 않을 작은 사체는 그대로 땅에 방치될 것이다. 도로 위의 적당한 얼룩처럼 보일 때까지 얼마나 많은 차가 그 위를 달려야 할지 몰랐다. 경은 개가 도로에 수차례 눌어붙는 장면을 상상했다. 경이 진겸에게 전화를 걸었다. 통화 연결음이 영원한 후렴구로 느껴졌다. 한참 뒤에야 진겸의 목소리가 들렸다.

"외로워."

경이 말했다.

"나도."

겸이 말했다.

맑은 겨울이었다. 3월의 신부와 고딕 양식풍의 식장은 그 지역에 너무 많았다. 고가도로 주변의 예식장이 무려 여덟개였다. 주차 문제로 인해 안에게 전화가 여러번 걸려 왔다. 화장실에서 일을 보고 옷을 매만지던 안은 자신의 한복 치마 끝자락이 변기에 빠져 있는 걸 봤다. 안은

섬유탈취제를 한복 치마에 수십차례 뿌렸다. 화장을 고칠
수록 안의 낯빛은 창백해지고 입술만이 새빨개졌다. 진겸
과 진겸의 부모가 아까부터 전화를 받지 않았다. 안은 제
비추리를 입고 돌아다니는 신랑의 어깨를 잡았다. 진겸이
아니었다. 안은 백색 드레스를 입고 앉아 있는 경과 출입
구를 끊임없이 확인했다.

"여기 너무 추워."

경이 어머니에게 말했다. 안은 대답하지 않았다. 둘은
히아신스로 둘러싸인 신부대기실에서 하객을 맞기 시작
했다. 사진사가 쉬지 않고 플래시를 터뜨렸다. 경의 입가
가 경련을 일으켰다. 안은 경의 어깨를 지그시 잡았다. 그
들은 거기서 한 사람을 계속 기다렸다.

전학생이 이제 다른 소녀에게 시디플레이어를 빌려준
다. 소녀는 다시 소년에게 말을 건넨다. 예전과 똑같은 억
양이다. 소년은 대답하지 않은 채 자전거에 몸을 싣는다.
종아리 근육이 풀릴 만큼 페달을 밟은 소년은 섬이 내려
다보이는 언덕 끝자락에 도착한다. 해가 막 빠진 바다는
뜨겁고 숨이 차고 어지러워 보인다. 바다와 언덕이 같은
색상이 될 때까지 소년은 그 자리에 움직임 없이 서 있다.
등과 뒷덜미가 서늘해지기 시작한다. 혼자 자주 울던 곳

이지만 오늘은 눈물이 조금도 솟지 않는다. 소년은 소녀의 부드럽고 유약한 얼굴을 떠올린다. 기억 속의 소녀는 꼭 죄가 없는 사람처럼 차고 빛나고 아름다워서 소년은 도리질을 친다. 뒷걸음질하던 소년은 바닥에 쓰러진 자전거에 발이 걸린다. 낡고 오래된 고철 덩어리. 소년은 녹슨 기계를 들어올려 절벽 아래로 힘껏 던진다. 컹, 컹, 컹. 어리고 마른 짐승이 죽어가는 소리가 들린다. 기암괴석과 부딪힐 때마다 자전거의 관절이 쉽게 튕겨나간다. 밤의 절벽 밑으로 무언가 반짝이는 작은 것들이 떨어지고 있다. 소년의 얼굴은 밤과 뒤섞여 알아볼 수 없다.

진겸은 소년의 얼굴을 먹으로 가득 채웠다. 다음 장에도 그다음 장에도 계속 먹을 먹였다. 이제 소년, 소년이 서 있던 절벽, 소년의 자전거가 가라앉은 섬의 바다는 흑빛 사각형 안에 갇혔다. 진겸은 칸 밖의 여백도 모조리 검게 칠했다. 밤이 계속될 것이다. 먹칠을 하기 전 소년의 마지막 표정이 담담했는지 비장했는지 그는 알 수 없었다. 웃었는지 울먹였는지 진겸은 도무지 기억하기가 어려웠다. 그는 줄담배를 태우고 돌아와 작업대에 앉았다. 조금의 빛도 용납하지 않겠다는 듯 그는 면을 까맣게 채워나갔다.

진겸이 나타나자마자 경과 안은 동시에 깊은 한숨을

쉬었다.

"많이 기다리셨죠? 이거 참. 신부보다 화장이 오래 걸렸네요."

그의 전신이 전에 없이 곧고 늠름해 보였다. 진겸은 식장 앞의 하객들과 능숙하게 악수를 나눴다. 얼마 뒤 촛대에 불을 붙이는 안의 인중에 땀방울이 맺혔다.

"신랑은 신부를 평생 믿고 사랑하겠습니까?"

진겸은 우렁차게 예,라고 소리쳤다. 하객들이 크게 웃었다. 진겸은 머리를 긁어가며 익살맞은 표정을 지었다. 경은 처음 보는 그의 기이한 얼굴에 어깨를 움츠렸다. 수십번의 보정 화장으로 오른뺨의 화상은 사라지고 없었다. 진겸은 의젓한 자세로 주례를 마주 보았다. 경은 그가 고개를 돌려 자신에게 미소를 지을까봐 겁이 났다. 경은 부케에서 눈을 떼지 않았다. 꽃잎 끝은 벌써부터 옅은 갈색으로 시들어가고 있었다. 경이 슬며시 뒤편의 안을 보려고 했을 때 진겸이 경의 손목을 잡아챘다. 당황한 경이 주례를 올려다봤지만, 그는 지루한 표정으로 턱끝을 쳐들며 다음 절차를 종용할 뿐이었다. 경과 진겸은 성경 위에 손을 올리고 결혼을 서약했다. 식장 안의 아이가 자지러지게 울기 시작했다.

누나와 보낸 여름

쓰레기봉투를 아무리 꽉 묶어둬도 뒷마당에는 파리가 들끓었다. 울타리 아래 어제 치운 구더기떼가 다시 생겨나 있었다. 벌레들이 붕붕거리는 소리에 귀가 욱신거렸다. 나는 허리를 펴고 구더기들 뒤로 펼쳐진 깻밭을 바라보았다. 연한 깻잎, 축 처진 흰 꽃들이 가만가만 흔들렸다. 나른한 풍경에 속이 울렁거렸다.

미풍이 불면 몸에 잔열이 돈다. 혈관을 좁히고 피를 끈끈하게 하는 열기. 이런 기류에는 안 좋은 것과 더 안 좋은 것이 분별없이 섞인다. 그러니 몸통이 휘청이더라도 센 바람이 나았다. 더러운 것들이 엎치락뒤치락 자리만 바꾸는 대신 뿔뿔이 흩어지는 편이.

나는 정자로 가 땀을 닦아냈다. 수건에선 쉰내가 났다. 오래전 어느 여름 오후에는 여기서 혼자 곯은 참외나 멍든 복숭아를 먹었다. 맞은편, 곧 들어가야 할 집을 쳐다보면서.

먹고 자는 곳이 집이라면○. 쉬는 곳이 집이라면×. 식구가 있는 곳이 집이라면○. 가족이 있는 곳이 집이라면×.

이 마을에서 굳건한 건 저 집, 큰엄마의 식당 '왕가' 하나였다.

나는 큰엄마를 왕, 그의 두 아들인 사촌형제를 한개와 두개로 불렀다. 먼저 태어난 쪽이 한개, 늦게 태어난 쪽이 두개였다. 입 밖으로 그 이름을 꺼낸 적은 없었다. 왕가에 온 열살부터 칠년이 지난 지금까지 단어와 문장도 내뱉지 않았다. 말이란 배운 적 없다는 듯, 아예 꺼내지 않아야 했다. 사람들로부터 나를 구할 방법은 세가지뿐이었다. 침묵, 인내 그리고 악취.

왕의 식당은 기이했다. 동화 속 궁전 모양을 흉내 낸 상아색 건물은 멀리서만 웅장해 보였고, 가까이에서는 볼품없었다. 건물 뒤편에 쌓인 캠핑용 그릴과 화로의 녹물은 잘 지워지지 않았다. 쇳가루와 기름때에서 피어난 곰팡이는 크고 작은 시련에도 꾸준히 자신들만의 일가를 꾸려나갔다. 왕가는 숙박시설과 카페로 쓰였다가 지금은 식당으로 쓰이는 중이었다. 흙과 볏짚과 나무로 지었다는 건물은 마을에서 가장 우람했다. 왕은 입버릇처럼 말했다.

"세상이 망해도 여기는 멀쩡해."

왕가의 메뉴는 거창했다. 어죽, 꿩만두, 버섯전골, 낙지
볶음, 능이백숙, 해물보쌈, 명태회냉면. 하지만 이제 왕이
실제로 하는 요리는 조촐한 가정식 백반 정도였고 값비싼
채소가 들어가는 음식은 없다시피 했다. 대여섯종의 과일
을 넣어 달이던 간장도 만들지 않게 된 지 오래였다. 이곳
의 땅과 나무도 늙고 지쳤기 때문이다. 예전에는 쌀 말고
도 여러 곡물이 있었다고 한다. 조, 콩, 팥, 율무, 귀리, 수
수. 나는 종종 한번도 보지 못한 풀과 열매의 모습을 머릿
속으로 그려봤다. 작물들의 이름을 소리 없이 불러보기도
했다. 마지막에 입이 벌어지는 건 큰 알, 입이 오므려지는
건 작은 알일까. 호칭과 형태가 어쩐지 어울릴 것 같았다.

주민들은 왕가에 자주 드나들었다. 식사를 마치면 일어
서지 않고 낮잠을 자거나 한담을 나눴다. 하는 소리는 비
슷했다. 낡은 창틀이 너무 흔들린다고, 차양 천막이 뿌리
뽑힐 것 같다고, 안방까지 모래가 들어와 골치가 아프다
고, 밤에 개들까지 짖으면 흉몽에 시달린다고. 다들 집에
가는 일이 지독하게 싫은 듯했다. 내가 왕가에 들어가기
싫은 것처럼.

정자에서 일어나자 멀리 몸을 더 단단히 엮어가는 모
래바람이 보였다. 실눈을 뜨니 노을과 섞인 바람기둥이

막 죽은 고라니 창자처럼 보였다. 나는 손가락을 하나씩 접어나갔다. 오늘 바람은 네번째 손가락 크기였다. 회오리들은 하늘에서 땅을 향해 내려온 손가락 같았다. 왕이 가루약을 개듯, 컵 안을 마구 휘젓는 손길. 뿌옇게 섞여 곤죽이 되는 아래와 위, 위와 아래.

얼마 뒤 둔탁한 음악 소리가 들렸다. 해 질 녘이 되자 광장에서 들려오는 노래였다. 사람들은 무슨 일이 있어도 축제를 열었다. 마을은 한때 여름철 관광지로 유명했지만, 여름이 끝없이 길어지면서 행락객의 발길이 끊기고 말았다. 마을과 접한 인근 지역에는 수시로 폭풍과 폭우가 들이닥쳤다. 끊긴 도로와 다리의 보수는 차일피일 미뤄지기 일쑤였다. 그래도 축제 철에는 현수막이 나부끼고 조명이 늘어났다. 어쨌든 요란하게 굴어야 누군가 온다고 믿는 건가. 확성기로 증폭되는 소음에 개들이 우짖기 시작했다. 괜찮아. 이 진동은 인간들이 만들어내는 쓸데없는 소리야. 놀란 짐승들에게 이런 말을 전해줄 순 없었다.

나는 내 키와 엇비슷한 깨 줄기 앞에 다가갔다. 그리고 눈앞의 씨방 하나를 노려봤다. 깨의 씨방이 터지면 거기서 처음 보는 생명체들이 입을 벌릴 것이다. 그들은 조그맣고 뾰족한 이빨을 드러낸 뒤 단박에 내 입술을 물어뜯을 것이다. 혀가 사라지면 내 몸을 타 넘고 마을 한복판으로 기어갈 것이다. 숨이 멎을 때 내가 알 수 있는 건 숨이 멎고 있다는 사실 하나 아닐까. 개들이 인간의 세계를 이해할 수 없듯 나 역시 낯선 생명체들의 세계를 이해할 수 없다. 그들이 깨에서 왔든, 배관 파이프에서 왔든, 빙하 동토층에서 왔든.

"들어와. 바람이 안 그칠 것 같다."

망상을 깨뜨린 건 두개였다. 왕가 문을 살짝 연 그가 연신 들어오라는 손짓을 했다.

"또 놀다 온 거지?"

한개는 내가 밖에서 식당 주변을 치우고 깨밭을 매고 온 걸 알면서도 그렇게 물었다.

"왜 그래. 애 땀난 거 안 보여?"

두개가 내게 물컵을 내밀었다. 왕과 왕 옆의 이웃 여자는 튀밥을 입에 털어 넣고 있었다. 이웃 여자가 나를 아래위로 훑어봤다. 나는 물을 마시다 말고 소쿠리와 신문지를 쳐다봤다. 곧장 파를 다듬어야 했다. 서두르면 10여분 안에 끝낼 수 있었다. 두개가 칼을 하나 더 들고 오자 왕의 이마에 주름이 잔뜩 생겼다. 도와주지 말라는 뜻이었다.

이웃 여자는 나와 눈이 마주치자 입가로 가져가던 튀밥 몇알을 떨어뜨렸다. 여자가 나를 주시하는 이유야 알고 있었다. 한달 전 여자의 집 창문을 열고 한 남자가 담배를 태웠다. 목 밑으로 걸친 옷이 없었다. 잠시 뒤 나를 발견한 여자는 창문을 급히 닫았다. 남편이 아니거나 기거나 알 바 아니었는데도. 내가 상관할 건 그날 이후 벌어진 일이었다.

"안 떨어져? 추접스럽게 여기서 뭐 하는 짓이야?"

여자는 집 앞 도로가에서 교미하는 개들에게 소리를 질렀다. 여자의 발치 앞 양동이에는 구정물이 가득했다. 양동이를 안아 든 여자가 나를 쏘아봤다. 내가 고개를 두 번 가로젓자 여자는 개들 대신 길가에 물을 쏟았다. 그러고는 빈 양동이를 발로 걷어찼다. 개들은 낑음이 들리자마자 도로를 내달렸다. 여자는 내가 말하지 못하는 아이라는 사실에 안도하려고 했다. 내게 눈과 손발과 뇌가 있다는 것까지는 생각하지 않았다.

왕이 튀밥 봉지 입구를 고무줄로 칭칭 묶었다. 입가를 털며 창밖을 보는 왕을 따라 여자도 창 쪽으로 몸을 틀었다.

"언니, 오늘은 바람이 더 세네."

"어쩔 건데. 여긴 재해가 없어. 이 마을은 산에 폭 안겨 있잖아. 산이 우리를 지키고 있는 거야."

왕의 말에 여자가 고개를 끄덕였다.

"그럼. 저기가 얼마나 멀어? 여기랑 수십 킬로미터는 떨어진 데야."

"걱정할 게 없지. 뭔 일 나면 여기로 대피하면 돼."

왕과 여자의 말을 듣던 한개가 나를 가리켰다.

"마을에는 아무 일도 안 일어나요. 하다못해 재도 살아 남았는데."

나는 칼을 쥐고 일어나 개수대로 갔다. 파는 전부 다듬은 뒤였다. 3층으로 올라가야 했다. 그래야 헛소리도 간섭도 끝이 난다.

복도에서부터 방문을 긁는 소리가 났다. 문을 열자 누나가 나를 올려다봤다. 나는 무릎을 꿇고 누나의 등을 쓰다듬었다. 개는 자신의 이름이 누나라는 것도, 자신에게 이름이 붙을 수 있다는 사실도 영영 모를 것이다. 들어본 적 없는 이름에 무슨 반응을 할 수 있을까.

"무슨 놈의 개가 짖지도 않고 밥을 축내."

왕이 자주 투덜댔지만 사료는 왕가에 나를 맡긴 아버지가 준 돈으로 사고 있었다. 아버지는 칠년 동안 왕가에 네번 왔고 그때마다 내게 따로 돈을 줬다. 성년이 되면 자신의 일터 근처에 집을 구해주겠다고도 했다. 하지만 일터가 어디인지는 알려주지 않았다. 그는 내게 책을 읽으라고, 운전과 외국어를 익히라고 당부했다. 나를 데리러 오겠다는 사람이 왜 여기서 나갈 방법을 가르쳐주는 건지 알 수 없었다.

　허깨비 같은 말과 달리 돈은 확실했다. 왕이 주는 일년
치 급여보다 큰 돈은 방에 잘 숨겨야 했다. 아버지에게서
매달 양육비를 받는 왕은 늘 볼멘소리를 냈고 왕이 한마
디를 하면 한개가 그 말을 여러마디로 늘렸다.

　"맞아, 엄마. 개가 쟤처럼 징그럽다니까. 가만보면 소름
끼쳐."

　왕과 한개는 누나를 밖에 매어두라고 했지만 나는 그
말을 못 알아듣는 척했다. 누나가 식당 입구 기둥에 묶여
있으면 나는 목줄을 풀어 방에 데려왔다. 내놓고 들이고
내놓고 들이는 일이 몇번이나 되풀이되었다. 왕이 등을
때리면 등을 맞고, 한개가 머리를 때리면 머리를 맞았다.
개가 아직 어리니 내 뜻대로 하게 내버려두라고 한 건 두
개였다.

　"하긴 개가 편하게 커야 잡기도 쉽지. 육질도 더 좋아질
거고."

　한개가 그렇게 답한 뒤로 누나는 내 방에 계속 머물 수
있었다.

　누나는 숲에서 태어난 개다. 한개와 두개 형제는 한달
전 산불진압대원이 구조한 개를 왕가에 데리고 왔다. 개

세마리는 산불이 지나간 숲, 타다 만 잣나무 둥치 아래 몸을 웅크리고 있었다고 했다. 불은 한시간도 안 돼 잡혔다. 하지만 불이 순순히 사그라든 건 아니었다. 어미와 새끼 둘. 그중에서 살아남은 개는 둥치 가장 깊숙이 몸을 숨긴 누나 한마리였다. 누나는 불을 피하지도, 목줄을 끊지도 못한 개가 사력을 다해 낳은 새끼였다.

"개랑 너랑 꼴이 똑같아서 챙기는 거지? 작은엄마도 쌍둥이를 낳다 잘못됐다며. 너희 누나는 죽고 너는 살았잖아."

한개는 작명에 도움을 줬다. 그 말을 듣는 순간 마음속으로 개를 누나라고 부르게 됐으니까. 누나는 나를 향해 꼬리를 흔들거나 배를 보여준 적이 없지만, 모든 기억을 지운 듯한 유순한 눈동자를 갖고 있었다. 우주처럼 꽉 차고 텅 빈 두 눈. 나는 내 손목에 턱을 괸 누나의 머리통을 만지며 눈을 감았다. 누나가 오기 전까지는 왕가에서 도망칠 궁리만 했다. 이제는 누나와 함께 도망칠 궁리를 해야 했다. 한번에 멀리 가려면 돈과 체력을 더 모으는 방법밖에 없었다.

새벽바람은 저녁보다 더 강했다. 나는 누나가 깨지 않도록 창가로 조심히 기어갔다. 사중창 바깥 창틀에 누런 먼지가 빼곡했다. 창틀 가장자리에는 깨꽃 한송이가 날아

와 있었다. 가까이 들여다보니 꽃이 아니라 나방, 화랑곡
나방 한마리였다. 바람이 불자 양 날개가 파르르 떨렸다.
나는 나방이 살아 있지 않다는 걸 늦게 알아챘다. 바람이
죽은 나방을 산 나방처럼 보이게 한 것이다. 왕가에 온 날
부터 나도 이렇게 바람에 떠밀려 움직였을 뿐일까.

　오토바이를 몰 수 있게 되었을 때 나는 마을을 바로 떠
날 수 있을 줄 알았다. 밤이든 낮이든 마음만 먹으면, 결심
만 내리면. 하지만 안장에 올라 양 손잡이를 쥔 다음부터
는 발을 뗄 수 없었다. 나는 제자리에 우두커니 앉아 있었
다. 오토바이에서 내리자 먹구름이 걷히고 해가 떠오르기
시작했다.

　비가 와서 출발하지 못한 건 아니었다. 도로에서 죽은
고라니를 만나게 될까봐, 마을 사람들에게 붙잡혀 왕가로
되돌아오게 될까봐 주저했던 것도 아니었다. 나는 시동
소리가 날까봐 겁이 났다. 바퀴가 정말 구를까봐 무서웠
다. 오토바이가 나를 이곳에서 꺼내줄 수 있을지, 멀리 데
려가줄 수 있을지 믿을 수 없었다. 이 마을에서 나를 일거
수일투족 감시하는 건 다른 누구도 아닌 나 자신이었다.

　나는 나방에게서 시선을 떼고 밖을 내려봤다. 폭풍을
두려워하는 사람들이 하나둘 떠난 마을은 나날이 흉흉해
졌다. 내륙으로 파고들수록 바람을 덜 만날까. 여기 있다

보면 다른 마을 사람들처럼 어느 날 허공을 떠돌다 죽게
될까.

마을에서 달아난 이들이 더 안전한 곳을 찾았을지는
모를 일이었다. 하지만 주민들은 자신들이 여기 남겨졌다
는 사실을 자주 곱씹었고 그때마다 그 사실을 받아들이지
않기 위해 시끄러워졌다. 몇몇이 빈집에 들어가 배변을
하고 세간을 훔치고 담벼락을 부수었다. 이틀 전 아무도
없는 집에서 옷가지를 챙겨 나오던 이웃의 모습은 사람이
아니라 메뚜기처럼 보였다. 나는 그가 모자로 얼굴을 가
리고 있던 게 다행이라고 생각했다. 인간이 아니라 메뚜
기가 옷을 입었다고 여기는 편이 더 나았다.

빈집이 늘어날수록 주민들은 건강식품을 더 챙겨 먹었
다. 과자와 라면 같은 유탕처리제품은 왕가의 지하창고로
들어갔다. 녹용, 장어, 문어, 홍삼, 더덕. 주민들은 어디서
구했는지 알 길 없는 식자재를 들고 왕가에 찾아왔다.

왕은 그들이 내민 재료로 요리를 만들었다. 들깨와 깻
잎과 산초가루가 잔뜩 들어간 음식에서는 죄다 비슷한 맛
이 났다.

"오늘은 깨 한알 없는 갈비찜이야. 네 거 덜어 왔어."

두개가 3층 방문을 열고 말했다. 나는 갈비를 씹다 손에

뱉었다. 힘줄이 너무 질기고 간이 맞지 않았다. 누나가 곁에 다가와 나는 고기를 내밀었다. 누나는 코를 벌름거릴 뿐 고기 조각을 삼키지 않았다. 두개가 내 손목을 잡았다.

"우리 더 맛있는 거 먹으러 갈래?"

나는 두개를 따라 지하창고에 들어섰다. 그는 자주 드나든 듯, 동선에 거침이 없었다. 두개가 라면 봉지를 뜯었다. 그와 나는 창고 계단에 걸터앉아 생라면 가닥을 부러뜨려 먹었다. 딱딱한 밀이 오도독오도독 부러지는 소리가 나쁘지 않았다. 두개는 재앙을 막는답시고 몸보신에 집착하는 주민들과 어울리는 것보다 나와 함께 있는 게 훨씬 편하다고 했다.

"지겨워. 바람 때문에, 비 때문에, 균 때문에, 쓰레기 때문에. 맨날 뭐 때문이래. 세상을 다 남들이 망쳤대."

그는 사람들 때문에 불만이 많았다. 두개가 나와 있는 게 편하다고 한 이유는 내가 말대꾸를 하지 않기 때문일 것이다.

"건강식품을 먹으면 뭐 해? 우리 집 빼고 양귀비 안 기르는 집이 없는데. 다들 단속 같은 건 없을 거라더라. 아무도 신경 안 쓰니까 괜찮을 거래."

왕의 말대로 세상이 망해도 멀쩡한 곳이 있을까. 내 생각에 그런 곳은 없었다. 잇몸이 병들면 이가 빠지듯, 모여 지내는 모든 건 서로에게 여파를 끼친다. 떨어져나온 치아가 아무리 튼튼해도 무슨 소용인가.

"양귀비 진액을 마시면 아픈 데가 없어진대요. 아니지. 죽어야 아픈 데가 없어지지."

나는 두개의 말을 듣는 동안 가만히 내 손바닥을 내려봤다. 손금에 라면 부스러기가 너무 많이 붙어 있었다. 두개가 창고 바닥에 침을 뱉고 물었다.

"넌 스무살 되면 정말 작은아빠랑 사는 거야?"

사람들은 입을 한번 열면 닫을 줄을 몰랐다. 그리고 말을 이어갈수록 자신이 말을 잘한다고 여겼다. 단지 막지 않은 것뿐인데. 끼어들기 귀찮아서, 상대의 기분을 잡치기 싫어서, 이야기가 더 길어질 것 같아서. 그게 어떤 이유든.

아버지가 왕가에 두번째 들른 날, 왕은 그에게 내가 말을 왜 못하냐고 물었다.

"저런 애를 거두는 게 보통 일이에요?"

"면목이 없습니다."

"일터가 자주 바뀌어도 그렇지, 애를 못 달고 다닐 정도냐고요."

"죄송합니다. 양육비는 매달 더 늘려 드릴게요."

"아유, 정말. 내가 골이 다 흔들린다니까. 그래도 사정이 딱하니까 뭐. 여기서 일도 배우고 돈도 벌어야 애가 찬찬히 사람 구실을 하겠죠."

아버지가 고개를 떨궈도 내 입술은 떨어지지 않았다. 입을 벌리면 울게 될 것 같았다. 나는 말, 사람, 말하는 사람을 견딜 수 없었다. 아버지는 왕에게 사과하지 않아야 했다. 그냥 나를 데리고 다시 떠나야 했다.

나는 두개가 뱉은 침을 지켜봤다. 거품이 하나둘 가라앉고 있었다. 해가 들지 않는 창고에서 타액이 전부 증발하려면 얼마만큼의 시간이 걸릴까. 증발하고 남은 침 자국은 언제쯤 다 사라질까.

"네가 우리 식구들 한심해하는 거 잘 알아. 떠나고 싶겠지. 나도 진절머리 나는데 뭐."

두개가 라면 봉지를 차곡차곡 접으며 말했다. 단단해진 비닐 뭉치는 날 선 표창처럼 보였다.

"너 근데 근육 더 붙었다."

너희가 할 일을 내가 다 하니까. 나는 속으로 대꾸했다.

"진짜 단단해 보이는데?"

두개가 불쑥 내 팔을 주물렀다. 나는 몸을 빼고 계단에서 일어났다.

"야, 이제 보니까 네가 형 같아. 그냥 우리끼리 형제로 지낼래?"

두개의 물음에 고개를 움직일 수 없었다. 긍정도 부정

도 하기 싫었다. 왕을 엄마로, 한개를 형으로 부르는 사람과 가까워질 수 있을까. 나는 주머니 속 생강엿을 꺼내 그에게 내밀었다. 네가 좋을 대로 판단하라는 뜻을 담아서. 엿을 받아 든 두개가 나를 올려다보며 슬며시 웃었다.

왕가는 취객들로 가득했다. 테이블에는 먹다 남은 갈비찜과 새로 끓인 해신탕이 함께 있었다. 주민 몇이 양말을 벗어 던진 채로 이를 쑤셨다.

"단풍제도 다 헛짓거리야. 개뿔, 바람이 끊이질 않잖아. 돈 들여서 단풍제 지냈던 마을에 오히려 태풍이 더 크게 왔다고."

"개들 때문이야. 몰려서 돌아다니는 개들 때문에 사달이 나는 거지."

음식물찌꺼기를 한데 모으던 나는 동작을 멈추고 귀를 기울였다.

"그래. 폭풍이라는데 가만보면 바람기둥이 아니라 불기둥이거든. 검은 연기라고. 개들이 차도에 멈춰 서 있어서 자꾸 사고가 나는 거야."

"어쩐지. 바람이 시커멓더라니."

두개의 말대로 다들 아편에 중독된 건가. 주민들의 눈빛은 탁하고 입가에는 씹다 만 밥알이 묻어 있었다.

"아랫마을 애들도 다쳤대. 개떼가 아예 폐가 수십채를 차지해서 손도 못 쓴대요. 아주 이를 드러내고 난리라."

"무슨 수를 써야지, 이대로 지내도 되겠어?"

행주를 뒤집어 쥔 나는 테이블을 천천히 닦았다. 사람들이 정말 피해야 할 건 양귀비의 독이 아닐지도 몰랐다. 음식의 염도, 당분, 지방 따위도 아니었다. 조심해야 할 건 입으로 들어가는 게 아니라 입에서 나오는 것. 말을 섞고 나누면서 자신들의 생각이 틀렸을 리 없다고 믿게 되는 것. 몸에 좋은 음식을 아무리 먹어도 주민들은 전혀 건강해지지 않았다.

취객들이 말하는 개들과 내가 본 개들은 거의 다른 종인 듯했다. 이 마을 빈집에 방치된 개들은 마르고 쇠약했다. 철창 속 개는 옆 철창의 다른 개를 만나볼 수도 없었다. 그들 사이에는 송곳니로 뚫을 수 없는 쇠판이 있었다. 짧은 목줄 때문에 앉고 서고 눕고 제자리를 도는 일밖에 못하는 개들은 조금도 흉포하지 않았다. 밥과 물을 걸러도 꼬리를 흔들었다. 사람을 보면 어쩔 줄 몰라 오줌을 쌌다. 안아달라고, 만져달라고, 곁에 있어달라고 낑낑댈 뿐이었다.

"요새 개들이 어찌나 짖는지 무서워 죽겠다니까."

개들은 무서워서 짖는 것이다. 도리 없이 스산해서, 막막한 하루를 견딜 수 없어 울 수밖에 없는 것이다.

낮에 깨밭 입구로 한개가 걸어왔다. 내가 일하는 시간에 혼자 나온 적이 없는 한개였다. 나는 바닥에 내려둔 낫을 쥐어 들었다. 손에 뭐라도 붙들고 있는 게 좋을 것 같았다. 한개가 내 앞에 쭈그려 앉았다.

"나 아침에 신기한 거 보고 왔다."

나는 고개를 들지 않았다. 애초부터 관심 없다는 기색을 내보여야 했다.

"옆집 아저씨가 죽은 개를 파밭에 묻더라고. 근데 가까이 가보니까 개 숨이 안 끊긴 거야. 눈을 게슴츠레 뜨고 있었어. 개가 살 가망이 없다고 그냥 묻는 거래."

나는 낫질을 멈췄다. 한개는 주민들이 개들을 점점 멋대로 대하고 있다고 말했다. 멋대로가 아니라 학대겠지. 너는 개를 생매장하는 사람을 말리는 대신 그 얘기를 듣고 난 뒤의 내 표정을 살피러 여기까지 일부러 나온 거고.

그는 생기 가득한 표정으로 병들고 굶주린 개들의 마지막 하루를 묘사했다. 추측과 단정, 편집과 재배열 그리고 해석이 가미된 참혹한 이야기였다. 나는 낫을 땅에 꽂고 일어났다. 그리고 깨밭 안으로 쉬지 않고 걸어나갔다. 귓가에 달라붙은 졸렬한 말들이 작고 지독한 깨알처럼 느껴졌다. 나도 차라리 씨방 속에 갇혀 껍질 밖을 보지 않고 싶었다.

개들에게는 아무 잘못이 없었다. 그들은 끝이 얼마 남지 않은 이 세상에서 가장 쉬운 표적이 된 것뿐이었다. 사람 가까이 있다는 이유로, 무슨 일이 있어도 사람 곁을 떠나지 않는다는 이유로. 나는 숨을 고른 뒤 왕가 3층까지 내처 달렸다.

"일 안 하고 어딜 쏘다니는 거야?"

왕이 소리쳤지만, 나는 뒤돌아보지 않았다. 누나 사료를 바지에 있는 대로 넣었더니 주머니가 울퉁불퉁했다.

뒷집 개는 목이 쉬어 있었다. 빈집을 지키기 위해, 돌아올 사람들을 위해 쉬지 않고 울어서였다. 나를 발견한 개는 꼬리를 안쪽으로 만 채 떨었다. 냄새를 맡게 해주려고 코에 손등을 내밀어도 소용없었다. 사료는 개의 발치 멀찍이 부었다. 내가 시야에서 사라져야 개가 쉴 수 있을 듯했다.

나는 몇걸음 가지 않아 자리에 멈췄다. 여기 살던 할머니에게는 머리털이 없었고 손자에게는 팔 하나가 없었다. 나는 왼팔을 티셔츠 안으로 넣었다. 팔이 보이지 않게 되자 개의 쉰 울음도 그쳤다. 개는 내 곁으로 터벅터벅 걸어와 나를 올려다봤다. 그러고는 바람에 펄럭이는 팔 부위 옷감을 물끄러미 쳐다보았다. 나는 아무도 없는 평상에 걸터앉았다.

"이리 와봐. 너 앞집 왕가에서 일하는 아이지?"

몇년 전 여름이었는지 가물가물했지만, 머리털 없는 할머니는 내게 메밀가루로 만든 찐빵과 냉보리차를 줬다. 팔 하나가 없는 소년은 내게 손수건을 줬다.

"옛날에는 마을에 배나무가 엄청 많았대요. 우리 할머니는 콩이랑 옥수수도 먹어봤다고 했어요."

마을을 떠난 그 둘은 내게 잠시 좋은 사람들이었고 개에게는 결국 나쁜 사람들이었다. 평상에 올라온 개가 내 허벅지에 볼을 붙이고 모로 누웠다. 꼬리는 살짝 들려 있었다. 내가 그 소년이 아니라는 걸 알 텐데. 이 집에 두 사람이 돌아오지 않는다는 사실을 깨달았을 텐데. 나는 개의 눈썹뼈를 조심히 쓰다듬었다. 개는 그저 이런 시늉을 해보고 싶은 것 같았다. 체취와 생김새가 달라도 상관없으니, 누구라도 좋으니, 예전으로 돌아가 기대려는 심정. 이런 마음은 희망에 가까울까, 포기에 가까울까.

바람이 불자 빈방 문 하나가 끽 소리를 내며 열렸다. 방 안에는 낡은 대야 예닐곱개가 있었고 그 안에는 사료가 그득했다. 부엌 쪽에도 먹이가 든 대야와 플라스틱 그릇들이 보였다. 고개를 돌린 나는 개의 턱을 쓸며 속삭였다.

"그래도 기다리지 마. 용서하지 마."

나는 마을의 개들이 무슨 생각을 하고 어떤 하루를 보

내는지 짐작하기 어려웠다. 굵은 목줄을 찬 그들이 견뎌왔던 게 무엇인지도 정확히 알 수 없었다.

오토바이에 실어 온 사료 포대들은 왕가 지하창고에 숨겨졌다. 누나 말고도 밥을 줘야 하는 개들이 늘어나고 있었다. 새벽에 일어나면 괜찮았다. 할 일을 제때 끝내두면 왕도 한개도 별말이 없을 것이다. 일을 시작하기 전과 끝낸 후. 나는 하루 두번 지하창고에 들러 사료 꾸러미를 챙겼다. 들러야 할 빈집들은 다섯 곳이었다. 모두 왕가 근처였고 아직 더 멀리 다닐 순 없었다.

이틀간 깻잎들이 크게 휘청였다. 이번 폭풍은 전보다 가까운 곳에서 일었다. 바람을 맞은 개들은 앞발로 콧등을 긁었다. 제자리를 돌고 헛구역질을 했다. 나는 허리를 굽혀 사료 그릇을 살펴봤다. 싯누런 가루가 그릇 가장자리에 붙어 있었다. 물은 전날 저녁에 갈아줬는데도 이끼가 낀 듯 희붐했다. 군대개미떼가 눅눅한 사료를 물고 시멘트 조각 위를 기어갔다.

"개들이 개 노릇을 안 해. 아주 태평하지."

"종일 뱅뱅 돌면서 놀던데. 이럴 거면 뭐 하러 키워."

왕가에 들른 주민들은 피부병과 정신질환에 시달리는 개들을 병원에 데려가는 대신 푸념만 했다.

"하나같이 비쩍 말라서 어디 내다 팔 수도 없고."

"쥐약 좀 구해 와. 한날 다 잡아먹든가 하게."

나는 마지막으로 말한 사람을 향해 몸을 돌렸다. 그날에는 너를 먼저 죽이겠다고 말하고 싶었지만, 내 입은 꽉 닫혀 있었다. 왕과 손님들이 나를 힐긋거렸다. 한개가 그틈을 타 혀를 길게 내밀었다. 나는 밀대를 들어 식당 마루를 닦기 시작했다. 사람 말고 바닥을 봐야 했다.

축제가 끝나고 폭풍이 잦아들어도 개들은 울었다. 한마리가 짖으면 두마리가, 두마리가 짖으면 다섯마리가. 왕가에 온 손님들은 왕이 준 두통약과 소화제를 먹고 장판 위에 드러누웠다. 미동 없이 잠든 사람들은 시체 같아 보였다.

며칠째 개 두마리가 보이지 않았다. 두번째 빈집에서는 별채와 지하실까지 뒤져도 개의 기척이 없었다. 대문 밖으로 나서기 전, 집 뒷산 약밤나무 잎사귀들이 우수수 흔들렸다. 나는 눈두덩을 비볐다. 나뭇가지 몇개가 바람 방향과 반대로 기울었기 때문이다. 그쪽으로 다가가자 잎사귀 사이로 어둑한 빛이 보였다. 낯설지 않은 눈동자였다. 개는 나를 보고 짖거나 달아나지 않았다. 높다란 언덕에서 나를 응시할 뿐이었다.

개는 인가를 벗어나 야산을 거처로 삼았다. 이제 개들

은 인간을 더 믿지 않기로, 알량한 보살핌 따위에 기대지 않기로 한 것일까. 나는 첫번째 빈집의 개 목줄이 헐거웠던 것을 기억했다.

밤이 되자 개 울음소리가 들려왔다. 누나가 창문 앞으로 걸어갔다. 우우, 우우. 누나는 소리가 나는 쪽을 향해 턱을 높이 치켜들었다. 목덜미를 부드럽게 쓰다듬어도 누나는 내 품에 들어오지 않았다. 누나의 눈동자에 검붉은 빛이 돌았다. 나는 자리에서 물러났다. 그러고는 컴컴한 밤하늘을 올려보는 누나의 뒷모습을 바라봤다.

잠들기 전 나는 머릿속으로 개가 인간을 더는 사랑하지 않게 된 세상을 떠올렸다. 하나둘 늑대로 되돌아간 개들을 상상했다. 죽을 때까지 짝 하나를 좋아하고 늙은이를 버리지 않고 먹을 걸 나누는 늑대들은, 슬플 때 온전히 슬퍼하고 기쁠 때 온전히 기뻐하는 그들은 인간과 닮은 점이 없었다. 내가 만난 인간의 대부분은 늑대의 반대편에 있었다.

새벽빛이 밝아오자 나는 서둘러 배낭을 멨다. 미리 챙긴 사료 뭉치와 큰 물통이 든 가방이었다. 한개가 계단에 멈춰 선 나를 올려다봤다. 그는 손에 쥐고 있던 가죽 꾸러미를 바닥에 떨어뜨렸다. 왕의 푸른색 지갑이었다. 허둥대던 한개가 갑자기 자신의 입을 틀어막았다. 그는 식당 테이블 모서리에 정강이를 세게 부딪히고도 소리를 지르지 못했다. 한개가 주먹을 쥐고 눈을 부릅떴다. 그의 볼을 타고 눈물이 흘러내렸다. 나는 뒤돌아보지 않고 왕가 문을 닫았다. 깻밭 너머 흑색 구름이 잔뜩 뭉쳐 있었다. 골목을 오르던 나는 하늘을 쏘아봤다. 화낼 테면 화내. 그렇게 이죽거리지 말고. 걸음이 빨라지자 티셔츠가 배와 등에 금세 들러붙었다.

"네 방의 개는 못 쓸 물건이더라. 봐라, 두 눈 똑바로 뜨고 이것 좀 보라고."

일을 마치고 돌아오자 왕이 한개의 다리를 가리켰다.

"너 나가고 아침에 물렸댄다. 그것이 방문 밖으로 뛰쳐나와 갑자기."

거짓말. 붓기만 했지, 이빨이 꽂혔던 자리가 없었다. 그런데도 왕은 한개의 말을 빌미 삼아 누나를 비난했다. 나와 누나가 말하지 않는다는 사실을 이렇게 이용했다.

"얘, 개한테 마음 주지 마라. 작정하고 덤비면 사람이 짐승을 무슨 수로 막아?"

나는 계산대로 가 볼펜과 메모지를 꺼내 들었다.

CCTV를 확인해봐요. 개가 물었는지, 큰엄마 지갑에 손대던 형이 테이블에 혼자 부딪혔는지.

한개가 잽싸게 종이를 낚아챘다. 그러고는 종이를 네갈래로 박박 찢었다. 코앞에 얼굴을 들이민 한개가 낮은 목소리로 말했다.

"여기 그런 건 없어. 멍청아."

나는 볼펜을 던지고 3층으로 뛰어올라갔다. 미적거릴 때가 아니었다. 누나가 괜찮은지부터 확인해야 했다. 복도는 조용했다. 방문을 열자 구석에 웅크린 누나가 보였다. 상처는 눈에 띄지 않았다. 관절 모두 제자리에 있었다. 나는 길게 한숨을 쉬었다. 하지만 누나는 곧 이를 보이며 낮게 으르렁대기 시작했다. 내가 아닌 허공을 바라보며 짖어댔다. 누나에게서 처음 듣는 목소리, 처음 보는 표정이었다. 긴 코 주변으로 여덟개의 주름이 선명했다. 깨의 씨방 모양처럼 겹겹이 잡힌 줄이었다.

나는 누나 맞은편 구석으로 가 무릎을 끌어안았다. 벽이 된 기분으로 숨을 죽이고 있어야 했다. 누나가 울지 않을 때까지 잠자코 기다릴 수 있었다. 물어도 때리지 않을게. 절대로 밀치지 않을 거야. 내 옆에 있게 해서 미안해. 나는 고개를 숙인 채 중얼거렸다.

왕가 뒷문 마당에 시멘트를 덧바르고 있을 때 땅이 흔들렸다. 마을에 구름만 모여들었지 비가 안 온 지 한참이었다. 오랜만에 소나기가 쏟아질 듯했다. 몸을 일으키자 왕가 입구를 향해 줄지어 들어서는 트럭들이 보였다. 짐 칸에는 녹슨 철창이, 철창 안에는 좌우로 흔들리는 개들 이 있었다. 엉거주춤 선 나는 그쪽으로 발을 떼지 못했다. 서로에게 몸을 붙인 개들은 고개를 들 힘조차 없는 것 같 았다. 트럭에서 내린 주민들이 왕가로 들어갔다. 나도 그 들을 뒤따랐다. 마을의 개들이 왜 여기 모였는지, 그들을 왜 잡아 왔는지 알아야 했다.

"이게 옆 마을에 들어온 그 장비야? 엄청 작네?"

"그래. 도시에서 만든 거. 개들이 하도 난폭해지니까 사 고 방지용으로 쓰인다잖아. 기계를 채워서 며칠 두면 얌 전해질 거래."

주민 둘이 검은색 기기를 들고 말했다. 길고 둥근 몸체 는 물자라의 모습과 비슷했다.

"마을 공용 회비로 구매한 거니까 한명씩 가져가요. 필 요한 숫자만큼."

주민 하나가 상품 상자 옆면의 글귀를 읽어내려갔다.

"골전도 전기자극 치료기. 가축 및 야생 동물의 편도체 에 저장된 트라우마를 미세전류로 소거해, 해당 개체의 불안, 공포, 긴장도를 낮추고 생산성을 높이며…… 이게 무슨 말이야?"

"에이, 형님. 이걸로 개가 개답게 살 수 있게 한다고요. 집 지키고 남은 밥 먹고 사람한테 달려들지 않게."

"아까 하나 뜯지 않았어? 제일 작은 놈한테 꽂았잖아."

그 말에 문가에 있던 누군가 밖에서 개 한마리를 데리고 들어왔다. 귀 옆에 기기를 매단 개는 사람들 앞에서 꼬리를 세차게 흔들었다. 얼마 지나서는 장판에 등을 깔고 배를 내보였다.

"봐요, 저렇게 온순해진다고. 개가 저렇게 사람 말을 들어야지. 어디서 감히 위협을 해."

"이참에 목줄이랑 말뚝도 새로 갈자고. 옴짝달싹하지 못하게 꽉 붙들어놔야지."

양귀비 독에 취한 사람들은 서로에게 침방울을 튀기며 떠들었다. 살아 있는 개를 행주처럼 쓰려고 했다. 나는 조용히 3층으로 올라갔다. 누나를 데리고 당장 왕가를 떠나야 했다. 뒷문, 뒷문으로 나가면 된다.

"내놔. 개도 이거 달아야지."

뒷문 앞에는 한개가 이미 와 있었다. 나는 누나를 내려놓고 한개를 있는 힘껏 밀쳤다. 한개가 계단 위로 나동그라졌다. 나는 문손잡이를 돌렸다. 열린 문틈으로 누나를 내보내자마자 한개가 내 뒷덜미를 낚아챘다. 문 앞을 막고 선 그가 내 멱살을 쥐어 잡았다. 나는 늘어난 티셔츠를 벗어 던지고 그의 정강이를 걷어찼다. 식당 테이블 모서리에 부딪혔던 그 자리를 노려서. 한개가 비명을 지르며 주저앉았다. 문 앞에는 누나가 나를 기다리고 있었다.

"뛰어."

내가 달리자 누나도 함께 달렸다. 아직 마르지 않은 시멘트 위로 나와 누나의 발이 움푹 들어갔다.

"계속 뛰어."

도로를 지나면 둑방, 둑방을 지나면 숲이었다. 우리는 쉬지 않고 달려나갔다.

계곡을 처음 본 누나가 자리에 멈춰 섰다. 강줄기 끝에는 붉은 산이 있었다. 비바람에 이리저리 깎여나간 산등성이는 지구 밖 화성처럼 적적해 보였다. 나는 누나와 함께 평평한 바위에 앉았다. 우듬지 밖은 낮, 우듬지 안은 밤인 것 같았다.

"사람을 좋아하면 끝이야. 사람 마음에 들려고 애쓰는 순간 모든 게 부서져."

누나는 나를 골똘히 쳐다봤다.

"언제 어디서든 인간만은 멀리해."

등을 돌린 누나가 계곡물에 앞발을 넣었다. 나도 물속에 두 발을 넣었다.

"참는 건 인간이 아니라 개. 기다리는 건 인간이 아니라 개."

바람이 불자 누나의 털 몇가닥이 수면 위에 가닿았다.

"자신을 가여워하지 않는 것도 인간이 아니라 개."

나는 떠내려가는 털 뭉치를 보며 말했다. 이제 내 목소리는 내 귀에도 또렷하게 들렸다.

해가 지면서 계곡 아래가 소란했다. 나는 바위에 몸을 바짝 붙였다. 트럭에서 한무리의 주민들이 내리고 있었다. 모두 손에 기다란 둔기를 들고 있었다. 인파 속에서 왕과 한개의 목소리가 들려왔다. 나는 누나를 향해 손을 휘저었다. 누나는 바위에 서서 조그만 사람들을 내려보는 중이었다.

"컹컹."

누나가 그들을 향해 짖은 건 순식간이었다. 주둥이를 잡아 쥐려고 했지만, 누나는 머리를 세게 흔들고 다시 짖었다. 네 발을 돌에 딛고는 꿈쩍하지 않았다. 나는 누나를 끌어안고 부들 사이로 뛰어들었다. 그리고 두 손으로 누나의 눈을 가렸다.

"쉿."

누나가 그제야 입을 다물었다. 다들 갔나. 다른 길로 들어섰나. 나는 숫자를 내 나이만큼 세고 움직여야겠다고

생각했다. 최대한 느리게, 최대한 나지막하게. 하나까지
센 다음에는 몸을 완전히 숙이고 숲 안쪽으로 숨어들자.

"열일곱, 열여섯, 열다섯……"

그때 부들 뒤에서 부스럭대는 소리가 났다. 고개를 들
자 길고 둥근 빛 두개가 보였다. 나는 숨을 참고 빛을 들
여다봤다. 어떤 빛깔인지 금세 알아챌 수 있었다. 개의 눈,
내가 사료를 주던 첫번째 빈집 개의 눈동자였다. 풀 사이
로 나온 개는 누나를 쳐다봤다. 누나도 개를 쳐다봤다. 개
와 누나는 서로의 냄새를 오랫동안 맡았다. 부들이 크게
흔들렸다. 곧 비바람이 들이찰 것 같았다. 개는 우리 곁을
돌아 계곡을 헤엄쳐나갔다. 누나와 나는 물에 젖은 개가
맞은편 숲, 굴속으로 사라지는 모습을 지켜봤다.

"얼마나 찾았는데."

등 뒤에서 울리는 목소리에 나는 그대로 주저앉았다.
부들 사이에서 나온 두개가 숨을 몰아쉬며 말했다. 그는
두 손으로 내 어깨를 내리눌렀다.

"다른 사람들은 없으니까 걱정하지 마. 개 치료는 나한
테 맡겨."

그가 바지 주머니에서 검은색 기기를 꺼냈다.

"노려보지 말고. 괜찮다니까? 너도 형처럼 개한테 물리
고 싶어서 그래?"

기기 안쪽에서 날카로운 핀 두쌍이 솟아올랐다. 핀에서 나는 빛을 보자 이명이 들렸다. 머릿속에 파리 수백마리가 붕붕거리는 것 같았다. 두개가 내 허벅지를 움켜잡았다.

"내가 너무 가까이 붙었나보네. 너한테도 개 비린내가 난다."

나는 기기를 낚아채 두개의 관자놀이에 있는 힘껏 꽂았다. 그의 광대를 타고 가는 피가 흘러내렸다. 두개의 눈이 이리저리 흔들렸다. 얼마 후 두개가 얼빠진 미소를 지었다. 나는 누나를 안고 뒷걸음쳤다. 트럭에 탔던 사람들이 멀리 둘레길로 오르는 게 보였다. 왕가에 가야 했다. 사람들이 없는 지금만이 기회였다.

3층으로 뛰어가 돈을 챙긴 나는 오토바이 안장을 열어젖혔다.

"잠깐만 들어가 있어."

누나는 짐칸의 냄새를 맡느라 고개를 들지 않았다. 안장은 모르는 도로가 나올 때 열 것이다. 낯선 사람, 낯선 길을 만나면 누나와 함께 쉴 수 있다. 나는 지하창고의 사료를 떠올렸다. 많이는 말고 발밑에 한포대만 깔면 될 것 같았다. 창고에서 나오려는 길, 문 앞에는 누나를 안은 한개가 서 있었다.

"너지? 내 동생 머리를 때린 게? 애가 정신을 못 차리도록 때려?"

한개 뒤에는 왕이 있었다.

"하나는 다리, 하나는 머리. 너 우리 애들한테 왜 그런 거니?"

나는 이를 꽉 물었다. 왕의 얼굴이 무섭게 나른해 보였다. 정말 화가 난 사람은 숨소리가 거칠지 않다. 뺨과 귓불이 붉지도 않다. 말은 평소보다 느리고 동작에도 여유가 깃든다.

"왜 그런 건데!"

왕의 고함에 한개가 누나와 나를 창고 안으로 밀어 넣었다. 나는 문틈에 손을 끼워 넣었다. 한개가 문을 활짝 열고 내 배를 발로 걷어찼다. 나는 그대로 계단 끝에 굴러 떨어졌다. 누나가 내게 뛰어 내려왔다. 나는 입구 쪽으로 다시 기어올라 갔다. 문은 잠겨 있었다.

"열어. 빨리 열어."

문밖에서 웃음소리가 나는 것 같았다. 말할 줄 아네? 그동안 왜 감쪽같이 속인 거야? 내가 그랬잖아, 징그러운 놈이라고. 귓가에 왕과 한개의 목소리가 들리는 듯했다. 하지만 주변은 적막했다.

문은 밤새 열리지 않았다. 나는 사료를 덜어 누나 앞에 놓았다. 누나는 사료를 먹는 대신 창고를 샅샅이 뒤지고 다녔다. 그러고는 벽 앞에 서서 밑을 파내려고 했다.

　"그러지 마. 그냥 쉬어."

　나는 창고 천장을 구석구석 쳐다봤다. 한참 뒤 겹겹의 상자 틈으로 흰색 면이 보였다. 좁다랗지만 문틀이 확실했다. 라면 상자들을 아래로 내리자 가로 두 뼘, 세로 한 뼘 길이 가량의 창문이 나타났다. 나는 유리창을 두들겼다. 창문이 문짝보다 훨씬 두꺼운 것 같았다. 벽돌이나 망치가 필요했다. 하지만 선반에는 식료품뿐 무거운 도구가 하나도 없었다. 그래도 주먹으로 계속 때리면 언젠가 부서진다. 계속, 계속 가격하면 된다. 가쁜 숨을 몰아쉬고 있을 때 누나가 내 발치에 몸을 붙였다.

　"알았어. 조금만 쉬었다가 할게."

　나는 창고 바닥에 누워 눈을 감았다. 눈두덩이 덜덜 떨려왔다. 누나가 손목에 머리통을 괴었다. 잠에서 설핏 깰 때마다 누나는 벽 앞에 있었다.

　"뭐 해? 이리 와."

　얼마나 졸았을까. 우우, 우우. 바람 소리가 거셌다. 나는 눈을 비비며 창가로 갔다. 전에 본 적 없는 태풍이었다. 강철로 엮은 듯한 바람이 거대한 소용돌이를 일으키는 중이었다. 회오리 안의 구멍은 분노한 짐승의 입 같았다. 처음에는 눈앞에 메뚜기떼가 보인다고 생각했다. 하지만 창문 밖을 휘돌고 있는 건 마을 사람들이었다. 돌풍에 떠밀린 이들이 가옥과 나무에 이리저리 부딪혔다. 팔다리는 쉽게 꺾였다. 꼬리도 송곳니도 촘촘한 털도 없는 사람들의 몸은 어이없을 정도로 연약했다. 나는 내가 아는 사람들의 얼굴을 하나둘 떠올렸다. 이웃 여자, 왕, 한개, 두개. 바람기둥 속에는 입을 벌리고 눈을 크게 뜬 그들도 있을 것이다.

비바람은 사흘간 이어졌다. 나는 과자를, 누나는 사료를 매일 조금씩 먹었다. 몸이 굳어 오줌도 똥도 구역질도 나오지 않았다. 나는 창문에서 물러났다. 창문 밖을 내다볼수록 부은 손에 힘이 들어가지 않았다. 유리창에 닿았던 손날과 손바닥이 차디찼다.

나흘째 아침이 되자 누나가 내 바짓단을 끌어당겼다. 나는 누나를 따라 벽 앞에 섰다. 벽 아래에는 누나가 만든 구멍 하나가 있었다. 나는 거기로 팔을 내밀었다. 왕의 말대로 왕가는 흙과 볏짚과 나무로 지어진 집이었다. 구멍을 조금만 더 넓히면 밖으로 나갈 수 있었다. 나와 누나는 말없이 흙을 파냈다.

폭풍이 지나가고 마을에 남은 건 목줄을 한 개들뿐이

었다. 목줄 끝의 쇠말뚝은 땅속 깊이 고정되어 있었다. 대지와 철창마다, 짧고 굵은 줄에 매여 있던 개들만 살아남았다. 발치 앞에 사람들이 미워하던 것만 그대로였다. 나는 지하창고에 모아뒀던 사료들을 왕가 입구에 하나씩 쌓았다.

"너희 거야. 전부 너희 거야."

나는 실눈을 뜨고 바람이 헤집어놓은 마을을 둘러봤다. 이게 내가 기다리던 풍경일까. 조, 콩, 팥, 율무, 귀리, 수수. 작물의 호칭과 형태처럼 이게 사람과 어울리는 풍경이었을까. 나는 도리질을 치다 멈췄다. 지금도 사람 말고 다른 걸 봐야 했다.

미풍에 상수리나무 줄기가 살짝 휘었다. 이파리 끝에는 검붉은 피가 말라붙어 있었다. 우우, 우우. 숲에서부터 개 울음소리가 들렸다. 나는 누나의 등에 손을 올렸다. 누나는 몸을 빼고 산봉우리 하나를 지그시 올려봤다.

나는 조용히 뒷마당으로 걸어갔다. 타닥타닥, 누나가 왕가 밖으로 달려 나가는 소리가 들렸다. 누나는 도로와 둑방을 지나 금세 숲 입구에 다다를 것이다. 산속의 개들을 하나둘 만날 것이다. 그들과 굴에서 지내게 될 것이다. 그래도 기다릴게. 이 집에서 기다리고 있을게. 나는 이제부터 개와 인간이 너무 가까웠던, 믿을 수 없던 시절을 종종 돌아보게 될 것 같다고 생각했다. 걸음을 멈춘 나는 굳은 시멘트 통 옆에 무릎을 꿇고 앉았다. 그리고 늑대로 자라날 누나의 발자국을 오래 매만졌다.

정생

정생

1.

우민수는 로비 창문을 등지고 우두커니 서 있었다. 그의 맞은편에는 초대형 회화가 걸려 있었지만, 그는 그림을 보고 있지 않았다. 전면 유리창을 통과한 가을 오전 햇살이 우민수의 뒤통수를 조금씩 데웠다. 회의장 밖으로 나온 직원 몇몇이 그에게 다가가 팔을 툭툭 건드렸다. 얼떨결에 우민수 옆에 붙게 된 직원은 몸의 중심을 못 잡고 잠시 휘청거렸다. 그와 이렇게까지 가까운 거리는 부담스럽다고 느낀 직원이 무리 뒤로 슬쩍 자리를 옮겼다.

"어휴, 아직도 멀었어. 정확하지 않아."

"그럼. 정확할 수 없지. 완성 전이잖아."

직원들은 우민수 대신 서로를 쳐다보며 말했다. 당사자를 격려하기 위한 말이 공중에서 헛돌았다. 홍보부 직원들이 다가오자 우민수 곁에 있던 이들이 안심하는 기색으로 자리를 떴다. 홍보부 동료인 염인태가 몇마디를 더 얹었다.

"아, 일을 제대로 하는 거야, 마는 거야. 난 이 결과 안 믿는다. 틀렸을 거야. 괜찮아."

하나같이 설익은 위로였다. 무엇보다 지금 우민수에게는 다른 사람들 이야기가 필요 없었다. 우민수의 셔츠 소매를 잡아끈 오한나가 귓가에 속삭였다.

"나도 안 믿어. 민수야. 정말로."

그러자 우민수가 힘 빠진 미소를 지었다.

"우리 홍보부, 점심 회식 한번 할까요? 한나씨, 인태씨, 민수씨. 전부 시간 되나?"

부장 정지영의 말에 우민수가 고개를 저으며 대답했다.

"저는 남은 일이 있어서요. 저 빼고 가세요."

"아쉽네. 그럼 오늘은 민수씨 없이 가볍게 먹죠. 두분, 그래도 되죠?"

정지영이 어깨를 으쓱이며 묻자 오한나와 염인태가 고개를 끄덕였다. 정지영은 턱으로 회전문을 가리켰다. 그에게 잠시 혼자 있을 시간을 주자는 뜻이었다. 문 앞까지 간 오한나는 뒤를 돌아보았다. 로비 중앙의 거대한 물방울 그림 앞에 선 우민수는 한마리 개미처럼 보였다.

우민수는 좀 전의 회의장 대형 스크린으로 본 초록색 선을 떠올렸다. 0세부터 지금 나이인 27세까지는 짙은 초록색, 27세부터 30세까지는 흐린 초록색으로 표시된 그래프였다. 세로선은 등락을, 가로선은 나이를 가리켰다. 스크린 위의 인생 굴곡 그래프는 현재까지 펼쳐진 자신 삶과 거의 일치했다. 고점과 저점이 똑같다고 해도 좋았다.

대학에 들어간 20세, 입사한 26세에는 짙은 초록색 선이 위쪽으로 치솟아 있었다. 두달간 병원 신세를 졌던 14세, 어머니가 전세 사기를 당했던 17세, 아버지가 죽은 22세에는 짙은 초록색 선이 분명히 아래쪽으로 고꾸라져 있었다. 우민수는 전언이 나오기 전부터 그래프의 정확한 형태에 압도당했다. 그래프의 추락 곡선 중 22세, 그해의 기울기가 가장 완만했기 때문이다. 아버지가 죽었던 해는 실제로 별 고통이 없었다. 우민수의 인생에 딱히 영향을 끼치지 않은 사건이었다. 부끄럽지만 틀림없었다. 선의 높낮이를 몇차례나 확인한 그는 이제 정생이 알려줄 전언을 완전히 신뢰할 생각이었다.

스크린에서 그래프가 사라진 뒤로는 성향과 기질을 나타낸 백분율과 도표가, 그다음에는 각종 인포그래픽이 지나갔다. 마지막으로 문장 하나가 떠올랐다. 27세부터 30세까지를 표시한 흐린 초록색 선 위에.

우민수님은 일년 뒤 소중한 이를 떠나보내고, 삼년 뒤 혼자 있게 됩니다.

전언은 군더더기 없는 비보였다. 맑은고딕체로 설정된, 우민수의 몸집보다 큰 글자 하나하나는 몹시 견고해 보였다. 잡담과 웃음소리가 오갔던 회의장에 잠시 정적이 찾아왔다.

'일년 뒤 소중한 이를 떠나보내고, 삼년 뒤 혼자 있게 됩니다'.

우민수는 회의장에서 나온 직원들이 빌딩 밖으로 모두 빠져나간 뒤에도 그 자리에 서 있었다. 문장이 건조하게 느껴질 때까지 그는 전언을 곱씹었다. 소중한 이는 어머니도 형도 아니었다. 우민수는 지금 연인인 오한나가 일년 뒤 자신을 떠날 거라고 짐작했다. 소중한 이. 남들보다 뜻깊은 인연. 그의 나날에 의미가 있다고 여길 수 있는 이는 오한나뿐이었다. 오한나와 헤어진 뒤 누군가를 다시 만나든 만나지 않든, 그때부터 다시 이년 뒤에는 아무 연인도 없을 것이다. 이년은 결코 긴 세월이 아니다. 오한나는 곧 곁에 없다. 우민수는 로비 바닥을 내려보며 엘리베이터로 걸어갔다.

2.

정생의 온전한 명칭은 '더 정생, 라이프 케어 앤 컨설턴트 그룹'이었다. 통계학, 인지 행동학, 인간발달학 관련 빅데이터를 기반으로 고객의 근미래를 예측한다는 점이 기존 컨설턴트 업체와의 차이였다. 본사는 삼년 전, 화곡동에서 청담동으로 사옥을 이전했다. 정생에 아무 관심이 없는 사람들은 간판 로고를 언뜻 보고 이곳을 신생 홍삼 브랜드나 건강보조식품 회사쯤으로 여겼다.

'진실 곁에 더 가까이, 더 정생'. 빌딩 옥외 광고판의 디자인은 정갈하고 기품이 있었다. 하지만 광고 이미지나 문구로 정생을 떠올리는 이들은 없었다. 정해진 인생. 정생을 아는 사람들은 속어를 더 즐겨 썼다. '바르다'가 아닌 '정하다'라는 의미. 그 뜻이 더 직관적이었다. 한자 표기가 다른데도 말이다.

정생을 이용하는 이들은 주로 전문직의 고소득층이었다. 높은 가입비와 연회비는 이미 악명이 자자했다. 예측

시스템 개발에 엄청난 비용이 들었다는 점을 감안해도 부담스러운 가격이었다. 정생 고객이 되었다고 해서 앞날을 바로 알 수 있는 것도 아니었다. 가입 절차가 완료된 후에는 심사 기간만 사주가 넘었다. 심사가 끝나면 다시 이년을 기다려야 했다. 정생은 이십사개월간 꼬박꼬박 회비를 낸 이들에게 서비스를 제공했다.

가입자들은 자신의 환경과 유전자 정보를 토대로 한 서비스를 받는다고 여겼지만, 정생은 가입자의 환경보다는 유전자 정보를 더 심도 있게 다뤘다. 체모로 간단한 분석을 한다고 했지만, 이 검사는 데이터의 총체이자 정수라 해도 될 만큼 주요했다. 성향과 기질을 기초로 한 예측. 훗날 고객들이 겪게 될 일들은 대부분 유전자 분석에 근거했다. 데이터를 정생 인공지능 시스템에 입력하면 연산을 거쳐 완성된 문장이 나왔다. 예측은 어디까지나 일종의 모의주행에 가깝다는 안내문구를 접하고, 전언이 기상예보와 비슷한 셈이라는 담당자의 부연을 들어도 결과를 확신하는 가입자들이 다수였다.

황주현님은 일년 뒤 원하던 일을 이루고 칠년 뒤 새로운 곳으로 갑니다.

김성호님은 팔개월 뒤 건강에 문제가 생기고 사년 뒤 고통에서 벗어납니다.

제갈서영님은 이년 뒤 환경에 변화가 따르고 일년 뒤 평화로워집니다.

초기와 달리 현재의 전언은 모호했다. 문장은 근미래의 큰 틀과 흐름만을 전달하는 형태로 변해갔다. 표현이 구체적일수록 갈등의 소지가 다분했기 때문이다. 수식이 없는 평서문이 현재 정생이 제공하는 전언이었다. 전언의 맥락을 다각도에서 해석해주는 프리미엄 서비스, 해석에 더해 전언의 양을 늘릴 수 있는 플래티넘 서비스에는 비용이 더 붙었다. 모든 일이 그렇듯 상대에게서 자세하고 친절한 말을 듣기 위해서는 돈을 더 내야 했다.

새로운 곳으로 간다, 고통에서 벗어난다, 평화로워진다. 혹은 시작점으로 되돌아간다, 가벼워진다, 완치된다. 정생은 죽음에 관한 서술에도 갖가지 비유를 활용해야 했다. 요컨대 중의적인 문장이 핵심이었다. 불행한 일은 최대한 불투명하게, 나중에 납득할 수 있도록.

정생은 창사 이래 몇년간 여러 시행착오를 거쳤다. 특허 기술로 업계를 개척해나가며 조명받은 시기에는 크고 작은 소송과 여론전에 휘말렸다. 종교가, 역술가부터 타로이스트, 카운슬러까지. 유사 직종이라 할 수 있는 집단의 항의와 비방은 무수했다.

──사전적으로 줄기의 맨 끝, 꼭대기에 난다는 뜻을 가진 정생. 라이프 케어와 컨설턴트라는 대외 업무 명칭과 다르게 정생은 대기업 중역, 고위급 공무원, 자산가, 교수, 유명 연예인 등 이른바 사회의 소수 특권계층만이 누릴 수 있는 은밀한 고액 서비스업이 된 지 오래입니다. 말 그대로 맨 끝, 꼭대기에 있는 그들만의 세상. 정생을 이용해본 경험이 있는 고객들은 서비스의 내용이 점사와 크게 다르지 않다고 말합니다. 내부 관계자들의 증언도 이 실태를 뒷받침합니다.

──이게요. 말만 통합이고 융합이지, 유전자 분석이 다예요. 그냥 타고 난 걸 토대로 한다고요. 유전자 결정론에 회의적인 직원은 저 말고도 꽤 있어요. 정생은 불완전한 이론을 모델로 삼고 있는데, 이거 과학계에서 한번 들고 일어나야 합니다. 무시하지 말고 진지하게 반박해야죠.

──터무니없는 점성술이니, 끼워 맞추기니, 미신이니 해도 정생은 한번도 위기를 맞아본 적이 없어요. 불안이 자원인 장사니까요. 사람만큼 불안을 낭비하는 종이 어디 있겠어요.

──회원 자격을 계속 유지해보려고 하니까 돈이 너무 들어요. 그런데도 대기자들이 많다고 들었어요. 하긴 그러니까 점집이 그렇게 많지. 용하다면 땅이라도 팔아 찾아가니 망하지도 않고요.

──인생 갑갑하잖아요. 피할 수 있는 불행은 피하고 싶고 요행

은 기대하고 싶고. 그러니 그저 마음 놓고 뭐라도 턱 믿고 싶은 게 사람 심정인 거예요. 근데 갈수록 아무나 믿기 힘들잖아요. 말을 안 해서 그렇지, 능력만 되면 다들 정생에 가입하고 싶을걸요? 피디님이라고 뭐, 앞날을 훤히 알아요?

시사 고발 프로그램의 연락은 잦았고 취재 기자가 상담 고객인 척 잠입을 시도한 적도 몇차례 있었다. 하지만 정생은 이런저런 보도에도 심각한 타격을 입지 않았다. 영상 다시 보기 불가, 방송 서비스 오류, 게시 중지 요청에 따라 해당 콘텐츠 제공을 임시 중단한다는 공지를 문제삼는 시청자들은 시간이 지날수록 점점 줄어들었다.

정생은 불법적인 회사가 아니었다. 세금을 지체 없이 납부했고 고객들의 개인정보는 노출되지 않도록 철저히 관리했다. 고용에는 특혜가 없었고 운영에도 구설이 없었다. 투자금과 기부금 명세도 투명하게 공개했다. 내부 고발자 몇몇을 합법적으로 해고한 정생은 이곳이 사회적으로 위화감을 불러일으킨다는 비판에서도 곧 자유로워졌다. 패션, 뷰티, 레저, 요식, 오락, 휴양 등 계층 간 위계를 더 공고히 만들어주는 일이란 이런 컨설턴트 업종 말고도 숱했다. 게다가 정생이 제공하는 전언은 값만 비싸고 내용이 없는 여타의 서비스와 달랐다. 전언은 일시적인 기분 전환이나 스트레스 해소를 위한 문장이 아니었다.

위험을 낮추고 적기를 찾아야 하는 이들은 매번 정생을 찾았다. 모든 선택이 중요한 사람들, 큰 것을 가졌기 때문에 가진 것을 잃는 일이 두려운 사람들, 비과학적인 방법에 더는 시간과 비용을 들이기 싫은 사람들은 정생을 오래 이용했다. 프리미엄, 플래티넘 회원은 전체 고객 중 무려 39퍼센트를 차지했다.

번듯한 빌딩 외관, 번듯한 안내데스크, 번듯한 계약서. 정생은 회사 안팎의 외양을 꾸준히 정비했다. 미래 예측학 업계를 쇄신하고 선도하는 기업으로서 편견은 과감히 깨부수는 게 정답이었다. 우습고 누추하며 어딘가 꺼림칙해 보이는 요소들은 눈에 띄는 대로 반드시 숨아내야 했다. 울긋불긋하고 울퉁불퉁한 것. 시끄럽고 강렬한 것. 드세고 흉측한 것. 토속, 주술, 민간신앙을 떠올리게 하는 모든 걸 말이다.

광고 비용 외에도 예산이 필요한 곳은 많았다. 정생은 건물 미화와 주변 조경까지 샅샅이 힘을 썼다. 이전한 본사 건물은 글로벌 은행과 호텔 사이에 있었고 그 건물들과 거의 구별되지 않았다. 모노톤으로 통일한 실내 인테리어는 눈길, 발길이 닿는 곳마다 거슬리는 데가 없었다. 로비와 상담실에는 무겁지 않은 머스크향이 감돌았다. 고객이 앉은 테이블에는 웰컴티로 꽃차가 놓였다. 차를 한

모금 마시면 어디선가 직원이 조용히 나타나 무료로 제공하는 디저트와 음료 종류를 설명하고 주문을 받았다.

3.

사무실로 돌아온 우민수는 텅 빈 컵을 내려봤다. 일어나 커피라도 내려올까 싶었지만, 몸이 움직이지 않았다. 그는 테스트 지원자로 선뜻 나선 일을 후회했다. 전 사원 앞에서 자신의 전언이 드러난 게 믿기지 않았다.

4퍼센트. 오늘 오전 회의장에선 기존보다 정확도를 무려 4퍼센트 높인 시스템 업그레이드 테스트가 있었다. 정생은 일반 서비스 업데이트를 앞두고 매번 사내 지원자를 뽑았다. 프리미엄, 플래티넘 서비스 테스트는 십년 이상 장기 근속자 중 소수를 대상으로 했고 방식도 비공개였다. 평사원을 대상으로 한 테스트 안내 메일에는 '복지의 일환, 근로 동기 부여, 능동적인 실무 파악, 애사심 고취'와 같은 글귀가 항목별로 구구절절 길었다.

일반 서비스 업데이트 테스트는 본인의 의지와 부서장의 추천만 있으면 어렵지 않게 참여할 수 있었다. 지원자가 많지 않아서였다. 찜찜한 전언을 접했던 사원들에게는 불만이, 나쁜 전언을 접했던 사원들에게는 적개심이 있었다.

"힘없는 사원들을 굳이 공개석상에 세우는 이유가 뭐야? 윗놈들은 숨어서 하고."

"사장이나 임원진 중에 변태가 있는 거지. 완전 악취미야."

"그러게. 뭣도 모르는 어리바리한 애들이랑 신입들만 불쌍하다니까."

연차가 조금씩 쌓인 직원들은 예측이라면 진력이 난 상태였다. 예측이 업인 자신의 근미래를 예측하는 일이 두렵기도 했다.

테스트 대상자로 선정되면 값비싼 전언을 20퍼센트 직원할인가로 받을 수 있다는 장점이 있었다. 그러나 전언을 포함한 개인정보가 자리에 참석한 전원에게 노출된다는 단점도 있었다. 그러니 여러 여파를 각오하지 않으면 테스트에 쉽게 지원할 수 없었다.

"나는 민수씨 앞날이 궁금해졌는데? 여기서 어떻게 더 발전할지? 혹시 내키면 다음 테스트, 민수씨가 한번 받아볼래요?"

정지영의 권유를 덥석 받아들이는 게 아니었다. 하지만 권유 직전, 그의 말과 표정에 우민수는 경계심을 잃고 말았다.

"이 백조 이미지 시안, 민수씨가 만든 거야? 왜 이렇게 좋지? 훌륭한데?"

정지영은 유능하고 사려 깊은 상사였다. 그는 생색 없이 일했고 언제 어디서나 참고자료를 부지런히 살폈다. 태생적으로 공부에 게으르지 않은 체질이었다. 정지영은 직원들에게 독려를 아끼지 않았고 칭찬에 인색한 편도 아니었다. 하지만 진심 어린 칭찬을 할 때면 눈에 빛이 확 돌았다. 그래서 정지영을 오래 본 직원들은 진짜와 가짜 칭찬을 구별할 수 있었다. 우민수는 정지영의 칭찬이 진짜라는 사실을 곧장 알아챘다.

"아, 제가 받아볼까요? 한번 자원해보겠습니다."

"그럴래요? 홍보부, 지금까지 테스트받아본 직원 없었지? 그럼 될 확률이 높겠다. 나도 회의 때 어필해볼게."

결국 칭찬이 화근이었다. 정확히는 인정 욕구에 휘둘린 자신의 유약한 내면이 문제였다. 우민수는 책상에 놓인 간식 통에 손을 뻗었다. 흰색 민트맛 사탕이 반쯤 남아 있었다. 무난하고 평이한 모양. 고만고만하고 특색 없는 향. 예측을 벗어나지 않는 맛. 사탕을 입에 넣은 우민수가 한숨을 내쉬었다. 질감 역시 뻔했다. 별생각 없이 사두었던 사탕이 자신을 꼭 빼닮은 것 같았다.

"거짓말 마요, 형."

"그러니까. 안 갔으면서 자꾸 갔대."

"맞지? 민수 오빠 거기 없었는데."

남에게 감정을 잘 드러내지 않던 우민수는 대학에 들어간 이듬해인 21세에 크게 화를 냈다. 1학년 후배들 앞에서 말이다.

"나 너희랑 같이 갔어. 명지산 근처 유스호스텔. 아이보리색 건물이었잖아."

"유스호스텔은 전부 산 근처잖아요. 건물도 다 아이보리색이고. 아, 왜 자꾸 우겨요?"

"내가 이런 걸 우겨서 뭐 하게?"

그들은 여름 가평, 2박 3일 엠티 자리에 우민수가 없었다고 주장했다. 소주 상자를 들고 오르막길을 올랐던 우민수는 그때 들었던 매미 소리가 여전히 생생했다. 원한이 맺힌 듯 날 선 울음이었다. 기록적인 폭염이라 땀이 줄줄 흘러내렸다. 우민수는 몸에서 냄새가 날까봐 숙소에 도착하자마자 새 티셔츠로 갈아입었다. 마피아와 진실 게임을 했고, 속이 울렁거리는 걸 참은 채 롤링페이퍼도 썼다. 새벽까지 잠들지 못한 후배 몇몇과는 DC코믹스 영화 얘기도 나눴다. 판타지 히어로물에서 자주 나타나는 오류와 한계에 대해 떠들 때는 허리가 쑤시고 눈이 다 침침했다.

그런데 자신을 기억하는 사람이 없다니. 한명도 아니고 여럿이. 내내 실랑이를 벌이던 우민수가 갑자기 실눈을 떴다. 후배들이 작정하고 자신을 놀리는 것이 분명했다.

"그만해라, 이제."

우민수는 한쪽 입꼬리를 들어올린 채 남자 후배의 가슴을 주먹으로 가볍게 쳤다. 그들이 자신을 어렵지 않은 사람으로 대하는 게 내심 반가웠다. 만만하다는 건 반드시 나쁜 게 아니었다. 쉽고 편안하다는 뜻이 될 수 있었다. 후배들에게 위계질서를 강요하지 않고 권위를 부리지 않는 선배로 각인된 거라면 기뻤다. 한살 차이인데 무슨 예의가 필요해. 앞으로도 이런 장난은 마다하지 않고 받아주지. 우민수는 빙그레 웃었다.

"나 안 속아."

"우리가 뭘 속여요?"

우민수는 휴대폰 앨범에서 그때의 사진들을 찾아냈다. 증거를 들이밀면 모두 참지 못하고 폭소를 터뜨릴 것이다.

"이거 봐. 팩트를 보라고."

후배들이 사진을 골똘히 들여다봤다. 쓰고 있던 안경을 벗은 이도, 안경을 찾아 쓴 이도 점점 말이 없어졌다. 헛기침 소리가 몇번 들렸다.

"봐봐. 거기 나 있어? 없어?"

웃는 사람은 없었다. 소란했던 과방은 수능 시험장처럼 조용해졌다. 우민수가 문 쪽으로 몇걸음 물러났다.

"이 새끼들이 왜 사람 말을 무시해? 아까부터 내가 갔다고 했잖아!"

후배들에게 고함을 치고 나온 우민수는 운동장 반 바퀴를 돌고 느릿느릿 돌계단에 앉았다. 그는 휴대폰을 한참 동안 만지작거렸다. 소파 구석에, 인파 뒤에, 대열 뒷자리에 꼴 보기 싫은 형체가 분명히 있었다. 웃는 모습은 음침했고 서 있는 모습은 비굴했다. 사진 속 자신의 얼굴은 불운을 몰고 오는 조그만 목각인형 같았다.

우민수는 간식 통 옆에 놓인 탁자형 거울을 거칠게 엎어뒀다. 그때와 같은 얼굴을 보이기 싫었다. 오한나와 우민수는 오후 내내 서로를 쳐다보지 않았다. 업무를 볼 때도 말을 쥐어짜듯 짧게 묻고 짧게 답했다. 아까의 싸움이 고단했기 때문이다. 염인태가 오한나 곁에 붙어 나지막하게 속삭였다.

"왜? 왜 그래? 둘이 뭐 때문에 심각해?"

속삭인다고 생각했지만 다 들리는 말이었다. 우민수가 흘깃 염인태를 올려봤다. 눈을 크게 뜨고 입술을 내민 모습이 고까웠다. 형광등 빛을 계속 반사하는 그의 넥타이핀도 거슬렸다. 장식이 많아 눈이 더 따가운 것인지도 몰랐다. 척 봐도 염인태 분수에 안 맞는 명품이었다. 우민수는 무엇보다 염인태가 자신 말고 오한나에게 먼저 질문한 게 석연치 않았다. 아까 비상구 계단에서 자신이 오한나에게 건 시비는 억지였지만, 지금 둘이 함께 있는 걸 보니 다시 심사가 뒤틀렸다. 돌이켜볼수록 두 사람은 취향이 꽤 잘 맞는 것 같았다. 유머 패턴도, 관심사도, 가치관도.

"너 행동거지 좀 똑바로 할 수 없냐? 둘이 다정히도 들어오더라. 누가 보면 내가 아니라 인태랑 사귀는 줄 알겠어."

"행동거지? 무슨 헛소리야? 부장님도 같이 밥 먹고, 같이 커피 마셨어. 셋이 있었다고."

"너는 나 기다렸다가 같이 나가도 됐잖아."

"빠지겠다며. 우리한테 먼저 가라며."

"우리?"

말꼬리를 잡은 우민수가 피식 웃었다. 우민수에게 이렇게 꽁한 구석이 있었나. 흠칫 놀란 오한나가 대답했다.

"아까 로비에서 네 표정이 어땠는 줄 알아? 절대 다가오지 말라고, 말 한마디 걸지 말라고 티를 그렇게 내놓고. 너 내가 기다렸으면 기다렸다고 짜증 냈을걸?"

"감당하기가 싫었던 거겠지. 부담스럽고 껄끄러우니까. 아, 짜증 나. 오늘 쟤 기분 어떻게 맞춰야 해? 근데 한나야. 좋은 것만 같이 누리고 싫은 건 각자 견디는 게 연애야? 그게 사귀는 거야?"

오한나는 몰래 시계를 확인했다. 쓸데없는 언쟁을 언제까지고 벌일 순 없었다. 곧 사무실에 들어가야 했다.

"너 지금 배배 꼬였어. 되는대로 말하고 있어. 진정하고 이따 얘기해."

두 사람은 퇴근 후 건물 지하주차장 구석에서 다시 마주 섰다. 수십대의 차들이 빠져나가는 동안 서로 말이 없었다. 날카로운 바퀴 소리에 오한나와 우민수의 이마가 잔뜩 구겨졌다. 건물 기둥을 쏘아보던 우민수가 먼저 입을 뗐다.

"우리 만난 지 일년도 안 됐어."

"그런데?"

"이런 말까진 안 하려고 했는데, 내가 하나만 묻자. 너 설마 벌써 지쳐?"

오한나는 목을 뒤로 젖히고 천장을 올려다봤다. 좀 전에 머물렀던 사무실과 달리 주차장 상부는 더럽고 위험해 보였다. 환풍구가 낡았는지 공기도 매캐했다. 오한나가 우민수를 쳐다봤다. 결국 이 말을 꺼내야 했다.

"오늘 전언 때문에 그런 거지? 그래서 나한테 화풀이하는 거고? 정말 투명하다. 한낱 테스트야. 거기다 일반 서비스는 다른 서비스보다 정확도가 떨어진다고. 그걸 믿어?"

"안 믿어. 신경 안 써."

우민수는 아랫입술을 깨물었다. 한번 시작된 거짓말은 곧장 다음 거짓말을 불러들였다.

"네가 나 내버려두고 나간 게 신경 쓰이는 거지."

우민수가 차 쪽으로 걸어나갔다. 오한나는 멀어지는 그를 물끄러미 바라봤다. 믿는구나. 완전히 믿고 있어. 오한나는 아까 로비에서 개미처럼 보였던 우민수를 떠올렸다. 시야에서 사라지기 전까지도 그는 자리에 붙들린 듯 움직이지 못하고 있었다. 내가 정말 널 떠난다고 생각하는 거야? 그래서 이렇게 구는 거야? 오한나의 눈시울이 붉어지기 시작했다. 무르고 약해빠진 그가 갑갑했다. 약해빠지고 무른 그가 안쓰러웠다. 불안해서 뾰족해졌어. 무서워서 날이 선 거야. 원래 이런 애가 아니고. 오한나가 달려가 우민수의 팔을 잡아챘다.

"미안해. 오늘 사람들 앞에서 스트레스가 심했을 텐데. 내가 그것까진 생각을 못했어."

우민수는 어리둥절했다. 괜한 오기를 부렸는데도, 유치한 생떼를 썼는데도 상대에게 사과받았다. 배꼽에서부터 기묘한 전율이 일었다. 우민수는 참았던 숨을 길게 내쉬었다. 그러고는 이마를 짚은 채 말했다.

"오늘은 못 데려다주겠다. 나 먼저 갈게. 혼자 갈 수 있지?"

오한나가 고개를 끄덕였다. 우민수는 차 문을 열고 자리에 앉았다. 주차장 엘리베이터 문이 열리자 오한나가 곧 사라졌다.

우민수는 안전벨트를 끌어내리다 말고 눈을 지그시 감았다. 이상한 날이었다. 오늘은 그렇고 그런 날들과 선명히 구분할 수 있었다. 우민수는 운전석 차창으로 자신의 옆모습을 흘겨봤다. 어두운 차 안으로, 어둑한 얼굴로 잔잔한 비애감이 찾아들고 있었다.

누군가와의 작별이 슬프기만 할까. 괴로울 뿐일까. 꼭 그렇진 않을 거다. 우울은 곱씹을수록 감미롭겠지. 회한은 의외로 포근할지도. 다가올 파국을 겪고 나면, 전신에 어른스러운 기운이 감돌게 될지 모른다. 좀더 성장한 사람이 될 수 있다. 우민수의 목울대가 몇번 꿀렁거렸다.

오한나와의 이별이 가져다줄 감정에 절망만 있지는 않을 것 같았다. 처음으로 그런 생각이 들었다. 아니, 싸우는 동안 그런 예감이 조금씩 모여들었다. 우민수는 자신이 무의식적으로 이런 균열을 기다려왔다는 사실을 분명히 깨달았다.

오한나와 어떻게 헤어지게 될까. 우민수는 이별의 과정

과 결과를 궁금해하는 자신에게 짐짓 놀랐다. 하지만 이미 시작한 상상을 멈추긴 어려웠다. 그는 깍지 낀 두 손을 정수리에 올렸다. 우민수가 기대한 것은 서사, 정확히는 자신 혼자만 갖게 될 독특하고 고유한 서사였다. 그러니까 세상에 하나밖에 없을 질감, 색상, 형태를 갖춘 이야기. 그는 자신의 이별에 붙을 개성이 궁금했다. 오한나를 사랑하지 않는 건 아니었다. 다만 자신의 드라마가 어떤 장면과 분위기를 갖추게 될지 알고 싶었다.

팔이 저리자 그는 두 손을 허벅지에 올렸다. 손바닥에 솟은 땀이 꽤 많았다. 우민수는 그가 가진 것 중 자신만의 것이라고 부를 만한 게 드물다고 생각했다.

'일년 뒤 소중한 이를 떠나보내고, 삼년 뒤 혼자 있게 됩니다'.

정직하게 대면하기로 하자. 좋지는 않지만, 나쁘지도 않은 미래다. 어쩌면 작은 흠결과 불운을 수긍하는 과정에서 삶이 나아질지 모른다. 평범한 시간은 고여 있는 시간이다. 분투하고 충돌해야 발전이 따른다. 전언은 나를 깨어 있게 할 것이다. 더 생생히.

우민수는 점점 커지는 고양감에 그대로 몸을 실었다.

전방의 우중충한 풍경과 삭막한 지하공간이 어느덧 아늑하게 느껴졌다. 비극의 전조, 나쁜 조짐과 징조. 다 좋았다. 벌어질 일이라면, 막을 수 없는 일이라면 그 미래를 기꺼이 맞이하는 태도가 더 의젓할지 모른다.

우민수는 시동을 걸었다. 평소보다 흥분했는지, 안전벨트를 두르자 속이 메스꺼워졌다. 민트사탕 하나를 입에 넣은 그는 잘 듣지 않던 클래식 채널을 찾아 틀었다. 변화를 겁내지 않고 싶었다. 자신을 향해 다가오는 낯선 나날을 피하고 싶지 않았다. 앞으로 삶에 드리워질 그늘을 흐트러지지 않은 자세로 응시할 작정이었다. 그럴 수만 있다면 최대한 우아하고 침착하게.

"다음 곡은 비발디의 오페라, 일 지우스티노 중에서 골라봤어요. 눈물의 비. 같이 들어보시죠."

사탕을 입에서 굴리자 한 여자의 노래가 흘러나왔다. 뭐라고 하는지 전혀 알아들을 수 없는 가사였다. 소프라노의 목소리는 곤혹스러울 정도로 비통했다. 하지만 격앙된 감정 사이사이 어딘가 들뜬 기색도 느껴졌다. 변화가 많은 음계 뒤에서 톡톡, 톡톡대는 피아노 소리가 곡에 독특한 긴장감을 불러일으키는 듯했다. 고음부에선 어깨가 굳었지만, 우민수는 집으로 가는 길 내내 채널을 바꾸지 않았다.

4.

우민수는 주변 사람들에 대한 기대치를 서서히 낮췄다. 누군가 아무리 상냥하게 굴어도, 아무리 따뜻하게 대해줘도 나중에는 어차피 혼자였다. 앞으로 일어날 일을 알고 있으면 느긋해졌다. 다음에 벌어질 일을 떠올리면 조급해졌다. 결국 감정의 기복만 심해질 뿐이었다. 그는 점점 신망을 잃었다. 사내에는 우민수가 매사에 부정적이라는 소문이 돌았다. 근태를 살피라는 이야기, 성격이 비틀렸다는 이야기를 다른 부서 사람들에게 직접 듣기도 했다.

"나는 민수씨가 그렇게 힘들어할 줄 몰랐어. 괜히 부추겨서 미안해요."

정지영은 모든 게 자신 때문이라며 오한나를 달랬다.

"평가? 아, 인사고과? 한나씨. 회사 일은 걱정하지 마요. 문제없도록 내가 들여다볼게요. 지금은 민수씨 곁에 자기가 더 잘 있어줘야지."

정생의 일반 서비스 업데이트 테스트는 자주 연기되다가 잠정적으로 중단되었다. 오한나는 우민수에게 정신과 상담을 받아보라고 했다. 오한나가 어렵게 예약한 퓨전 한식당에서 식사가 거의 끝나갈 때 꺼낸 말이었다. 맞은

편 셰프의 손을 뚫어지게 내려다보던 우민수가 옆을 쳐다
보지 않고 물었다.

"내가 약 먹고 무기력해지면 그 핑계로 염인태 만나게?"

우민수는 말이 끝나자마자 웃었지만, 웃음소리가 되돌
아오진 않았다. 오한나가 우민수의 등을 세게 내리쳤다.

"정신 차려. 우리가 헤어진다면 그건 전언 탓이 아니야.
너는 확신해야 할 걸 의심하고 의심해야 할 걸 확신하고
있어."

"왜 그래? 너희 원래 코드 잘 맞잖아. 광고 기획도 같이
잘 짜고. 일머리도 인태가 나보다 낫고. 아, 그래서 걔 승
진이 빠른가보다."

오한나가 잔을 들어, 남은 술을 우민수의 얼굴에 뿌렸
다. 식당 안의 사람들이 재빠르게 몸을 숙이고 둘을 지켜
봤다.

"우리 안 헤어져. 난 너 절대 안 떠나."

우민수가 냅킨을 집어 젖은 얼굴을 닦아냈다. 배와 생
강을 넣어 만들었다는 전통주라 그런지 피부가 따끔따끔
했다. 콧속 깊숙이 파고든 냄새가 맵싸했다.

"민수야. 그러니까 제발 이러지 마."

"왜 이래? 가려면 빨리 가. 시간 맞출 필요 있어? 아, 시
간은 자연스럽게 맞춰질 거니까?"

걷잡을 수 없을 것 같던 우민수의 추태는 일년이 지나서야 멈췄다. 전언이 깨끗이 빗겨나간 뒤였다. 파국은 일어나지 않았다. 그날의 예측으로부터 일년 이개월 뒤 주례 앞에 선 두 사람은 손을 꽉 맞잡았다. 조명 아래 단상에는 정확히 세 사람이 있었다. 오한나, 우민수 그리고 둘의 유전자를 반반씩 지닌 아기.

"신랑, 신부는 이제 하객들을 향해 인사하세요."

오한나는 부케로 배를 가리지 않았다. 우민수는 상기된 표정으로 염인태를 쳐다보았다. 폭죽이 터지고 꽃잎이 휘날리자 둘은 보란 듯이 환하게 미소 지었다.

5.

"애 좀 달래봐. 도대체 언제까지 우는 거야?"

우민수는 휴대폰에서 시선을 떼지 않은 채 소리를 질렀다. 게임에 집중할 수 없었다. 토요일 오전은 항상 두통이 생길 정도로 지긋지긋했다. 그때 현관문이 열렸다. 구두를 벗고 성큼성큼 들어온 사람은 최진이었다.

"인태는요?"

"저 혼자 왔어요. 민수씨 말고 우리 한나랑 한민이 보러."

"왜 자꾸 혼자 와요? 진씨는 한나 친구야? 한나 엄마야? 아니, 한나 할머니인가?"

최진이 들고 있던 키위 상자로 우민수의 배를 살짝 밀었다. 그러자 우민수가 뒤로 한참 밀려나는 시늉을 했다. 최진은 그의 엄살을 못 본 척했다. 우민수는 실눈을 뜬 채 최진의 뒷모습을 지그시 바라봤다. 오늘 신은 스타킹은 과감한 격자무늬가 인상적이었다.

오한나와 달리 최진은 독특한 문양의 옷이 많았다. 오한나와 달리 최진의 머리카락과 발뒤꿈치에서는 윤기가 흘렀다. 우민수는 식탁 밑으로 삐죽 나온 오한나의 다리를 심드렁하게 쳐다봤다. 오한나의 무릎과 최진의 무릎이 맞닿아 있어 두 사람을 비교하기 더 쉬웠다. 오한나는 결혼 후 튼살을 가리지 않고 맨다리로 다녔다. 관리에 도통 관심이 없었다. 부엌으로 간 우민수가 키위 상자를 보고 말했다.

"에? 무슨 골드키위를 사 왔어요? 그냥 키위도 고마운데."

대충 꺼낸 말이었다. 머릿속에는 다른 생각이 가득했다. 최진은 우리 집에 왜 이렇게 자주 올까. 혹시 나를 좋아하는 건 아닌가. 그럼 인태한테 미안한데. 아니, 미안하긴 뭐가 미안해. 사람 마음이 뜻대로 되는 것도 아니고.

공상은 순식간에 곁가지를 늘려나갔다. 그러자 굽었던 목과 등이 단번에 펴지는 듯했다. 최진의 방문은 짜부라든 일상에 생기와 활력을 줬다. 우민수가 흐트러진 머리카락을 정돈하고 물었다.

"근데 인태 자식은 진짜 안 와요?"

최진이 뒤돌아보지 않은 채 외쳤다.

"인태가 그렇게 보고 싶으면 만나러 가시든가. 좀 있으면 일 끝날걸요?"

"정생 염인태 부장님께서 재택근무 하느라 못 온 거예요?"

답은 없었다. 최진은 어느새 아들 한민 앞에 앉아 장난감을 흔들고 있었다. 아침부터 무표정했던 오한나는 앞니를 활짝 드러내고 웃었다. 오랜만에 보는 표정이었다. 오늘 밤은 어쩌면 싸우지 않을 수도 있었다. 오한나의 비위를 맞추려면 최진의 말대로 한동안 자리를 비켜주는 게 나을 듯했다. 집에 오래 있다간 무심결에 최진을 자꾸 쳐다보게 될지도 몰랐다. 목을 한바퀴 돌린 우민수가 점퍼를 집어 들었다. 현관 통로 오른쪽, 협탁 위에 놓인 차 키도 챙겼다.

"나는 진짜 인태 보러 가야겠다."

오한나 역시 대답이 없었다. 아들 한민은 울음을 그친

채 최진의 왼손가락을, 오한나의 오른손가락을 꽉 잡고
있었다.

걸어서 십오분. 운전은 하지 않는 게 좋을 것 같았다.
차는 거의 오한나가 몰았고, 출퇴근길도 지하철이 익숙했
다. 우민수는 염인태의 집을 향해 슬렁슬렁 걸었다. 도피
성 산책이었지만, 해를 보니 기분이 한결 나아졌다. 염인
태는 최진과 팔개월째 동거 중이었다. 결혼 생각은 좀체
없는 것 같았다. 이 자식이 참, 대책도 없어. 연애만 하다
어쩌려고.

우민수가 걸음을 멈추고 뒷짐을 졌다. 막역한 척 굴었
지만, 딱히 막역하진 않았다. 우리가 언제부터 다시 가까
워졌지? 내가 오한나와 결혼하고 나서? 한동네에 살게 되
면서? 인태에게 애인이 생기고 나서? 넷이 몇번 만나면
서? 여자들끼리 친해지면서? 우민수는 도리질했다. 계기
는 중요하지 않았다.

전언은 진작에 틀렸다. 예측은 골대를 빗맞고 튀어나간
공처럼 멀리 굴러갔다. 오한나와 염인태의 사이를 의심하
던 나날이 이제 와선 우스웠다. 하지만 우민수는 안도감을
느낄 수 없었다. 오한나와 헤어지지 않고 같은 집에 사는
일은 예상보다 기쁘지도, 뭉클하지도 않았다. 결혼 생활은
미적지근하고 갑갑했다. 뭔가가 하나부터 열까지 급속도

로 무너지는 것 같았지만, 붕괴를 방치할 수밖에 없었다. 발치에 우수수 떨어진 조각들이 보이지 않았기 때문이다. 보이지 않는 조각은 잡을 수도, 바로 세울 수도 없었다.

이제 와 원인과 결과를 따질 수 있나. 살면서 나아지겠지. 남들과 다를 것도 없어. 하나하나 맞춰가고 양보하면 되는 거야. 우민수는 뒷짐을 풀었다. 머릿속이 차츰 맑아지는 듯했다. 아들 한민은 하루가 다르게 자라나고 있었다. 어쩌면 아들이 학교에 들어갈 무렵에는 많은 문제가 해결될 수도 있었다. 우민수가 목덜미를 벅벅 긁었다. 그의 피를 빨던 모기가 몸 근처를 어지럽게 돌다 유유히 날아갔다.

"아, 하여간 가을 모기가 더 지독해."

우민수는 목을 계속 긁으며 생각했다. 오한나는 자신을 떠나지 않았다. 하지만 오한나가 자신 곁에 있는 것 같지도 않았다. 우민수는 우는 아들을 앞에 두고 운전면허와 자격증 시험공부를 하는 오한나가 무서웠다.

"뭐 해? 애 울잖아. 지금 책이 눈에 들어와?"

말없이 자신을 치켜보는 오한나는 더 무서웠다. 신혼여행지였던 경주의 대릉원은 가끔 악몽의 배경으로 등장했다. 무덤 앞에 선 오한나는 어쩐지 안색이 괴괴하고 파리해 보였다. 우민수는 오한나가 그때 했던 말을 기억했다.

꿈에서도, 꿈 밖에서도 오한나는 같은 항변을 했다. 늘 화를 억누르는 표정이었다.

"봐. 나는 널 떠나지 않았어. 앞으로도 너는 혼자가 아니야."

오한나는 기어이 면허를 땄고 자격증을 차곡차곡 모아 갔다. 뭔가를 벼르고 벼르는 사람처럼. 갈증과 근육통을 참고 참는 주자처럼.

"차라리 떠나지 그랬어. 혼자 두지 그랬어."

우민수는 염인태의 집에 들어서기 전, 그 말을 입 밖으로 처음 내뱉어보았다.

6.

짬뽕을 다 먹은 우민수는 화장실로 가 오줌을 쌌다. 밖으로 나오니 염인태가 설거지를 하고 있었다.

"중국집 그릇을 뭐 하러 닦아?"

"그냥 습관이야. 이렇게 해도 식당에서 다시 닦겠지만."

"그거 안 하려고 배달시키는 건데?"

염인태는 더이상 대답을 하지 않았다. 그는 손을 닦고 소파 끝에 걸터앉았다. 바닥에 퍼져 있던 우민수가 염인

태를 올려다봤다. 염인태는 어쩐지 할 말을 고르고 있는
듯했다.

"날씨 좋은 주말에 왜 죽상이야? 유부남 앞에서 얼굴이
왜 그렇게 심각해?"

"민수야. 나, 며칠 전에 정부장님이랑 통화했다."

"누구? 정지영 부장님?"

우민수가 자세를 바로 하고 앉았다. 정지영은 퇴사 후
소식이 없다가 불쑥 그의 결혼식에 나타났다. 축의금 액
수가 깜짝 놀랄 만큼 컸다. 두달간 무슨 일이 있었는지 체
중이 확 줄었고, 낯빛도 침침했다. 하지만 전처럼 그를 아
끼는 기색은 역력했다. 정지영은 그와 오한나의 결혼을
진심으로 축하해줬다. 우민수는 정지영에게 신혼여행 답
례품도 안부인사도 건네지 않은 걸 뒤늦게 알았다. 오한
나는 우민수가 따로 챙겼을 거라고, 우민수는 오한나가
따로 챙겼을 거라고 여겼기 때문이다. 전화는 엉뚱한 사
람이 받았다. 주소도 계좌번호도 알 수 없었다. 정지영의
근황을 알아내야 한다는 생각은 아이가 울어재낄 때마다
희미해졌다.

"부장님, 지금 절에 계셔."

우민수가 눈을 크게 떴다.

"암자에서 수행하신단다. 나도 소식 들었을 땐 기함했

어."

"무슨 소리야? 퇴사하시고 이직 안 하셨대?"

"이직? 퇴사하고 이혼하고 너 결혼식에 오신 거야. 그 난리 통에. 너희 결혼 두달 전에 합의 이혼하셨대."

우민수가 컵의 물을 한모금 입에 머금었다.

"네 얘기 하니까, 어떻게 지내는지 궁금해하시더라. 솔직히 네가 전언에 충격먹고 온 사방팔방에 민폐 끼치고 다닐 때, 정부장님이 수습 많이 해주셨어. 자기 탓이라고. 자기가 준비도 안 된 사람 등을 떠밀었다고."

우민수는 무릎을 끌어안았다. 전언, 그 전언.

"민수야. 시간 되면 언제 한번 찾아뵈라. 날 잡아서 나랑 같이 가던지."

짬뽕 국물이 짰던 건지 자꾸 목이 탔다. 우민수는 컵에 물을 더 따랐다. 골똘히 짚어볼 지점들이 있었다. 그러니까 전언 일년 후에 부장이 이혼했다고? 전언 삼년 후에는 부장이 절에 있다고?

우민수가 물을 천천히 삼켰다. 내가 생각했던 미래, 내가 기다리던 궤적. 그게 왜 정지영의 현재인 걸까. 일년 뒤 소중한 이를 떠나보내고, 삼년 뒤 혼자 있게 된다는 전언은 어쩌면 자신의 것이 아닐지도 몰랐다.

"지금 가야겠다. 절 이름 말해봐."

"지금? 일이 좀 남았는데, 기다렸다가 같이 갈래?"

우민수가 고개를 세게 저었다. 고찰 주소와 위치를 확인한 그는 자리에서 일어났다. 점퍼를 뒤집어 입었다는 말이 들리기 전에 우민수는 문을 닫았다.

7.

늦가을 날씨는 춥고 맑았다. 차가 조금 막히긴 해도 가까운 거리였다. 주차를 마친 우민수는 슈퍼에 들어가 과일 주스 세트를 하나 들어올렸다. 상자 귀퉁이 색이 너무 바랜 것 같아 마음에 들지 않았지만, 마땅히 다른 선물이 눈에 들어오지도 않았다. 가게의 낡은 문턱을 밟고 나오자 짧게 탄식이 나왔다. 머리 위로 구름이 한점도 없었다.

정지영의 방을 둘러보던 우민수는 소반에 올려뒀던 한 손을 가만히 내렸다. 오래 닦지 않았는지 표면이 끈끈했다. 나무에서 쿰쿰한 냄새도 나는 것 같았다. 책들 위에는 뿌연 먼지가 가득했다. 부장이었을 땐 몰랐는데, 원래 이렇게 위생 관념이 없었나.

"여기 처박혀 있어도, 제가 원두는 좋은 걸 써요. 그건 포기 못하지."

조그만 고찰에서 내온 커피는 의외로 정말 맛이 좋았다. 정지영은 수행이라는 말은 거창하고 그저 절의 사무장을 맡고 있다고 했다.

"한나씨는 어떻게 지내요?"

"한나도 잘 지내요. 부장님 못 뵙는 동안 아들도 태어나 쑥쑥 크고 있고요."

정지영이 부드러운 미소를 내보였다.

"부장님, 그래서 드리는 말씀인데 전언은 왜 틀렸을까요. 그것도 완전히. 정생이 그렇게까지 어긋난 예측을 하진 않잖아요."

"그러게요. 민수씨는 지금 혼자가 아니네요. 소중한 사람이 둘이나 곁에 있어요."

우민수는 정지영이 뒤로 밀쳐놓은 주스 상자를 쳐다봤다. 아까는 미처 몰랐는데, 폰트 디자인이 투박해 보였다. 유통기한이 지난 제품일지도 몰랐다. 그는 커피 잔을 양손으로 꽉 쥐었다. 본론으로 한발 더 들어가야 했다. 이 질문을 하기 위해 여기까지 왔다.

"솔직히 말씀드리면…… 지금 부장님 처지가 그때 제 테스트 결과와 왜 비슷한지 모르겠습니다."

정지영이 커피를 마시려다 말고 우민수를 바라봤다.

"민수씨, 전에 제가 칭찬한 시안 기억해요?"

우민수가 눈을 껌뻑였다. 뜬금없는 소리였다.

"정말 훌륭하다고 말했던 기획안. 그 백조 이미지요."

가물가물하긴 했지만, 찬찬히 돌아보니 기억이 났다. 우민수는 고개를 끄덕였다. 함께 고개를 끄덕인 정지영이 말했다.

"그 최종안, 결국 반려시키긴 했어도 참 좋았죠."

우민수도 그때 마무리한 최종안이 끝내 채택되지 않은 걸 알고 있었다. 이유를 묻고 싶었지만, 정지영은 그날부터 긴 휴가를 썼다.

"제 전언이 왜 민수씨 것 같냐고요?"

우민수가 숨을 깊이 들이마셨다.

"그야 제 거니까요."

들이마신 숨이 나가지 않았다.

"민수씨 공식 테스트가 있기 보름 전에, 제가 먼저 비공식 테스트를 받았어요. 플래티넘 서비스 버전이어서 한 구절이 더 붙었죠. 정지영님은 삼일 뒤 큰 사고를 당하고 일년 뒤 소중한 이를 떠나보내고 삼년 뒤 혼자 있게 됩니다."

잔에서 손을 뗀 우민수가 다급히 물었다.

"네? 그래프는요? 그래프는 제 인생과 똑같았는데요? 백분율도 도표도 인포그래픽도 제 성격 그대로였어요."

정지영이 잔을 톡톡 치며 웃었다. 같이 일할 땐 몰랐는데, 웃음소리가 꽤 까끌까끌했다.

"에이, 그것까진 제가 다 손봤죠. 아시죠? 저 완성도 되게 신경 써요. 이왕 조작하려면 다 해야지. 저도 민수씨처럼 디자인 전공했잖아요."

우민수가 입을 벌렸다.

"죄송한데, 이해가 하나도 안 됩니다."

얼이 빠진 그가 다시 물었다.

"왜 그런 짓을 하셨어요? 대체 왜 그딴 짓을 하셨냐고요."

우민수는 방금 물음에서 '짓'과 '하시다'라는 표현이 서로 호응하지 않는다는 사실을 감지했지만, 정정할 생각은 없었다. 정지영이 고개를 숙이고 물었다.

"그 백조 시안, 표절한 거죠?"

우민수는 벌어진 입을 바로 닫았다. 백조 그림이 들어간 그 시안이라면, 영국의 한 인디 잡지에서 본 포스터를 참고하긴 했다. 참고의 범위를 어디까지로 잡을 수 있는지는 보는 이에 따라 다르겠지만 말이다. 우민수는 이마를 긁었다. 어떤 설명도, 해명도 할 수 없었다. 정지영이 곧 고개를 들었다.

"어쩐지 평소와 다르더라. 너무 좋았잖아요. 소규모 독립 잡지라면 아무도 모를 줄 알았어요? 베껴도 괜찮을 줄 알았어요? 배짱도 크지. 심지어 그건 우리 팀이 매달 보는 잡지였잖아. 혹시 과월호가 너무 많아서 안도한 거예요?"

우민수가 두 주먹을 말아 쥐고 물었다.

"표절이 전언과 무슨 상관인데요? 대답하세요, 부장님. 제가 질문한 건 전언이에요."

"저 이제 부장 아니에요. 그리고 너무 조급해한다. 그러지 마요. 말해줄 테니까."

우민수는 볼 안쪽 살을 세게 깨물었다.

"원안을 보게 된 건 차 안이었어요. 이게 뭐지? 왜 민수씨 시안과 이 포스터가 똑같은 거야? 근데 연도를 보니까 민수씨 시안이 훨씬 뒤야."

정지영이 잠시 말을 멈췄다. 카디건의 보풀을 떼어내는 그의 모습을 우민수가 어이없다는 듯이 쳐다봤다.

"회사 들어가자마자 바로 수습해야지 싶었어요. 그런데 신호 대기 시간, 마케팅팀에서 전화가 왔죠. 발주 직전이라고, 수량을 다시 묻더라고요. 하지 말라고, 당장 멈추라고 했어요. 왜냐고 해서 잡지 사진을 찍었죠. 그리고 전송을 마친 순간 사고가 났어요. 제가 앞차를 살짝 들이박았거든요. 다친 사람은 다행히 아무도 없었고요."

우민수는 기억을 급히 더듬어나갔다. 외근을 나간 정지영이 병원에 다녀온 날이 있었다. 경미한 교통사고가 있었다고 했다. 그는 오후 내내 누구의 말에도 집중하지 못했고 식은땀을 많이 흘렸다. 확실히 낯선 모습이었다. 직원들이 걱정하자 정지영은 찰과상만 입었다고, 보험 처리도 깔끔하게 마쳤고 일에 지장도 없을 거라고 말했다. 그런데 왜.

"모두 멀쩡했어요. 하지만 내가 품고 있던 아기는 떠났죠."

우민수가 남은 커피를 전부 들이켰다. 정지영은 그가 내려둔 잔에 시선을 고정하고 말했다.

"정지영님은 삼일 뒤 큰 사고를 당하고 일년 뒤 소중한 이를 떠나보내고 삼년 뒤 혼자 있게 됩니다. 플래티넘 서비스 테스트 삼일 뒤의 큰 사고는 교통사고가 아니라 계류 유산이었어요. 일년 뒤 나를 떠난 소중한 사람은 남편이었고요. 그리고 삼년 후인 지금은 보다시피 이렇게 혼자 있죠."

우민수가 한 손으로 자신의 입을 막았다. 정지영은 우민수를 똑바로 응시한 채 말을 이었다.

"우리는 아기를 아주 오래 기다렸어요. 하지만 제가 어렵게 가진 아기는 그날 떠났어요. 병원에선 우리 부부가 아기를 다시 갖는 게 불가능하다고 했고요."

눈을 굴리던 우민수가 대꾸했다.

"그게, 그게 뭐요? 저와 그 일이 무슨 상관인데요?"

"저도 처음엔 상관없다고 생각했어요. 그건 제 전언이고, 제게 일어날 일이었으니까. 그런데요. 민수씨 잘못은 아니지만 생각할수록 민수씨 잘못인 거예요."

"그게 무슨 말장난이에요? 막말로, 결국 벌어질 일이었잖아요. 제 탓이 아니에요. 잘못이라면 우리가 만난 게 잘못이죠."

빈 컵을 들어올렸다 내린 우민수가 이어 말했다.

"따지고보면 그때 전화한 마케팅팀 직원 잘못이잖아요. 아니, 사고를 낸 부장님 잘못이에요."

"목소리 줄여요."

정지영이 검지를 자신의 인중에 갖다 댔다. 고요한 실내로 바람이 불어왔다. 쟁그랑쟁그랑, 쟁그랑쟁그랑. 풍경 소리가 또렷하게 들렸다. 우민수는 정지영의 답을 잠자코 기다렸다.

8.

"물론 그래요. 제 잘못 맞아요. 정생이 애초에 범인 추적이나 하라는 시스템도 아니고요. 전언은 복합적인 탐색과 연산의 결과에요. 그건 과학에 가깝죠. 하지만 운명의 추를 가장 먼저 건드린 건 민수씨 아닌가요? 누구도 아닌 우민수씨가 이 섭리의 시발점인 거죠. 전 버튼을 누른 민수씨를 도저히 용서할 수 없었어요."

"용서요? 그게 부장님 미래인데 어쩌라고요. 제가 다른 사람 운명을 어떻게 좌지우지해요?"

"정말 그럴까요? 병원에서 돌아온 다음 날부터 저는 긴 휴가를 가졌어요. 열흘 내내 계속 생각했죠. 누구의 탓도 아니다. 그래, 벌어질 일이었다. 인정하고 받아들여야 한다. 그래도 결국 미련이 남더라고요. 회사로 돌아온 저는 민수씨 작업 파일들을 전부 살펴봤어요. 거의 평이했죠. 그런데 이례적으로 좋은 것들이 몇개 나오더라고요. 다른 사람들이 낸 더 좋은 시안에 늘 묻혔지만 말이에요."

우민수는 눈을 질끈 감았다. 안압이 너무 높아진 것 같았다.

"좋은 건 모두 훔친 거였어요. 유명하지 않은 이미지들을 섞어서. 잡지 사진, 해외 광고, 앨범 표지, 실험 만화, 오래된 영화, 지나간 전시 도록을 교묘히 짜깁기해서. 그것도 금방 지쳤나봐. 초반엔 여러 조각을 이어 붙였다가 나중엔 한두조각만 이어 붙였더군요."

정지영과 우민수가 동시에 한숨을 내쉬었다.

"이게 다 뭘까. 당신은 뭘 스스로 만들어낸 적이 있을까. 우민수는 여태껏 도대체 어떤 삶을 살아온 걸까."

우민수가 자포자기한 심정으로 정지영의 말을 계속 들었다.

"민수씨 입사지원서도 다시 봤어요. 그다음에는 민수씨가 어떻게 자랐는지, 뭘 하고 살았는지 살펴봤어요. 댓글, SNS, 온라인 동호회, 중고 사이트 구매와 판매 목록까지. 말수가 적은 줄 알았는데 아니더라고."

"그걸로 제 데이터를 조작했어요?"

"일대기가 짧게 지나간 게 아쉬웠어요. 민수씨 자료 살펴봤지, 그걸로 그래픽 만들었지, 마지막에 제 전언을 끼워넣었지. 휴, 정기 테스트에서 봤던 화면은 제가 엄청난 정성을 들여 만든 작업이에요. 포트폴리오로 쓸 순 없지만."

"어떻게 그럴 수 있어요? 어떻게 그렇게까지 바꿨어요?"

"민수씨도 남의 걸 자기 걸로 바꿔치기했잖아요?"

"그게 같아요? 똑같은 일이야?"

"본질적으로는 같은 행위예요. 저는 그따위로 살아온 민수씨를 만났기 때문에 제 아기를 잃었어요."

"궤변이고 헛소리야. 넌 미쳤어. 그냥 돌아버린 거야."

우민수는 신발을 집었다. 하지만 발끝에 힘이 들어가지 않았다. 그는 마룻바닥에 앉은 채 자신이 망친 것들을 떠올렸다. 일분도 안 되어 크고 작은 과오들이 빠르게 지나갔다. 마지막에 남은 건 오한나 그리고 아들 한민이었다.

"결혼 생활, 쉽지 않죠?"

우민수가 곧장 몸을 틀었다. 꺼져가는 노을빛을 받은 정지영의 눈이 반짝였다. 빛이 확확 돌고 있었다.

"진짜 전언을 알고 싶진 않아요?"

운동화 끈이 헐거웠지만, 제대로 묶을 시간이 없었다.

"민수씨 머리카락으로 도출했던 전언이 있어요."

우민수는 신발을 꺾어 신었다.

"서비스 초창기엔 구강상피세포도 필요했는데, 시스템이 금세 참 간편해졌죠."

"아무 말도 하지 마."

"우민수님은……"

그가 운동화 한짝을 정지영에게 던졌다. 정지영의 어깨를 맞춘 운동화가 소반 위로 떨어졌다. 소반 위의 컵 두개가 곧장 방바닥을 굴렀다. 정지영은 양손으로 컵을 움켜잡은 뒤 큰 소리로 웃었다.

"괜찮아요. 멀쩡해. 민수씨처럼 겉은 멀쩡해."

"닥쳐. 닥치라고."

우민수는 무작정 달려나갔다. 속도를 내는 데도 고찰 앞 공터를 통과하는 일이 어렵기만 했다. 주차장이 보이는 순간, 꺾어 신었던 신발 한짝이 벗겨졌다. 차 문은 한번에 열리지 않았다. 손의 근육이 전부 사라진 것 같았다. 가까스로 운전석에 앉은 우민수는 문을 잠그고 핸들에 머리통을 붙였다. 상투적인 자세라고 생각했지만, 몸이 그렇게밖에 움직이지 않았다. 한참을 그렇게 엎드려 있던 그는 보조석 바닥을 골똘히 쳐다봤다. 뭔가 날카로운 빛을 반사해냈다. 사탕 껍질일까. 과자 껍질일까. 우민수는 손을 뻗어 그걸 집어올렸다.

넥타이핀, 장식이 유달리 많은 염인태의 넥타이핀이었다. 우민수가 숨을 크게 들이마셨다. 속단하지 말자. 아직 아무것도 판단하지 마. 우민수는 입을 꽉 다물고 보조석 쪽으로 몸을 더 뺐다. 바닥의 매트가 살짝 불룩해 보였기 때문이다. 매트 안에는 눌린 스타킹이 있었다. 큰 리본 무늬가 익숙했다. 최진의 스타킹이었다.

"남의 차에서 둘이 뭘 한 거야?"

몇초가 흐르고 우민수의 눈썹이 위로 점점 치솟았다. 염인태와 최진이 이 차에 같이 탈 리도, 앞자리에 나란히 탈 리도 없었다. 두 사람에게는 운전면허가 없었다. 그는 의자에 몸을 완전히 기댔다.

오한나가 둘 중 한 사람과 있었다면. 보조석에 두 사람 중 하나가 탄 거라면. 우민수는 민트사탕 두개를 입에 한

꺼번에 털어 넣었다. 사탕을 다 씹어 삼킨 그는 두 발등을 내려보았다. 양말이 더러웠다. 좀 전에 웅덩이를 잘못 밟았는지 왼발 뒤꿈치는 흙탕물로 축축했다. 그가 양말을 차례차례 벗었다. 맨손, 맨발이 점점 차가워졌다. 우민수는 허벅지 틈에 두 손을 끼워 넣은 채 몸을 떨었다. 눈물은 나오지 않았다. 그는 블랙박스에 차디찬 손을 갖다 댔다.

무늬뿐인 세상을 탈출하기

양경언

'제대로 가고 있나요?' ── 경종 울리기

2020년대 초반 팬데믹 시기를 혹독하게 겪으면서야 한국 사회는 '돌봄'을 중요한 의제 중 하나로 삼은 것 같다. 이는 온 세계가 나날이 범위를 키워갔던 전염병에 대처하면서 '사회 구성원 모두가 연결되어 있다'는 사실이 여지없이 드러난 덕분이다. 모두가 상호 의존한 토대 위에서 살아 있는 생명의 요구와 취약함을 피하지 않고 그를 보살피는 활동을 지속해야 당면한 위기를 극복할 수 있다는 생각이 자연스레 공유되었던 것이다. 돌봄의 다양한 측면이 부각되고 돌봄 활동에 지금까지와는 다른 의미를 새기는 논의가 진척되는 상황은 팬데믹 종식 이후 어떤 세상을 만들어갈지에 대한 고민에 중요한 참조점이 된다. 무보수나 헐값으로 매겨져 여성에게 떠맡겨지는 활동이 아닌, 정교한 전문성을 필요로 하면서도 사회의 재생산을 전담하는 가치를 띤 '노동'으로서의 돌봄, '자기 친족'만을 살피는 배타적인 활동이 아닌 공동체와 더불어 살아가는 활동으로서의 돌봄, 생명 간 상호작용의 복잡성을 이해하면서 다양한 종들과 공존하는 계기로서의 돌봄…… 당장의 실현이 요원할지라도 이처럼 급진적인 언어는 우리 현실이 언젠가는 거기에 가닿으리라는 낙관을 안겨준다.

한편 거기에 다른 방향의 말을 걸어볼 수 있을까. 이를테면 다음의 질문들 같은. '급진적'이라고 믿었던 말은 현재 우리 삶에서 어떤 방향으로 길을 내고 있는지? 우리는 말들의 더미가 제출한 대안을 현실이 그대로 받아 안을 수 있도록 부추기기만 하면 되는지? 혹 놓친 건 없는지? 최선의 대안이라 여기고 저만치 앞서간 언어에 몰두하느라 비척대는 현실을 더 들여다볼 기회를 잃어버린 건 아닐까 싶어 꺼낸 이야기다. 돌봄 논의에 초점을 맞추어 더 말해보자. 자신이나 자신과 관련된 이들의 안위만을 살피게 만드는 배타적인 활동으로의 돌봄이 문제시되므로 이제 우리는 "나의 진영과 너의 진영"이라는 "이분법"(10면)을 허물고, "애착"도 "주인"도 없는 팽창된 돌봄만이 존재하는 사회를 조성하면 될까? 돌봄이 여성들에게 일방적으로 떠맡겨지는 활동이 아니어야 한다면, 성별을 가늠할 수 없는 '포스트 휴먼'들에게 해당 활동을 전가하여 "'나의' 아이, '나의' 연인, '나의' 가족, '나의' 국가, '나의' 신"(12면)이라는 독점관계를 내세우지 않는 사회를 만들면 될까?(「무주지」) 대안으로 내세워진 온갖 '좋은' 말들을 다시 살피려는 신랄함, 이를 칼처럼 품은 방식으로 박문영의 소설이 독자에게 묻는다. 바로 여기에서부터 박문영의 단편에 대한 이야기를 시작할 수 있을 것 같다.

「무주지」는 짝을 지어 양육을 전담하는 클론들이 돌봄 과정에서 으레 발생할 만한 '선별적 애착' 혹은 '선별적 공감' 없이 아이를 키우는 곳을 배경으로 하는 작품이다. "주인 없는 평등한 땅"(12면)이란 의미를 지닌 '무주'라는 터의 사람들은 '일부일처제'와 같이 소유욕을 부추기는 관계는 공포를 일으킬 수밖에 없다면서 "인간에게는 더 다양한 선택지와 혼란이 주어져야" 하고, "가장 아끼는 것에서 멀어"져 "사랑하는 대상을 늘려나가"(14~15면)야 한다고 설파한다. 이는 언뜻 "자신과 가장 가까운 친족만을 돌보도록 강조하는 신자유주의" 하에서 "'자기 것 돌보기'의 편집증적 형태"(더 케어 컬렉티브『돌봄 선언』, 정소영 옮김, 니케북스 2021, 39면)만이 창궐하는 현실에 대한 대안처럼 여겨진다. 더군다나 무주지의 "교류의 전면적 해방"(17면)을 꾀하는 '결혼 제도 종식' 정책은 어쩌면 한국 사회의 많은 구성원을 소외시켜왔던 정상가족 이데올로기를 타파할 수 있는 한가지 방안으로 느껴지기도 한다.

그러나 열네살부터 '양육 전담 클론'으로서의 기능만을 강요받아온 '연음'과 '기정'에게 무주지는, '나의 아이' '너의 아이'와 같은 구분을 없애고 누구나 '남의 아이'를 돌봐야 한다는 기준을 내세워 클론에게만 그 역할을 전가시키는 곳이다. 또는 둘이 공들여 키웠던 '도영'과 이별해야만 했던 곳, 차이를 존중하고 차별을 막아야 한다는 이유로 상대와의 공통분모를 마련하고픈 마음까지도 배격해야 하는 곳이다. 소설은 연음과 기정의 대화 사이사이마다 무주지의 강령을 환기시키는 언어를 소금처럼 뿌리면서 살아 있는 존재라면 응당 가질 만한 생명의 다양한 욕구를 형식적인 평등이 잔인하게 잘라내는 상황을 보여준다. 연음과 기정이 도영을 돌보며 느꼈던 특별한 감정이 억지로 삼켜질 때마다 무주지는 "무늬뿐인 돌봄"(carewashing, 상품으로 팔릴 만한 돌봄 활동을 내세우는 한편 수익구조에 도움이 되지 않는 돌봄은 폄훼하는 기업의 행태를 일컫는 말, 『돌봄 선언』, 28면)의 다른 판본으로 자리하게 된다.

무주지의 민낯은 어떤가. 그곳에 사는 이들은 인간과

클론 사이의 위계가 현저하다고 여겨(이는 사회 구성원
들 사이의 민주적인 질서가 허물어져 있다는 말로 읽혀야
한다) 돌봄 활동의 제공자나 수혜자 모두로부터 주체적
역량이 발휘될 수 있다는 것을 믿지 않고, '애정' '애착'
'공감'이 모종의 폐쇄성을 북돋을지언정 또다른 확장성
을 펼칠 수 있다는 복잡한 사실을 이해하지 않는다. 더군
다나 그이들은 "자신과 이미 닮은 것만을 사랑하는 존재"
는 아름답지 않다는 정답을 제시함으로써 차이를 가진 것
들이 어떻게 만나고 교감하는지에 관해서는 더는 질문하
지 않는다. 현실에 대한 느슨한 이해와 메마른 논의를 엮
어 내놓은 이들의 대안은 구성원들에게 헛된 낙관을 심는
한편 희망을 끝까지 붙드는 힘을 길러주지 못한다. 무주
지는 "힘없는 말"(40면)만 겉보기 좋게 내세우는 사회였던
셈이다.

  그런 곳에서 박문영 소설 속 존재들은 기획된 시공간
과 세계관이 두드러지게끔 역할 하는 데서 머무르지 않
고, 주어진 세계를 휘젓고 헤매면서 기어이 그곳을 다르
게 보는 시야를 확보한다. 돌봄에 관해서는 급진적이고
도 이상적이라고 여겨졌던 무주지 역시 거기로부터 벗어
난 연음과 기정에 의해 그 기이함이 폭로된다. 소설은 연
음과 기정이 무너져간 무주지로부터 벗어나 뚜벅뚜벅 이

동해간 낯선 곳에서 그들 자신이 줄곧 해왔던 돌봄을 처음 만난 식물로부터 역으로 제공받는 것으로 결론을 맺는데, 이는 지금 세상이 건넨 삶의 방식이 겉보기에 멀쩡하다 해서 그저 받아들이지 않고 더 나아갈 수 있어야 한다고, 그래야 비로소 처음 주어진 그것만이 전부가 아닐 수 있음을 알게 된다고 일러주는 것 같다. 연음과 기정은 절박한 물음으로부터 좀처럼 놓여나질 않는다. 우리가 지금 제대로 가고 있는 게 맞는지, 이것이 정말 우리가 원한 것인지, 이것으로 충분한지. 돌봄과 재생산을 사회구조적인 문제로 다룬다는 차원에서 「무주지」의 '프리퀄'로 읽을 수도 있는 「주희, 상수」에서 젊은 연인인 '주희'와 '상수'가 스스로에게 묻는 말 "우리 대체 어떻게 살아야 할까?"(94면)도 같은 물음의 연장선상에 있다. 박문영의 소설은 세상의 변화를 진정으로 바란다.

『방 안의 호랑이』는 2013년부터 활동을 시작한 이래 여러 중·장편 SF소설을 상재해왔던 박문영이 약 십년의 시간을 거치며 쓴 단편소설을 모은 첫번째 소설집이다. 박문영의 단편소설이 궁금한 독자의 입장에서는 가장 먼저 그간 작가가 펼쳐놓았던 세계가 여기 실린 단편들과 어떻게 연결되는지, 혹은 어떤 파열을 일으키며 엉뚱한 매력을 발산하는지 흥미롭게 살펴볼 듯싶다. 그도 그럴 것이,

남성들이 불현듯 사라지기 시작한 '구주'의 이야기『지상의 여자들』(그래비티북스 2018), 희망하는 죽음을 맞이할 수 있도록 설계된 시뮬레이션이 도리어 죽음에 대한 환상을 낱낱이 벗겨내던『주마등 임종 연구소』(창비 2020), 버려진 지구에 남겨진 이들이 복제인간을 통해 사회를 존속시키는 상황이 펼쳐졌던『허니비』(은행나무 2023) 등 그동안 박문영 월드가 꾸준히 벼려온 문제의식이 각각의 단편에서 어떻게 심화되고 확장되는지를 살피는 작업은 이 책을 읽는 또다른 묘미 중 하나이기 때문이다. 하지만 이 글은 박문영의 단편이 모인 이 자리에서 유독 크게 울리는 소리에 관심이 있다. 그러니까 '제대로 가고 있는지'를 더는 사유하지 않으려는 세상을 향해 지금 우리가 놓치고 있는 것이 무엇인지 봐야 한다고, 이대론 안 된다고 소설이 울리는 경종에.

'진짜는 어디에 있나요?'── 실다운 삶을 탐구하기

「수치 없는 세계」는 과도한 성적 수치심을 격감시키기 위한 대안으로 도입된 '쉐임리스 시술'을 받은 예술가 '무화과'를 질투와 동경과 걱정과 불안 등 무엇 하나로 단

언할 수 없는 감정으로 바라보는 '김이해'의 시선으로 쓰인 이야기다. 사회문화와 제도가 엄연히 개입하게 마련인 감정처리 영역을 개개인의 선택과 결단을 통해 자율적인 영역으로 분리할 수 있다는 환상을 남기는 시술은 무화과와 김이해의 토론을 불러온다. 소설은 여성이 시민으로서 평등한 삶을 살아갈 수 있는 출발점으로 삼기 위해 도입됐을 시술이 그 자체로 종착점으로 역할 하면서 삶의 복잡성을 지우는 데만 활용되는 상황을 서늘하게 그린다. 여성의 삶 전반에 관여하는 정치적인 문제를 제대로 살피지 않고 행해지는 시도가 타당성을 얻기 위해 급진성을 과장할 때 '우리가 원했던 방향이 이게 맞는가?' 하고 묻는 것이다. 달리 말하면 무엇이 히위인지 제대로 파악하지 못한다면 소설 속 예술가들이 증명하고자 했던 "더 좋은 것"(154면)에 대한 구분은 불가능할 수 있다는 이야기이다.

더 나아지는 길이라 믿고 아무 방향으로나 관성적으로 움직이려는 이들에게 경종을 울리면서 박문영의 소설은 '진짜로 살아 있는 것'이란 무엇인지를 탐구하는 방향으로 나아간다. 「파경」을 비롯한 소설집 곳곳에서 인물들의 속물적인 행태를 응시하게 만드는 장면이 종종 발견되는 이유도 여기에 있을 것이다. 세상은 점점 내면의 진실을 지키고 가꾸기보다는 남에게 비치는 겉치례만을 중요하게 여기고, 속마음이야 어떻든지 간에 각자도생하며 자신의 이익만을 챙기는 이들의 행동에는 관대해지는 중이다. 그러다보니 허위와 진실을 판가름하기가 쉽지 않을 뿐더러, 왜곡된 사실이 진짜처럼 행세하는 일도 비일비재하다. 더욱이 여러 매체가 발달하는 중에 미디어로 '재현되는 나'와 미디어를 '활용하는 나' 사이의 간극이 생기면서 어디에 있는 '나'가 진짜인지도 헷갈릴 뿐만 아니라, 현실에 대한 감각 자체를 가늠할 때도 가상과 실재의 구분이 쉽지 않다. 이런 상황을 배경으로 두면서 박문영의 소설 속 존재들은 '진짜로 살아 있는 것, 살아간다는 것'이란 무엇인지에 대한 궁리를 하기 위해 자신에게 주어진 세계로부터 한발 물러나 메타적인 거리를 확보한 채 이야기를 펼치는 특징을 보인다. 이들은 러시아의 문학이론가 바흐친이 소설에 있다고 말한 "삶과 개인을 단일화하고 통합하고자 하는 문화의 그물망을 빠져나갈 수 있는 '개구멍'"(윤정임 외 『다시 소설이론을 읽는다』, 황정아 엮음, 창비 2015, 93면)을 자신이 살아가는 세계에서 발견하고, 이를 통해 스스로를 다르게 정립해나간다.

자신의 존재가 의식을 잃은 노인에게 'AI 코마 회복 프로그램'을 돌리는 과정에서 파생된 기억 속 잔상의 일부

임을 깨닫고, 자신이 자신답게 살아 있는 자리 — 노인이
봤던 만화책의 일부 — 로 떠나기로 결심하는 '나'의 상
황을 그린 「회양목 사이로」는 '진짜'로 살아 있다는 것,
'실다운 삶'이란 무엇인지에 대한 탐구를 가상과 실재, 재
현의 문제로 형상화한 작품이다. '나'는 "도시에 하나 있
는 숲"(159면)에서 열린 미디어 아트 전시회의 수많은 구
경꾼 중 한 사람으로서 조명으로 만든 생물들을 접하면서
과거에는 존재했으나 지금은 사라진 생물을 가상의 이미
지로나마 재현하고 만족해하는 세상에 회의하는 입장을
보인다. 그런 '나'에게 스스로를 "영상 스태프"(163면)라고
소개하며 다가온 한 여성은 마치 영화 「매트릭스」(1999)가
주인공에게 세상의 진실을 감별하는 빨간 약과 파란 약을
내밀듯, '나'와 그 여성은 한 노인이 본 만화책 속 주인공
들이자 영화로 각색되는 과정에서 내쳐진 캐릭터였다는
진실을 전해준다. 지금 이들이 있는 세상은 바로 그 영화
속, 노인이 마지막으로 봤던 장면의 일부이다.

"이 영화에 우리 이름이나 개성 같은 건 없어. 존재하지만
존재감이 없는 거지."
나는 여자에게 두 손바닥을 펼쳐 보여줬다.
"자, 저는 여기 살아 있어요."

"살아만 있는데? 여기서 우린 덩어리고 기능만 있어." (「회
양목 사이로」 166면)

"여기서 우린 덩어리고 기능만 있다"는 스태프의 이야
기는 비단 작품 속 '나'를 향한 말로 국한되어 들리지 않
는다. "매일 붕 뜬 기분"으로 살아가고 "일터에서도 집에
서도 깊이 대화할 사람이 없"으며, "아무것도 하기 싫"고
"언제 웃었는지, 울었는지 떠오르지 않"(166~67면)는 삶을
살고 있다는 '나'의 생활에 대한 묘사는 자본주의 체제가
조직한 하루하루를 그저 살아내기에 바쁜 도시 사람들에
대한 묘사와 유사하다. 많은 이들이 생생하게 살아 있다
는 느낌을 놓친 채 무료해진 삶을 어떻게든 버티느라 이
른바 '도파민'에 중독되어 온갖 자극적인 재현물만 좇는
요즘, 스태프의 이야기는 우리 삶의 감각이 무엇으로 이
루어져 있는지 돌아볼 필요가 있다고, 살아갈 맛을 느끼
며 살아 있으려면 어떻게 해야 하는지 생각해보자고 던지
는 충고와 같다.

「회양목 사이로」의 '나'는 자신이 속한 세상의 진실을
깨닫는 자리에서 이야기를 끝내지 않는다. '나'는 "내가
어느 기억 속에 있을지 고를 수 있다면" "어디가 더 좋을
지 정하는 편이 낫"겠다면서 스스로 "다른 몸"(171~72면)

이 되기로 한다. 이는 지금껏 살던 방식을 바꿔야 한다는 차원에선 겁나는 일이기도 하지만, 그런 만큼 용기를 내면 다른 삶으로 전환할 수 있는 힘이 '나' 자신으로부터 발산될 수 있다는 이야기이기도 하다. 소설은 지금까지 자신이 알던 세계가 자신다울 수 있는 기회를 박탈하는 방식으로 구조화되어 있다면 얼마든지 우리 스스로가 그 세계를 바꿀 틈을 찾아내면 된다고 일러주는 편에 선다.

무엇보다 어느 재현물의 일부였음을 감지하는 순간 '나'는 자신을 허구의 일부로 여기며 '세계는 전부 가짜'라고 냉소하지 않고, 재현된 그 세계 역시도 독립된 실체로 있을 때 모종의 진실을 남기는 '생생한 세계'일 수 있음을 깨닫는 데까지 나아간다. 이를 통해 독자인 우리는 허구를 실어 나르는 어떤 재현물이라도 중요한 것은 그것이 진정한 삶에 복무하는지 그 여부에 있다는 사실을 알게 된다. 자기연민도, 열패감도 없이 야무지게 다음으로 가기를 택한 결말이 감동적으로 다가오는 작품이다.

「천검 관광」은 버추얼 리얼리티 기술로 전쟁 상황 및 참전 군인들의 인격체를 실감나게 복원하는 프로젝트에서 자신의 증조할아버지가 재현되는 상황을 겪는 '나'의 이야기를 통해 「회양목 사이로」가 마련한 재현에 대한 논의를 한층 더 복잡한 차원으로 가져간다. 소설은 역사적인 사실이 상업적인 목표 하에 자극적으로 다뤄지거나 순전히 예능적인 요소로 이용되는 현실에 비판적인 시각을 견인하는 한편, 재현의 윤리를 다룰 때 타인의 고통을 구경거리로 만들어서는 안 된다는 언급만 반복하는 것도 나른한 대응일 수 있다고 본다. '나'에게 증조할아버지는 버추얼 리얼리티나 반전단체 등 외부에서 규정하는 방식에 따른 '영웅'이나 '피해자' "둘 다 맞고 둘 다 아닌 것 같"다(211면). '영웅' 혹은 '피해자'라는 말로 갈음될 수 없는, 훨씬 더 입체적인 차원의 접근이 필요하다. 요컨대 '나'는 증조할아버지를 할아버지의 삶 차원에서 기억하고 싶어한다.

나는 텅 빈 골목에서 소년병 우대환을 생각했다. 고독하고 불쌍하고 자유롭고 폐쇄적인 인간. 그러니까 그는 내가 안다고 할 수 있는 존재가 아니었다. 다만 우대환은 자신에게서도, 남에게서도 다독임을 받지 않은 사람에 가까웠다. (「천검관광」 213~14면)

특정한 '허구' '가상현실'을 구성하는 역사적이고 사회적인 맥락은 재현물의 진실성을 어느 정도 매개하지만, 그렇다고 해서 재현물 그대로를 두고 삶 자체라 할 수는 없다. 「천검 관광」은 어떤 형태의 재현물이 창조된다 하더라도 그것이 무엇을 위해 창조되었으며, 어느 편에서 쓰이고자 하는지를 예의주시해야 한다고 여긴다. 더불어 그것이 실제 삶과 어떤 관계를 맺으며, 그때 생성되는 의미는 삶의 무엇으로 남는지 역시 고려해야 한다고 알린다. 사고로 뇌의 12퍼센트만 남은 아이의 잔류의식을 아이가 자주 쓰던 '소파'로 옮겨 그 물건을 아이처럼 대하며 살아가는 부부의 이야기 「초록 소파」 또한 특정 창작물은 그것과 관계 맺은 이들의 '진정한 삶'이란 무엇인지에 대한 탐구와 연동된 채 존재할 수밖에 없음을 넌지시 보여준다.

무엇보다 이들 소설을 경유하면서 한가지 확실해지는 것은 '진짜란 무엇인가' '실다운 삶이란 무엇인가'와 같은 질문에 대한 답은 기술 발전에 의지해 가상현실과 실제현실 사이의 간극을 줄여나간다고 해서 얻을 수 있는 게 아니라는 점이다.

'어떻게 세상을 바꾸죠?' ─ 지금, 결심하기

박문영은 갈수록 기술에 의존하는 인간의 상황을 유머러스하게 포착하는 동시에 거기에 담긴 쏠쏠함을 감지하는 방식으로 앞서 언급한 문제를 풀어간다. 「컬러 필드」
는 "성적 페로몬에 따라 색을 드러"내는 "링"(47면)인 '컬
러 필드'를 통해 상대와 자신의 파트너십을 시각적으로
확인할 수 있게 된 세상의 이야기이다. 컬러 필드의 링을
개발하는 회사에서 모니터 요원으로 일하는 주인공 '안
류지'는 현재 교제에 여력이 없다는 의미의 '흰색 모조
링'을 끼고 다님으로써 사람들의 관심을 앞서 차단하는
사람이다. 작품은 인권 감수성이 낮은 이들을 시대착오적
이라고 여기는 시선을 보편화하기 위해 사회 전반이 노력
하는 시대를 배경으로 펼쳐지지만, "사람들은 표정을 완
전히 숨기진 못했다"(49면)는 문장이 말해주듯 그 노력이
단지 엄숙한 도덕률의 도입 정도로만 머물러 있는 때이
기도 하다. 류지는 다양한 정체성이 사회적으로 인정되는
흐름이 상업적으로만 활용되는 정황을 불편하게 느끼면
서 "있는 그대로, 당신의 색깔로 세상을 만나세요"(52면)
라는 컬러 필드의 광고문구가 과연 '아름다움'의 기준을
혁신적으로 바꾸고 있는지, 각각의 정체성 중 무엇이 더
옳다는 듯 경쟁할 게 아니라 모두의 아름다움이 자연스럽
게 존중되어야 하는 건 아닌지와 같은 의아함을 품어간
다. 그러나 이런저런 한계가 있는 줄 알면서도 류지는 패
턴화된 설계에 의지해 관계를 맺어나가는 방식을 쉽게 저

버리지 못한다. 주변의 눈치를 살피며 가짜 링을 끼고 다니는 행동으로 짐작되듯, 자신의 감정이 진솔하게 내비쳐질 때 일어날 상황에 대한 두려움을 좀처럼 넘어서지 못하기 때문이다. 자신이 중요하게 여기는 '자유'가 과학기술의 활용에 속박되지 않기를 바라면서도 거기에 휘둘려 안절부절못하는 류지의 모습은 삶의 불확정성을 인정하고 싶지 않은 이야말로 역으로 그 불확정성에 내내 붙들리며 살아간다는 것을 보여준다.

소설에서 링이라는 기술에 의지해 자신의 감정을 내세우는 이들의 모습은 마치 상대의 'MBTI'를 알게 되면 그 사람에 대해 다 안다는 듯 굴고 관계 맺기의 모험을 감당하지 않으려는 최근 젊은 세대의 분위기를 반영한 것으로 읽을 수 있다. 소설은 컬러 필드의 링을 활용해서라도 관계를 맺어나가려는 이들을 가차 없이 몰아세우지 않는다. 류지가 자신의 감정과 대면하는 과정이 얼마나 서툰지, 류지를 둘러싼 사회가 과연 진솔하기 위한 용기를 내도 괜찮다고 독려하고 있는지, 그 모습을 찬찬히 따라가는 과정을 통해 관계 맺기에서 두려움을 가진 이들의 불안을 먼저 살핀다. 자본은 발달된 기술을 활용하여 인간이 자신에게 주어진 운명보다 위대해진 것만 같은 착각을 갖도록 하지만, 주어진 운명을 뒤흔들고 미래라는 미결정된 영역을 현재의 행동으로 풀어나가는 것은 결국 "인간 속에" 남아 있는 "실현되지 않은 잠재력, 실현되지 않은 요구"(미하일 바흐친 『장편소설과 민중언어』, 전승희 외 옮김, 창비 1988, 58면)일 것이다. 이를 드러내기 위해 박문영은 가상의 세계 자체보다 삶의 국면마다 불완전하게 존재하는 사람들의 내면과 움직임을 조명하는 일에 공을 들인다.

통계학, 인지 행동학, 인간발달학 관련 빅데이터를 기반으로 고객의 근미래를 예측하는 '라이프 케어 앤 컨설턴트' 업체에서 일하는 사람들의 이야기 「정생」은 어떤가. 이 작품은 자신의 삶을 제대로 대면하고 가꿔나갈 기회를 해당 기술에 의해 잠식당하도록 둔 인물들의 어리석음에 주목함으로써 역으로 우리 사회가 불확정성을 감당하고 미지를 모험하는 일을 얼마만큼 지지하고 있는가에 대한 질문을 남긴다. 이러한 맥락에서 「패나」는 특정 연예인의 실제 감각을 느끼게 해주는 "실감기기"(243면)에 의존하는 청소년들의 이야기를 통해 이들이 얻고자 하는 것은 자기 자신의 '진짜 감각'을 활성화하는 일이라는 것, 또한 자신의 이야기를 표현할 길을 그 누구보다도 찾고 싶어한다는 것을 드러낸다. 문제는 자본과 이윤을 우선시하는 어른 세대가 기술을 상업적으로 활용하는 일에 혈안이 되었다는 데 있지, 애초에 기술에 노출되는 상황에 놓일 수밖에 없는 이들이 우매하다는 데 있지 않다. 결국 지금 세상에 닥친 여러 형태의 위기에 맞선 주체들이 어떻게 역량을 꾀하는지가 중요하다. 박문영은 무너지는 줄도 모르고 허울만 내세우는 '무늬뿐인 세상'에서 '실제로' 깨어지는 판(破局) 위에 발을 딛고 선 채로 그 균열과 혼돈을 감당하기로 한 이들, '진짜'로 살아가기로 한 이들의 움직임을 이야기의 중심에 새긴다.

「누나와 보낸 여름」은 "땅과 나무도 늙고 지쳐"(300면)가는 모습으로 표현되는 기후위기 시대, 개들을 "끝이 얼마 남지 않은 이 세상에서 가장 쉬운 표적"(315면)으로 삼고 괴롭히는 마을 사람들에 맞서 '나'와 '나'의 반려동물 '누나'가 분투하는 이야기다. 소설의 말미에 이르러 '나'는 열일곱의 '나'를 가혹하게 부려먹는 큰엄마 '왕'과 사촌형제 '한개' '두개' 그리고 누나를 잡으려는 마을 사람들에게 쫓겨 누나와 함께 창고에 갇힌다. 그러나 사흘간 이어진 비바람으로 인해 위험해진 건 창고에 갇힌 '나'와 누나가 아니라 창고 밖에서 오롯이 재난을 맞이하게 된 마을 사람들이다.

"너희 거야. 전부 너희 거야."

나는 실눈을 뜨고 바람이 헤집어놓은 마을을 둘러봤다. 이게 내가 기다리던 풍경일까. 조, 콩, 팥, 율무, 귀리, 수수. 작물의 호칭과 형태처럼 이게 사람과 어울리는 풍경이었을까. 나는 도리질을 치다 멈췄다. 지금도 사람 말고 다른 걸 봐야 했다. (「누나와 보낸 여름」 331면)

소설은 파국의 풍경 뒤에 남겨진 청소년과 개의 모습에서 이전 세계 최후의 표정이자, 전환된 세계의 최초 표정을 읽는다. 위기에 처해 있으면서도 무엇이 잘못되어가는지 전혀 가늠하지 않는 세상, 버젓한 무늬만 내세우며 그저 살아가는 대로 살아가는 세상, 진짜로 살아 있는 일이란 무엇인지에 대한 고민을 멈춘 세상의 최후에 무언가 잘못되어가고 있다는 것을 감지한 이들, 주어진 세계의 생명력을 귀하게 여길 줄 아는 이들, 살아 있는 일이란 무엇인지 제대로 생각해야 한다고 여기는 이들을 남겨놓는 것이다. 이전 세상에서는 얼핏 기괴하게 비춰지고 그 때문에 무력하게 있기를 강요받았을 이들은 저 자신의 '잘 살아 있고자 하는' 강렬한 열망을 포기하지 않음으로써 바뀐 세상의 문을 연다. 이렇게 말할 수도 있을 것이다. 박문영의 소설은 '무늬뿐인 세상'의 허울을 걷어내고 진짜 세상을 맞이하기 위해 그 안에 속박되었던 이들이 움직인다고. 구원은 외부에서 찾아오는 게 아니라, 위기가 닥친 세상에서 살아가는 바로 그 자신들의 탈출에 의해, 그들 스스로의 구출에 의해 마련된다.

캐나다의 소설가 마거릿 애트우드는 "우리의 미래, 지구상의 삶, 가능성의 영역을 다루는 소설들"은 "어떻게 세상을 바꾸죠?"라는 질문 앞에서 "쉼 없이 변화를 숙고"한다고 말했다(마거릿 애트우드 『타오르는 질문들』, 이재경 옮김, 위즈덤하우스 2022, 312~29면). 기후위기, 성과주의, 경쟁중심, 상업주의, 양극화, 편향주의, 창궐하는 각종 혐오와 차별…… 산적한 문제가 상당한 지금 사회가 과연 변화를 맞이할 수 있을지 확신하지 못하고 회의하는 사이, 박문영의 소설은 '어떻게 세상을 바꾸죠?'와 같은 거대한 질문에 사로잡혀 과도하게 비장해지지 않는다. 그 대신 한 편의 소설 말미에 마침표가 찍히기 바로 직전에, 지금까지의 방식으론 안 되겠다 싶어 자신의 삶을 바꾸기로 결심한 이가 뜻을 가다듬는 장면을 내놓는다. 20세기 초반 명성을 날렸던 화가의 호랑이 그림을 특수한 기술로 감정한 결과 작품의 진짜 작가는 화가의 세번째 연인 "젊고 왜소한 여자" "여홍옥"(235~36면)이었던 사실이 밝혀지는 소설 「방 안의 호랑이」의 결말도 그 연장선상에 있다. 주인공 '애슐리'는 부당한 직장 내 위계관계에서 벗어나고 위계가 뚜렷한 연인관계 역시 끝내기를 결심하면서, 더욱이 그런 애슐리를 동료들이 마음 모아 응원하면서 소설을 마무리 짓는 동시에 새로운 삶을 출발시키기 위한 문턱을 넘어선다.

박문영의 소설은 우리가 있는 지금 이곳이 호랑이를 가둔 방 안과 같지는 않은지, 진실을 허위로 가린 채 정작 있어야 할 곳에 있지 못하고 갇힌 거기를 전부라고 여기고 있지는 않은지 탐구한다. 그리고 그곳이 무늬만 남은 세상에 불과하다면 까짓, 탈출해보자고 결심한다. 제대로 바뀌고자 하는 것이다. 변화를 차일피일 미루기만 하는 지금 세상에는 이런 기백이 필요하다.

梁景彦 | 문학평론가

작가의 말

어쩌다 주로 중편과 장편을 썼다. 헤아릴 수 없이 많은 분의 도움으로 십일년 만에 첫 단편집을 꾸린다. 발표 시기가 각각인 만큼 소설 뒤에 긴 참견을 보태려고 하는데, 앞으로의 주절거림은 SNS를 하지 않는 사람에게 별안간 발언권이 생겼을 때 나타나는 부작용의 사례라고 여겨주시면 좋겠다.「무주지」「누나와 보낸 여름」등 몇몇 단편에 함께 내보냈던 작가노트는 거의 그대로 또는 줄여서 가져 왔고 어떤 단락은 다른 단락에 잇기도 했다. 내게는 반말을 나누는 동료 장르작가가 없고 여기 언급하는 분들도 개인적으로 알지 못하지만, 고마운 마음을 이제라도 전하고 싶어 허락도 없이 이름을 적었다.

조잡하고 거친 SF를 틈틈이 써가는 동안 이런 질문을 받는다. 너는 희망 쪽에 있냐고, 절망 쪽에 있냐고. 앞으로 인간에게 희망이 있냐고, 절망이 있냐고. 알 길이 있을까. 특별할 리 없는 내 입장이 중요할까. 무엇보다 인간에게만 희망이 있는 곳이라면 그건 이미 망가진 세계 아닌가. 작가보다 지구에서 지내는 인간의 일원으로 짧게 답해보자면 냉소만으로는, 궁리가 없는 냉소만으로는 세상의 끝이 더 험하게 닥칠 거라는 짐작이 든다는 것뿐이다. 어떤 개념을 있다, 없다로 나누기는 주저된다. 그러니 희망도 절망도 옅어지는 순간, 짙어지는 순간만 있을 것이다.

1. 무주지

처음 구상에서 행성을 탐사하는 이들은 클론이 아니었다. 결말도 파국에 가까웠다. 하지만 얼마 후 생각이 달라졌다. 무주지라는 낡고 장황한 공간, 일종의 다크 유토피아를 떠난 클론 연음과 기정은 초안 따위에서 탈출해 행성의 보살핌을 받는다. 버려진 이들이 새로운 존재를 만나 돌봄을 받는다는 이야기의 단순한 구조는 내게 뜻밖의 위로가 되었다. 쓰기 전에는 염두에 두지 못한 식물과 클론의 공통점도 마찬가지다.

무주지는 고대 이상국가를 모델로 해 독점관계에서 벗

어나려는 이들이 만든 구역이지만, 이곳 사람들의 윤리관
과 공동체의식은 나날이 퇴보하고 기후위기도 심해진다.
나는 소설 속 로우테크놀로지 환경을 빌려 우리가 할 수
있는 것, 할 수 없는 것 그리고 할 수 있다고 믿었지만 그
렇지 않은 것들에 대해 적고 싶었다. 폴리아모리, 돌봄 노
동, 대리모 산업 역시 미래가 아닌 현재의 이슈다. 아무래
도 너무 벅찼기 때문일까. 흘러넘칠 듯한 커피를 들고 5층
까지 걸어온 기분이다. 원두와 물의 양을 잘못 맞추기까
지 했다. 그러니 마셔줄 사람이 자리에 없어도 놀랄 게 없
다. 이 단편은 20세기폭스에서 판권 문의를 한 적이 있는
데 나는 여전히 이게 나쁜 장난일 거라 확신한다.

2. 컬러 필드

가능성이라는 단어가 늘 원대한 건 아닌 것 같다. 언제
든, 누구든, 뭐든. 이 말에 달린 창문은 정말 클까. 사람은
할 수 있는 일을 다 하려고 하지만, 어떤 단념은 구원이
되기도 한다. 그래도 한번 문밖을 나선 이 치졸한 인물이
자기 보폭을 찾을 수 있길.

3. 주희, 상수

주이상스라는 개념을 서사에 섣불리 녹여보려던 작업

이다. 추격 중에 놓친 단점은 언젠가 꿈에서라도 반드시 나를 습격하는데 이 소설도 그렇다. 하지만 성에 안 차는 원고를 버리기 시작한다면, 내가 들고 있을 이야기는 하나도 없지 않을까. 「주희, 상수」는 사실 데뷔 후 몇년간 아무도 부르지 않고 판에 낄 방법도 몰라 다른 일을 하던 중에 들어온 청탁이라 고질병인 빈혈이 더 심해질 정도로 퇴고했던 원고다. 빠른 소통과 마감 엄수는 원칙으로 삼을 것도 없는 기본 대련 자세였고 말이다. 당시의 많은 장르작가가 체감했겠지만 지면은 대면이 어색할 정도로 찾아왔다. 그래서일까. 지금 보면 소설 어깨가 몹시 경직되어 있다. 힘을 빼라고 손을 얹으면 겁먹을 것 같아 만질 수도 없다. 피가 흐린 인간이 과도하게 치댄 작업의 결과는 이렇다.

4. 옥토버

노영미 감독이 제시한 원고 콘셉트는 자유로운 듯 까다로웠다.

1. 반드시 10월 21일과 관련된 자료를 편집해 하나의 픽션을 만든다.

2. 창작된 문장이 쓰여서는 안 된다. 단, 사건을 연결하고 문장을 매끄럽게 하기 위해 평이하고 흔한 단어로 조

합된 문장이 들어갈 수는 있다.

3. 특별한 시기, 장소, 실제 인물, 실제 사건의 이름 등이 들어가서는 안 된다.

4. 만들지 않고 선택하는 방식으로 작가가 드러나야 한다.

그러니까 절대 멋대로 달릴 수 없는 경보 경기. 이야기에 AI가 등장하는 게 아니라 내가 AI가 되어 써야 하는 상황. SF보다는 SF적인 방식의 작업. 「옥토버」는 백년간의 신문기사 및 기타 인터넷 자료로 구성되어 출처가 소설만큼 길다. 에도가와 란포, 어슐러 K. 르 귄, 엘리엇 스미스, 미드웨이 해전 등의 흔적도 곳곳에 남아 있다. 애니메이션 「1021」(Experimental, 33분 50초)은 제23회 서울국제여성영화제 아시아단편경쟁 우수상을 받았고 작품의 트레일러와 출처 및 자세한 정보는 다음 링크에서 확인할 수 있다. (https://youngmeeroh.tumblr.com/)

5. 초록 소파

보그코리아에서 기획한 '크리스마스에 SF가 내리면' 코너에 실은 단편이다. 작업 당시 실제로 12월이 훅훅 다가와서 이야기를 늦지 않게 떠올릴 수 있었다. 배송된 잡지를 열어보니 소설 첫 장 옆에 거대한 소파 광고가 있어

혼자 놀랐다.

6. 수치 없는 세계

밝힌 적 없는 습관 하나가 있다. 나의 소설에 대한 평을
발견하면 그중 힘이 되는 몇 구절을 일기에 옮겨 적는 것
이다. 소설을 쓴 이래로 아주 가끔 일어나는 일인 데다 내
용이 짧아 쓰기 어렵지도 않다. 소설가가 아닌 한 인간으
로서 어떻게든 살려면, 눈을 찌르는 말보다 눈이 부신 말
을 오래 간직해야 할 것 같아서 시작한 자가 치유법이다.
이 소설은 성다영 시인이 좋다고 해서 그날 일기에 반짝
이는 별을 여러개 그렸다.

7. 회양목 사이로

「회양목 사이로」와 「방 안의 호랑이」는 공교롭게도 한
분이 연달아 청탁했다. 과학동아에서 미디어플랫폼 얼룩
소(alookso)로 간 윤신영님인데, 대체 메일로 어떤 기운을
주신 건지 두 이야기를 꾸리는 동안 머릿속이 전에 없이
맑고 상쾌했다.

8. 천검 관광

지역민 구술사 일러스트레이션 전시를 준비하는 동안

참전 경험이 있는 부대원분을 만났다. 그분이 돌아가신 뒤 작업을 검토한 아드님이 편지를 보내주셨다. 그날을 떠올리면 소설은 그르쳤더라도 생활은 잘 닦아가야겠다는 생각이 든다.

9. 방 안의 호랑이

일정 때문에 맡을 수 없는 일이었는데 거절하고 싶지 않았다. 따로 인사를 전할 사이는 아니지만, 동아사이언스 장경애 대표님은 나의 중학교 과학선생님이었기 때문이다. 지적 호기심으로 안광이 번쩍이는 교사를, 결과 말고 과정에 주목하는 어른을 나는 그때 처음 발견했다. 그래서 꼭 써야 한다고 상요하는 사람이 없는데도, 선생님이 그 시절의 때까치 같은 아이들을 전혀 기억하지 못할 것 같은데도 썼다.

10. 패나

정보라 작가의 제안으로 두말없이 시작한 소설이다. 월간 『현대문학』을 오래 구독해와서 기획이 반갑기도 했다. 정보라 작가는 한국 여성 장르작가가 어떤 태도로 작업해야 하는지를 늘 행동으로 또렷하게 보여주는 분이다. 분투와 투쟁이라는 단어가 내게 관념으로 자리할 때, 이분은 단어 따위는 씹어 삼킨 채 데모 현장에 그저 자리한다. 빚지는 심정이 불어나다 못해 넘친 날 이야기를 해도 될지. 신간 관련 인터뷰가 끝나갈 무렵, 기자분이 내게 이상한 말을 했다. 사랑한대요. 나는 미간을 찌푸렸고 그분이 이어 말했다. 작가님 인터뷰하러 간다니까 정보라님이 사랑한다고 전해달래요. 기자분이 비둘기가 아니어서 답을 매달아주지 못했다가 여기 쓴다. 저도요.

11. 파경

십여 년 전, 영화제 일러스트레이션 작업을 하던 중에 '듀나의 영화게시판'에서 한 공모전 소식을 읽고 보낸 소설이다. 그때는 소설 표지를 맡아 그리는 일이 좋았고 언젠가 소설 내지를 맡아 쓸 거라는 생각은 하지 못했다. 이 소설을 시작으로 SF를 쓰게 될 거라는 생각은 더욱 못했다. 무엇보다 언젠가 듀나와 함께 앤솔로지를 낼 수 있을 거라는 생각은 더더욱 못했다. 그래서 가끔 그 책등을 보면 믿기지 않는 얼굴로 중얼거리게 된다. 소원은 다 이뤘다고. 작가가 소설의 환경을 모조리 채우지 않아야 환경이 스스로 살아난다는 사실, 간결한 글이 도리어 풍성한 글이 될 수 있다는 사실, 장르의 계보와 자신의 좌표를 겸허하게 인지하는 일이 결국 이야기와 세상에 대한 존중이

라는 사실을, 나는 그 누구도 가르칠 생각이 없어 보이는
듀나에게서 배웠다. 2024년, 듀나의 데뷔 30주년을 마음
깊이 축하드린다.

12. 누나와 보낸 여름

이해할 수 없는 것. 화해할 수 없는 것. 도저히 수긍할
수 없는 것. 오래전에는 내가 이런 것들에 둘러싸여 있다
고 여겼다. 많은 대상을 쉽게 적대시했다. 하지만 시간이
흐르자 나 역시 누군가를 둘러싼 벽의 일부라는 사실을
알게 되었다. 벽이 된 건 내가 세상에 무엇도 아닌 인간
으로 태어난 순간부터였을 것이다. 개가 인간을 더는 사
랑하지 않게 된다면. 가끔 떠올리곤 했던 가정을 이 단편
의 씨앗으로 썼다. 이름 없는 화자인 '나'는 원래 이십대
여성으로 두었다가 곧장 호러고어물로 흘러 십대 남성으
로 바꿨다. 인물을 교체하면서 이야기도 크게 변했다. 나
의 그릇된 편견 중 하나는 이 연령대의 이들이 인간 사회
에서 덜 오염된, 그리고 덜 오염될 수 있는 집단일 거라는
판단이다. 아직은 완전히 굳지 않았으니까. 무엇도 확정
하지 않은 상태이니까. 나는 그가 엉망진창인 세상을 더
잘 감각하고, 더 혼란스러워하길 원했다. 소년의 얼떨떨
한 눈으로 이곳을 비추고 싶었다.

13. 정생

가까이에서 보면 견딜 수 없는 사람들. 하지만 멀리서 보면 작고 덧없어 가여운 사람들. 기업 '정생'의 근미래 예측 시스템 '전언'에 휘둘리는 인물들을 통해 그들의 어지러운 동선과 희비극을 드러내고 싶었다. 사람은 한치 앞도 모르는 게 나을까. 한치 앞을 아는 게 나을까. 정생은 두번째 이야기까지 썼는데 단편이 더 모이면 한권으로 엮어보고 싶기도 하다.

언젠가 소설가는 어떤 사람이냐는 막막한 질문을 받았을 때 나는 이런 답을 했다. 이 직업군에는 아무리 전망 좋은 방에서도 얼룩을 발견하는 사람들이 들어오지 않느냐고. 이 말을 뒤집으면 그 얼룩 너머 한뼘의 좋은 전망을 다시 발견하는 사람들이 소설을 쓴다는 뜻이 된다. 그러니 희망과 절망이 짙어지거나 옅어지는 순간에 휘말리지 않고 싶다. 잠시 착각한 적도 있지만, 연대나 동물권이나 페미니즘을 '위해' 소설을 쓴다는 생각도 더는 하지 않는다. 동사 '위하다'는 순식간에 위험과 재해를 뜻하는 명사 '위해'가 될 수 있다. 이 책도 실은 피난처가 되어주는 금강과 제민천 그리고 고양이 미세와 먼지에게 간신히 기대어 만들 수 있었다. 인간 곁의 동물은 좋은 작가처럼 무엇도 안 주면서 다 준다. 다 주면서 아무것도 잃지 않는다.

내게 아직 무엇도 받지 못한 분들께 감사드린다. 서고운님, 안준영님, 송지영님, 파이님, 고재영님, 하이드님, 손지상님, 곽유진님, 하미나님, Sonny님이 당황하실 것 같아 걱정이지만 늘 고맙다는 말을 한번은 적고 싶었다. 우둘투둘한 원고 뭉치를 가지런히 모아주신 창비 편집부와 이해인 편집자님, 소설들을 살펴보시느라 애쓰신 양경언님, 박서련님 그리고 sfxf, 한국과학소설작가연대, 그린북 에이전시에도 깊이 감사드린다. 늘 그럴 수는 없어도 혼잣말을 혼잣말로 두지 않는 지면이 생긴 이상, 세상에 독자가 있는 이상 나는 더 부드럽고 단단하게 지내야 한다.

염치를 모르고 끝까지 주절거리자면, 이 책을 꾸리는 동안 배우자와 길고 차분한 대화를 나눈 끝에 동행을 마치기로 했다. 반려묘들의 앞날에는 그늘 한점이 생기지 않도록 애쓸 예정이니 누구도 걱정하지 않으셨으면 좋겠다. 마찬가지로 배우자는 성숙하고 착한 사람이었으니 누구도 둘의 앞날을 걱정하지 않으셨으면 좋겠다. 수록작 모두 그와 함께 지내던 시기에 쓴 원고들이라, 첫 단편집이 내게는 우연찮게도 일과 청년기의 한 구간을 정리하는 도서로 남게 되었다. 제정신이라는 착각 속에서 작업하다 보니 이야기 곳곳에 얼룩이 남아 있지 않은지 우려스럽다. 또다른 얼룩일 수 있지만, 미안하다는 말은 앞으로도 오래 하게 될 테니 스스로 헌신하는 줄도 모르고 헌신했던 그와의 긴 나날이 무척이나 따스했다고 적고 싶다.

자신이 방 안에 있다는 것을
알거나 모르는 호랑이들에게

2024년 2월
박문영 드림

수록작품 발표지면

무주지 ······『우리는 이 별을 떠나기로 했어』(허블 2021)

컬러 필드 ······ 웹진『비유』2021년 7월호,『컬러 필드』(안전가옥 2023)

주희, 상수 ······『자음과모음』2016년 여름호

옥토버 ······ 노영미 개인전「지붕 위의 도로시」(대안공간루프, 서울문화재단 2020)

초록 소파 ······『보그』2021년 12월호

수치 없는 세계 ······『TOYBOX VOL.4』(문학스튜디오 무시 2020)

회양목 사이로 ······『바람과 물』2021년 겨울호

천검 관광 ······ 웹진『크로스로드』2021년 5월호, 6월호

방 안의 호랑이 ······『과학동아』2022년 5월호

패나 ······『이토록 아름다운 세상에서』(현대문학 2022)

파경 ······『큐빅노트 수상 작품집』(창작집단 몽니 2013)

누나와 보낸 여름 ······『당신 곁의 파피용』(요다 2022)

정생 ······『정생』(리디셀렉트 우주라이크소설 2023)

방 안의 호랑이

초판 1쇄 발행 • 2024년 2월 25일

지은이 / 박문영
펴낸이 / 염종선
책임편집 / 이해인
조판 / 박지현
펴낸곳 / (주)창비
등록 / 1986년 8월 5일 제85호
주소 / 10881 경기도 파주시 회동길 184
전화 / 031-955-3333
팩시밀리 / 영업 031-955-3399 · 편집 031-955-3400
홈페이지 / www.changbi.com
전자우편 / lit@changbi.com

ⓒ 박문영 2024
ISBN 978-89-364-3947-7 03810